Manfred Rebhandl

LEBENSABENDE UND BLUTBÄDER

Ein Biermösel Krimi

Czernin Verlag, Wien

Gedruckt mit Unterstützung des Bundeskanzleramts / Sektion Kunst
und der Stadt Wien / MA 7

Bibliografische Information Der Deutschen Bibliothek
Rebhandl, Manfred: Lebensabende und Blutbäder /
Manfred Rebhandl
ISBN: 3-7076-0075-0

Landschaften und Personen sind frei erfunden.

2. Auflage

Umschlaggestaltung: Ulrich Schueler unter Verwendung eines Fotos
von Manfred Rebhandl
Autorenfoto: Leonhard Föger
Satz und Layout: Elisabeth Natz
Druck: Druckerei Dimograf
ISBN: 3-7076-0075-0

Inhalt

Prolog

Einmal, kruzifix, einmal nur, dass auch ihm etwas gelingen könnte und er nicht immer nur Spott und Hohn ausgesetzt wäre. Einmal nur, dass das gleißende Rampenlicht auf ihn fallen täte und er sich ein Stück vom unvergänglichen Ruhm abschneiden könnte. Einmal nur, dass auch er zehn, fünfzehn Minuten ein ausgewachsener Star sein könnte, Himmelherrgottnocheinmal, einmal nur, das tät ihm so gut!

Oder einmal wenigstens, dass er doch noch einen Fall ruckzuck und ohne gröberen Ansehensverlust lösen könnte, bevor er endgültig in den Lebensabend hinüber gleitet: Hinfahren zum Tatort mit der Fips. Hinschauen, wer im Blutbad liegt. Schlüsse ziehen (die richtigen!). Im Hirn kombinieren, wer der Täter sein könnte. Den Verdächtigen unter Druck setzen, sodass der aus seinem Lügengebäude heraus kriechen muss, bevor es über ihm zusammenbricht und ihn unter sich begräbt. Die anschließende Verhaftung natürlich im Blitzlichtgewitter, wo denn sonst. Vielleicht, dass die Schwarzhaarige von der „Zeit im Bild 1" persönlich am Tatort vorbeischauen könnte, die taugt ihm nämlich schon gewaltig. In ihrem Beisein das Tätergfrast dingfest machen und von oben bis unten fest verschnüren. Aus Gründen der Pädagogik vielleicht ein zwei Gnackwatschen, so viel Spaß muss sein. Abschließend die feierliche Übergabe vom Verbrecher an das Landesgericht (im Blitzlichtgewitter!). Später als Belohnung die Ordensverleihung beim Klestil in der Hofburg, das Große Verdienstkreuz am Band bitte, danke. Dazu ein Bussi von der Gattin, küss die Hand, die ist auch sehr rassig. So schaut ein großer Augenblick aus, genau so.

Einmal nur, dass alles genau so hinhauen könnte wie er es damals in der Gendarmerieschule oben in Linz gelernt hat! Einmal nur, dass ein Fall ihm nicht von vorne bis hinten entgleitet und zum Festival der Peinlichkeiten ausartet! Einmal nur, dass er den richtigen Täter fassen könnte! Und einmal nur, dass er deswegen im Jahrbuch vom „Der Kriminalist" lobend erwähnt werden könnte, samt einem Foto von ihm mit der schwarzhaarigen Reporterin, plus ein ausführliches Interview:

Geh sag, Biermösel, wie hast du es denn angestellt, dass du die zwei gefährlichen und den ganzen Ort terrorisierenden Rotzbuben letztendlich unschädlich gemacht hast?

Ganz ehrlich, Biermösel, hast du sofort gewusst, dass es sich bei den zwei Handtascherlräubern um zwei Rotzbuben handelt?

Jetzt einmal für das Lehrbuch, Biermösel: Nimmst du wirklich nie ein Protokoll auf, überhaupt nie?

Unter strengster Amtsverschwiegenheit, Biermösel: Was war denn eigentlich drinnen in den zwei Handtascherln, welche die zwei mutmaßlichen Rotzbuben dem deutschen Sextouristenpärchen gestohlen haben?

Und jetzt unter uns, Biermösel! Sind sie wirklich schon über siebzig, die zwei deutschen Sexmaschinen, wie du sie mutmaßlich

– Nicht mutmaßlich! Keinesfalls mutmaßlich! –

Na gut, wie du sie halt nennen musst.

Kruzifix, Biermösel, sag! Wie war es genau?

Sinnieren

Wenn er das wüsste!

Das hätte sich der Biermösel auch nicht träumen lassen, dass sein Lebensabend wie ein hinterrücks abgefeuerter Komantschenpfeil auf ihn zuschießen würde, blitzschnell und ohne Vorwarnung. Kaum dass er die Gendarmerieschule oben in Linz mit katastrophalem Erfolg verlassen hat und auf dem Posten herüben in Aussee in den Staatsdienst eingetreten ist, hat er auch schon wieder Anspruch auf die Frühpension, fünfunddreißig Jahre vergehen heute wie nichts.

Jetzt steht er beim Fenster auf seinem Gendarmerieposten und schaut deppert auf den See hinaus, über dem schon wieder das Sauwetter herinnen hängt. Er schaut deppert, wie er die letzten Jahre immer wieder und mit der Zeit immer länger geschaut hat. Am Anfang immer nur ein, zwei Minuten am Tag, weil wenn die Gendarmerie jung ist, dann jagt sie das Bundesverdienstkreuz am Band und sucht das Feuergefecht im Außendienst. Aber mit der Zeit ist er immer länger beim Fenster stehen geblieben und hat immer depperter auf den See hinaus geschaut, wie sich die Feuergefechte nie eingestellt haben und das Bundesverdienstkreuz am Band letztendlich im Samtkissen hat liegen bleiben müssen. Und seit ein paar Jahren schließlich meidet er den Außendienst überhaupt, weil er es sich unten herum komplett vertan hat, das depperte Sauwetter dauernd, das depperte!

Wie er jetzt so auf den See hinaus schaut, da denkt sich der Biermösel, dass es das auch noch nie gegeben hat, dass in dieser Gegend einmal nicht eine Wetterkapriole die nächste gejagt hätte, auch nicht jetzt im Spätsommer. Oder soll er schon sagen: im Frühherbst? Da müsste man einmal eine genaue Unterscheidung treffen, denkt sich der Biermösel, was jetzt genau in dieser Gegend ein Frühherbst ist und was ein Spätsommer.

Vielleicht obliegt es ja ihm, fasst er eine leise Hoffnung seinen nahenden Lebensabend betreffend, dass er diese Frage zur Zufriedenheit aller beantwortet und so vielleicht doch noch in die Geschichtsbücher eingehen könnte, wer weiß denn schon, was kommen wird?

Naja, denkt sich der Biermösel jetzt und hört auf, deppert auf den See hinauszuschauen, dann schreibt er halt das Frühpensionsansuchen. Weil wenn nicht jetzt, dann wieder nie. Und wenn das passiert, dann kann er es erst recht wieder nicht bei der Schule drüben ins Postkasterl hinein schmeißen. Und dafür hat er sich dann auch wieder nicht sein Leben lang für das Staatsganze zerrissen, dass er einen Tag länger arbeiten täte, als es der Gesetzgeber, der Trottel, von ihm verlangt!

Das mit dem Schreiben freilich war nie die große Stärke vom Biermösel. Die einzigen Buchstaben, mit denen er was anfangen kann, sind die in der kräftigen Rindsuppe von der Roswitha drüben im Auerhahn, wo sie neben den Fettaugen im Suppenteller schwimmen. Aber mit Buchstaben einen Brief schreiben? Lieber täte er noch heute alleine als Vorhut und ohne kugelsichere Weste in einen Mischwald mit zehn, zwölf schießwütigen Waidmännern aus der komplett skrupellosen Jägerschaft vorstoßen, als dass er freiwillig einen Brief schreiben möchte. Darum hat er die alte Olivetti damals vor fünfunddreißig Jahren gleich zu Dienstantritt ganz oben auf die Stellage gestellt, dorthin, wo auch der lange Arm von der Anni samt ihrem Besen am Stiel nicht hinlangt. Kein Wunder also, dass sich augenblicklich ein wahrer Staubsturm entfaltet, wie er sie nach all der Zeit wieder einmal herunternimmt und auf den Schreibtisch stellt. So voller Dreck ist die Olivetti, dass der erst einmal eine volle halbe Stunde lang die ganze Raucherlunge heraushustet, na bumsti! Lange tut er es sowieso nicht mehr.

Die Olivetti, meine Güte! Andere schreiben heute schon mit dem Computer, aber für den Biermösel seine Ansprüche tut es die Olivetti immer noch, sie muss es tun. Er hat sie damals vom alten Biermösel übernommen, wie der ihn oben in Linz eingeschrieben hat, und keine Frage, dass er vom Alten auch die immense Schreibschwäche gleich mit dazu übernommen hat. Bis heute gibt es jedenfalls keine Schreibkraft von Weltrang, die mit Nachnamen Biermösel heißt. Dazu kommen erschwerend die dicken Wurstelfinger, die der Biermösel selbstredend auch vom Alten mit übernommen hat und die einen flüssigen Schreibprozess sowieso schon im Keim ersticken, wie das Kamel zum Nadelöhr passen seine Pratzen zur Olivetti. Da könnte er das Pensionsansuchen genauso gut mit der Motorsäge in ein Buchenscheit hineinschnitzen, schneller ginge es auf jeden Fall. Weil kaum dass er es anschlägt, klemmt auch schon das E, und wie bitte soll er jetzt seinen Namen als Absender draufschreiben, wenn das schon wieder so anfängt?

Die gewisse eklatante Schreibschwäche schleppt der Biermösel seit seiner Volksschulzeit mit sich herum, und das Leiden hat sich auch in der Hauptschule nicht zum Besseren gewendet. Also hat er sich nicht ärgern dürfen, dass er auch später auf der Gendarmerieschule oben in Linz kein Dichter mehr geworden ist. Und wenn er heute wo was hinschreiben muss, das dann auch noch den gewissen offiziellen Charakter hat, dann schmeißt er die Nerven sowieso schon weg, noch bevor er überhaupt seinen Absender oben rechts hingeschmiert hat. Oder gehört der oben links hin? Da hast es, fängt das Theater schon an!

Der Gedankenfluss klemmt obendrein. Da wird jetzt wieder nur der Griff in die Lade helfen. Ob ihm die Anni schon draufgekommen ist, fragt er sich, dass er mehr Flaschen Marillenschnaps im Schreibtisch gebunkert hat als Handschellen und Schießprügel? Und ob sie in der untersten Schublade schon die Mon Chéri entdeckt hat, die er für den Fall der Fälle immer für sie bereithält? Wundern täte es ihn nicht! Schließlich kennt die Anni als Paradezugeherin jede Lade in Aussee, da werden ihr auch seine intimsten Geheimnisse nicht verborgen bleiben.

Er denkt sich jetzt: Soll sich doch die Anni um das verstaubte B kümmern, wenn sie morgen zum Aufwischen kommt. So lange wird das Pensionsansuchen auch noch warten können. Bis morgen sollte er auch eine neue Mon Chéri besorgt haben, weil die alte, kommt er jetzt drauf, ist auch schon wieder zwölf Jahre abgelaufen. Wenn er aber als Mann in den besseren Jahren die Anni mit einer steinharten Mon Chéri überraschen täte, dann wäre das gewiss der Todeskuss für seine Liebespläne, Kruzifixnocheinmal, es ist einfach furchtbar mit ihm!

Da stellt sich der Biermösel noch einmal zum Fenster und schaut deppert auf den See hinaus. Dabei sinniert er mit der gewissen Routine der erfahrenen Gendarmerie über die gewisse Rotzbubenproblematik, die ihn möglicherweise noch in gröbere Turbulenzen bringen wird, falls er sie nicht umgehend zu lösen imstande ist.

Die zwei deutschen Sexmonster auf Operettenurlaub haben ihm gerade noch gefehlt! Sofort hat er sie an ihrem Deutschen Wetterfleck als nördliche Nachbarn identifiziert, wie sie gestern bei ihm angeläutet haben. Sofort war ihm als erfahrener Gendarmerie klar, dass die zwei von der Reeperbahn oben in Hamburg sein müssen. Sofort war ihm weiters klar, dass sie dort auch hingehören, so wie er sie dauernd abgebusselt hat und so wie sie ihn dauernd getätschelt hat. Da war einem wie ihm, der das Menschengeschlecht in seinen ganzen Auswüchsen kennt, sofort klar – reinrassige Sexbestien! Schön langsam fragt er sich wirklich: Gibt es denn überhaupt nichts anderes mehr als immer nur Sex, Sex, Sex auf der Welt? Nur schwer kann er sich beruhigen, wenn er an die immer weiter um sich greifende Sexproblematik denkt und wie sie die Welt immer tiefer mit sich in den Abgrund reißt. Dass die Sexsucht so um sich greifen muss, Herrgottnocheinmal, das macht ihm dann doch ganz gewaltige Sorgen.

Naja.

Unangenehm wäre das jedenfalls, lenkt der Biermösel den Gedankenfluss wieder auf das Berufliche, wenn ihn das Problem mit den Handtascherln (neben allen anderen Problemen) kurz vor der Zielgerade seiner beispiellosen Laufbahn doch noch ins Schleudern bringen täte. So richtig eine Lösung will ihm aber um diese Uhrzeit auch nicht mehr einfallen. Dafür ist der Tag schon wieder zu weit fortgeschritten, als dass er noch Lösungen parat halten täte. Da wird es gescheiter sein, lenkt er den Gedankenfluss weiter auf das Wesentliche, wenn er jetzt gleich zur Roswitha in den Auerhahn hinüber fährt, weil schön langsam kriegt er einen schönen Hunger zusammen, aber einen sehr schönen. Aufs Klo muss er aber schon noch vorher. Aufs Klo muss er praktisch dauernd in letzter Zeit. Die paar Tropferln aber, die er sich letztlich abringt, müssen natürlich wieder in die Hose gehen. Eins, zwei, drei, vier, fünf sind es heute, und ausschauen tun sie wie die olympischen Ringe da vorne drauf auf seiner guten Lodenhose. Unwürdig ist das Altern schon ein bisserl, denkt er sich, wie er das Hosentürl zumacht, ein Star wird er so jedenfalls nicht mehr werden.

Und jetzt Feierabend!

Mopedfahren

Der Biermösel sperrt seinen Posten drüben in Aussee zu und lässt die ganzen Sorgen der Ermittlung fürs Erste hinter sich. Allerdings: Wenn er jetzt unvernünftig wäre und ungeschützt in die Kälte hinaustreten und auf seiner Triumph Fips durch die Wetterkapriolen zur Roswitha in den Auerhahn hinüber reiten täte, dann vertäte er es sich unten herum womöglich noch mehr als komplett. Und weniger täte der Doktor Krisper nämlich nicht brauchen, als dass ihm der Biermösel neben dem Blasenkatarrh und den Abschlagproblemen auch noch ein Nierenbecken voller Eiter auftischen täte, küss die Hand! Ein Autowrack ist ein Neuwagen gegen den Körper vom Biermösel, sagt der Doktor Krisper gerne, und dass er beim besten Willen nicht sagen kann, was ihn noch zusammenhält. Vielleicht ist es das Bratlfett?

Also wirft er sich auf Rat vom Doktor Krisper den gewaltig dimensionierten Wetterfleck vom Tripischowski drüben in Ischl über und knöpft ihn sich von oben bis unten schön brav zu, bevor er die Fips besteigt, die vor dem Posten steht wie dem John Wayne sein Bronco vor dem Saloon. Unter diesen unwirtlichen Bedingungen lässt der Biermösel dann die Heimfahrt schön kommod angehen, alles andere wäre wie glatter Selbstmord auf Rädern. Im dicht besiedelten Ortsgebiet mit seinen vielen Straßen, die sich dauernd kreuzen, schaltet er sowieso ungern in die Zweite, außer er muss Blau fahren und mit Engagement einem Täter nachstellen. Die Erste klemmt zwar ein bisserl sehr im Getriebe, aber für die tempierte Fahrt bei schwierigen äußeren Bedingungen ist sie ideal, du meine Güte, wie eine Wand steht der Regen heute wieder vor ihm. Jetzt im Frühherbst, wo es temperaturmäßig schon wieder ganz gewaltig anzieht am Abend und die Straßen durch das herumliegende nasse Laub sowieso mehr ein Blutbad sind als ein Verkehrsweg, muss er als

Gendarmerie schon ein bisserl ein Vorbild auch sein und mit Hirn fahren. Sonst fängt er sich am Ende als strikter Helm-Verweigerer bei einem riskanten Lenkmanöver noch eine Delle an seinem Dickschädel ein, die dann auch der Doktor Krisper nicht mehr auswuchten könnte. Und mit einem ruinierten Schädel will er dann auch nicht in den Sonnenuntergang von seinem Leben hineinreiten, nicht mit einem von vorne bis hinten ruinierten Schädel. Genügen eh die schwarzen Vorhänge, die ihm die Seele verhängen, und sind eh die Hirnaussetzer genug, die ihm der Marillenschnaps beschert. Da will er sich den ruinierten Schädel als Beilage gerne ersparen.

Dann nimmt der Biermösel sogar noch Tempo weg, wie er mitten im Ortsgebiet am Postkasterl vorbeifährt, das an der Schule angebracht ist, neben der wiederum das Einfamilienhaus vom Mallinger steht, diesem natürlichen Feind jeder Straßenverkehrsordnung. Was der schon alles aufgeführt hat! kommt dem Biermösel regelmäßig das Grausen, wenn er an den Mallinger und seine zahllosen Verkehrsdelikte denkt. Der Deutschlehrer in Ruhe ist dem Biermösel schon lange ein Dorn im Auge. Und er ist ihm endgültig nicht mehr grün, seit er ihn vor ein paar Jahren nach der beispiellosen und von ihm verschuldeten Katastrophe drüben im Mischwald an der Abzweigung nach Goisern aus dem Straßenverkehr gezogen hat. Allerdings leider nicht so endgültig aus dem Verkehr, dass bei ihm nicht immer noch eine gewisse reinliche Person ein und aus gehen könnte, von der er selbst gerne hätte, dass sie bei ihm ein und aus gehen würde, wenn er nur endlich den richtigen Zeitpunkt finden und ihr die Mon Chéri schenken könnte. Ärgern tut ihn das mit dem Mallinger und der Anni, aber so! Was bitte hat denn der, was er nicht hat (die Lehrerfrühpension!). Und was bitte kann denn der, was er nicht kann (Deutsch!).

Na und! Kann er vielleicht Mopedfahren? Der hat ja nicht einmal mehr den Führerschein seit dem furchtbaren Unfall damals, bei dem der Rosenkranzpeter sein junges Familienglück ausgelöscht hat, was ihm letztendlich auch der Biermösel nicht gegönnt hat, das nicht. Andererseits: Aus der gewissen Erfahrung heraus weiß halt auch keiner besser als er, dass das Glück immer nur als kurzer Sonnenstrahl wärmt, der sich für einen Augenblick durch die gewaltige Wolkendecke zwängt. Dann ist es gleich wieder finster und kalt im Leben. So und nicht anders ist es.

Jetzt, wo er den Mallinger hinter sich lässt und aus dem Ortsgebiet hinausbiegt und die Bundesstraße in Richtung Goisern nimmt, da schaltet der Biermösel sofort in die Zweite und lässt es ganz schön tuschen, die alte Fips, sie tut es immer noch, sie muss es tun. Der Wetterfleck flattert dabei in den immensen Luftwirbeln, die sich in seinem Windschatten bilden, wenn er endlich die gewisse Aerodynamik eingenommen hat und mit der Nase praktisch den Tacho streift. Das imponiert ihm dann schon immer ganz gewaltig, dem Biermösel, der Rausch der Geschwindigkeit ist wahrlich nicht der schlechteste. Und bald kommt er sich überhaupt vor wie einer von den Rockerbrüdern, wie er die Dritte auch noch riskiert, warum denn nicht! Der Fahrtwind ist herrliche Musik in seinen Ohren. Wie der Blitz in der Pfanne jagt er über die Bundesstraße. Dahin fliegt er mit einem geschmeidigen 60er, ein Wahnsinnsgefühl ist das, es ist einfach unbeschreiblich!

Dass er dabei die erlaubte Höchstgeschwindigkeit um gleich zehn km/h überschreitet, das ficht ihn nicht an. Eine Vorschrift hat einen Biermösel noch nie angefochten! Am Anfang vielleicht ein bisserl, wie er noch das Bundesverdienstkreuz gejagt hat, da hat er noch einen Minimalrespekt gehabt vor der Staatsgewalt, aber später immer weniger. Das hat ihn der alte Biermösel gelehrt, dass der Respekt immer nur in die eine Richtung fließen darf, nämlich zum Biermösel her. Das ist ein Naturgesetz, hat der Alte gepredigt. Himmelan fließt kein Fluss, hat er gedichtet. Niemals darf der Respekt vom Biermösel und von der Gendarmerie wegfließen, hat er sich wiederholt.

Soll er? Aber freilich! Heute fährt er die Fips aus und schaltet in die Vierte auch noch, heute scheißt er sich überhaupt nichts! Er rast dahin wie früher der Nurmi über die Aschenbahn, unaufhaltsam wie der rollende Donner, ein Weltklasseerlebnis. Wenn der Biermösel dann nur noch Gas geben braucht und in der gewissen Aerodynamik tief über den Tank gebeugt fast einschläft; wenn er in die pechschwarze Nacht eintaucht und die Straße geradeaus führt und keine Kurve seine Fahrkünste herausfordert, dann kommt er immer ganz gewaltig ins Sinnieren, und fast löst sich dann der Geist von der Jammergestalt. Die Gedanken schießen ihm dabei im Schädel nur so hin und her. Es sind Gedanken an die Anni, die dann in ihm arbeiten, und die quälende Frage, warum es mit ihr – und mit keiner anderen auch nicht, Kruzifix! – nie etwas geworden ist. Er studiert, warum ihre zwei Rotzmäderln nicht von ihm sind, wo er doch immer so gerne was Kleines gehabt hätte! Und er fragt sich, warum er überhaupt – was das familiäre Glück und auch alles andere Glück der Welt angeht – so am Leben vorbeigegangen ist, aber so!

Was die stetig sinkende Geburtenrate vom Staatsganzen anbelangt, traut er sich heute fast zu wetten, wird er die Kastanien auch nicht mehr aus dem Feuer holen. Dafür passt es unten herum einfach hinten und vorne nicht mehr, als dass er noch was Kleines zusammenbringen täte. Und wo die Frau wäre, die ihm noch was austragen täte, fällt ihm aus der Hüfte heraus geschossen auch nicht ein, weit und breit sieht er keine, die von ihm ein Kind empfangen möchte.

Stattdessen nur Demütigungen und Niederlagen, wenn es um die Liebe geht! Die Liz Taylor, muss er sich eingestehen, die Liz Taylor unter den Gendarmen wird er nicht mehr werden, wenn sein imposanter Negativlauf bei den Damen weiter anhält. Eher wird er auf ewig die Mutter Teresa der Gendarmerie bleiben, eine brave und keusche Ansammlung von Knochen und Haut. Vielleicht, dass er bei der eine Chance gehabt hätte, sinniert er jetzt, vielleicht, dass ihn die Mutter Teresa geheiratet und ihm was ausgetragen hätte, unten in Kalkutta?

Da freilich wirkt schon der Geist aus der Flasche, die er immer im Wetterfleck mit sich trägt, und er fragt sich mit Grausen, ob es wirklich schon so weit ist, dass er sich die Mutter Teresa schönsaufen muss?

Der Marillene wärmt zwar und tröstet. Er balsamiert die Seele und bettet sie in wohlig duftende Rosenblätter. Aber er treibt ihm auch die Tränen in die Augen, wenn er daran denkt, wie sein Leben hätte ausschauen können, wenn er nicht die komplett falsche Abzweigung in Richtung komplett falscher Berufswahl genommen hätte.

Weinen muss er jetzt, wenn er daran denkt, wie sein Leben hätte ausschauen können, weinen und noch einmal weinen! Und wenn er an seine verpasste Lebenschance in der Bierfahrerei denkt, dann kommen ihm immer die Radinger Spitzbuben in den Sinn, die seine Lieblingsband sind. Und wenn ihm die in den Sinn kommen, dann ist er nicht mehr zu halten und er schwebt auf der Fips dahin und singt gegen die Waschküche an, die ihm die Gesichtshaut gerbt. Mit einer immensen Inbrunst singt er dann, die ihm die salzigen Tränen noch gewaltiger aus den Drüsen herausdrückt, und die Rehe und Hirsche und Fasane in den tiefen Wäldern entlang der Bundesstraße dürfen sich anhören, wie der Biermösel schmettert:

Was mir so am Bier gefällt:
Bier gibt's auf der ganzen Welt!
Bière sagt der Franzos' zum Bier.
The englishman says beer statt Bier
Der Pizzamann nennt's Bier Birra
Cerveza sagt der Spania
wenn er sich ein Bier bestellt
Bier gibt's auf der ganzen Welt!

Und tschinbumm, na Gott sei Dank, streut es ihn aber so her! Ein abgebrochener Ast wird ihm fast zum Verhängnis, der natürlich wieder mitten auf der Straße herumliegt, wo denn sonst! Wer weiß, ärgert er sich, wer den wieder hat liegen lassen? Können denn die Leute überhaupt nicht mehr aufpassen?

Ein reaktionsschnelles, in das gedehnt-falsettartig gesungene „Biiiiier" hinein ausgeführtes Ausweichmanöver lässt sein Vorderrad auf der nasskalten, stark belaubten Fahrbahn seitlich wegrutschen, da ist er noch Herr der Lage, Akrobat Schön am Zweirad. Dann aber verfängt sich das depperte Vorderrad hauruckartig in besagtem Ast und die Gesamtheit aus Fips, Biermösel und Ast rutscht ungebremst in Richtung Straßenbankett, stoppt dort allerdings augenblicklich ab, weil sie – die Gesamtheit – sich in einem Begrenzungspfosten verfängt. Da staucht es ihn – noch auf der Fips, noch aerodynamisch – so unvermittelt her, dass es ihn über die Fips, den Ast und den Begrenzungspfosten hinweg endgültig aus der Aerodynamik hinaus in die gestreckte Flughaltung und anschließend bäuchlings auf den Asphalt katapultiert, wo er zwar mit den mächtigen Pratzen die gröbere Energie abfedern kann, jedoch nicht zu verhindern vermag, dass er noch vier, fünf Meter mit der Nase das Straßenbankett pflügt. Dann endlich Stillstand und Ruhe, heiliger Bimbam! Ein Sinnbild?

Der Scheinwerfer von der auf dem Kopf stehenden Fips leuchtet ihn jetzt an wie der Derrick im finsteren Wald den Mörder. Er trommelt mit den Fäusten gegen den Asphalt und muss sich wieder einmal selbst schimpfen, weil er sich das dauernde Herumliegen auf den Straßen wirklich ersparen hätte können, wenn er nur damals Bierfahrer geworden wäre!

Wie er jetzt versucht, sich wieder zu sortieren (liegt ja eh genug Blödsinn auf den Straßen herum heutzutage, da muss nicht er auch noch blöd herumliegen!), stellt er sich wieder vor, wie erfüllt und reich sein Leben hätte sein können, wenn (wenn!) es nach ihm gegangen wäre (wäre!)! Dann wäre (wäre!) er nämlich erst gar nicht in den Staatsdienst eingetreten, weil weder der Staat noch der Dienst ihn je interessiert haben, das ist er vom Charakter her einfach überhaupt nicht. Wenn es nach ihm gegangen wäre, dann hätte er einfach beim Bundesheer unten in St. Michael den Lastwagenführerschein gemacht und dann sofort drüben in Ischl als Bierfahrer angefangen, wie die Stelle frei geworden ist, das war doch seine Lebenschance!

Er ist sich noch heute sicher, dass er das Zeug zum Bierfahrer gehabt hätte, wo er doch hinten und vorne die Berufung gespürt hat. An eine Frühpension hätte er als Bierfahrer nie gedacht, und in die reguläre Pension hätten sie ihn mit nassen Fetzen treiben müssen, so sehr hätte ihn die Bierfahrerei ausgefüllt, aber so sehr!

Freilich hätte täte wäre würde, flucht er innerlich über die verpassten Möglichkeiten, wie er den unfallverursachenden Ast mit einem gewaltigen Fußtritt in den Mischwald hinaus katapultiert. Vorbei ist vorbei, findet er sich letztlich mit seinem Schicksal ab, wie er die Fips wieder anwirft und abermals die gewisse Aerodynamik einnimmt und langsam wieder auf Touren kommt – Erste, Zweite, Dritte, Vierte!

Der alte Biermösel hat es immer abgelehnt, dass der Biermösel was aus seinem Leben macht (und Bierfahrer wird!). Ohne dass er ihn gefragt hätte, hat der Alte ihn auf der Gendarmerieschule oben in Linz eingeschrieben, da war sein Leben praktisch schon verwirkt, noch bevor es überhaupt begonnen hat. Nasse Augen kriegt er noch heute, wenn beim Auerhahn von der Roswitha der Bierwagen aus Ischl vorfährt. Seine Uniform möchte er um die Erde schmeißen, wenn er sich anschaut, was für ein Unwürdiger heute den Bierfahrerberuf mehr schlecht als recht erfüllt. Von Ausfüllen kann ja sowieso keine Rede mehr sein, wenn ein Muselmane wie der Ramzi aus Ägypten mit seinem Turban aus Seide das Bier ausfährt, gänzlich ohne Liebe zur Arbeit und komplett ohne Bezug zum Produkt! Was, hadert der Biermösel mit dem Schicksal, was ist denn das für ein Bierfahrer, der nie beim Wirten sitzen bleibt und sich den Schweinsbraten nicht vergönnt, weil er das Schwein insgesamt meidet? Was in Dreiherrgottsnamen ist denn das überhaupt für ein Mensch, der direkt vor der Himmelstür steht und dauernd an der falschen Glocke läutet?

Einmal, schwört sich der Biermösel jeden Tag in der Früh beim Aufstehen, einmal wird er dem Muselmanen das Bremslicht zertrümmern, wenn er wieder mal bei der Roswitha im Hof steht und ausliefert. Dann wird er ihm auf der Triumph nachstellen, wenn er wieder nicht schnell genug bei Frau und zehn Kindern daheim sein kann, der Familienmensch! Dann wird er ihn in dem finsteren Waldstück vorm St. Christophorus-Marterl überholen und an den Straßenrand winken. Dann wird er ihn aussteigen lassen und ihn mit dem gewissen Blick aus den Adleraugen heraus in die Enge treiben. Und dann wird er sich anschauen, wer von ihnen beiden der Charles Bronson ist und wer der Peter Fonda.

Weil ungestraft nimmt dem Biermösel keiner seine Lebenschance weg!

Dann ist es immer das Gleiche, wenn der Biermösel in der Vierten dahintuscht auf seiner Fips, mit der Schnapsflasche in der Hand und dem dauernden Sinnieren im Kopf. Dann weiß er immer nie, ob ihn der Geschwindigkeitsrausch schon am Auerhahn vorbeigetragen hat, oder ob es gleich soweit sein wird, dass er den Auerhahn anfliegt, das dauernde Sinnieren, der depperte Marillene!

Nicht erst einmal, dass er der größten Sünde der Gendarmerie anheim gefallen ist und unaufmerksam war. Nicht erst einmal, dass er infolgedessen auf einmal drüben in Goisern am Hauptplatz vorm Sündenpfuhl von der gachblonden Discowirtin gestanden ist, weit über das Ziel hinausgeschossen, wie ein besoffener Abfahrtsläufer am Hahnenkamm, der nicht abschwingen kann. Zeit wird es, denkt sich der Biermösel, dass er endlich einen Orientierungspfeil schnitzt und auf der Straße aufstellt, Zeit wird es wirklich, dass er sich dafür einmal Zeit nimmt. Holz haben sie ja genug, die Roswitha und er.

Aber heute biegt er gerade noch rechtzeitig ab und nimmt die langgezogene Schleife hinüber zum Auerhahn. Und weil er gerade so einen gewaltigen Schwung draufhat mit der Fips, und weil die Bremsen sowieso die Achillesferse sind von dem ganzen motorisierten Package, fährt er gleich ums Wirtshaus herum und hinten durch das Saisongemüse hinauf dort in die Gegend hin, wo hinter dem Auerhahn auf dem Schießstand der gewaltige Buchenscheiterstoß steht, der von einer Wellpappe zugedeckt ist.

Er zieht noch eine Schleife um den imposanten Turm und steuert ihn von der Südseite her an. Und dann kracht es schon wieder gewaltig, wie ihn der Buchenscheiterstoß ruckartig abbremst, so ein Blödsinn! Aber in der fast kompletten Finsternis war der Biermösel noch nie ein Star beim Abschätzen von einer Entfernung, die seinen Schädel vom unmittelbaren Einschlag trennt. Da darf er sich jetzt nicht wundern, dass es ihn schon wieder gewaltig herstaucht.

Wie lange der Buchenscheiterstoß noch so mächtig in die Höhe ragen wird, wenn das so weitergeht mit ihm, das weiß dann auch allein der Wind. Ihm aber ist grosso modo nichts Gröberes passiert, darf er erleichtert feststellen, wie er endlich vom Moped hinunterfällt. Außer, dass ihm der Schädel doch sehr gewaltig brummt, eine Wetterfleckkapuze ist halt doch kein Vollvisierhelm.

Dann schiebt der Biermösel die Fips unter die Wellpappe hinein, er wird sie heute nicht mehr anwerfen. Heute braucht nämlich einer wie er nicht den nassen Zeigefinger in den Wind halten, damit er weiß, dass die immense Regenfront nicht mehr abziehen wird. Also holt er lieber gleich das Plastiksackerl aus seiner Wetterflecktasche und zieht es der Fips sorgfältig über den Mopedsitz. Weil da täte der Doktor Krisper wieder schön schimpfen mit ihm, wenn er so unvernünftig wäre und sich bei seinem Zustand unten herum morgen in der Früh auf einen nassen Mopedsitz setzen täte.

Und jetzt passt's!

Schweinsbraten

In der Wirtsstube im Auerhahn kehrt augenblicklich eine gewisse angespannte Ruhe ein, die sich langsam mit einem gewissen gehörigen Respekt vermischt, bevor dann auch noch die gewisse Angst dazukommt, die nackte Angst vorm Biermösel.

Wie die Leute am Stammtisch den gewaltigen Donner des Einschlags hinterm Wirtshaus vernommen haben, hat sich sofort ein jeder von denen zusammendividieren können, dass das der Biermösel auf seiner Fips gewesen sein muss, der den Buchenscheiterstoß wieder um ein Eckhaus weiter in Richtung Goisern hinüber verschoben hat. Vom Zeit-Weg-Diagramm her passt auch alles, weil recht viel später als Viertel über sieben kommt der Biermösel selten von seinem Posten nach Hause. Und jetzt ist es gleich zwanzig nach, das muss er sein!

Blöd ist das freilich, sehr blöd! Der Zeitpunkt könnte wirklich nicht ungünstiger sein. So geschrieen und gelacht haben sie gerade wegen der ganzen Gaudi und den Gerüchten, die sich schon wieder über den Stammtisch gelegt haben wie das Sauwetter über das Ausseerland. Aber leider ist die Gendarmerie immer der natürliche Feind von einer jeden Gaudi, vielleicht ist das ja auch ein Grund, warum sie gar so unbeliebt ist. Und insbesondere in Gestalt vom Biermösel mag die Gendarmerie es überhaupt nicht, wenn gelacht wird auf Kosten von den anderen. Jedoch nichts anderes passiert auf einem Stammtisch, auf keinem der Welt!

„Wer hat denn bitte schon wieder den heiligenen Christophorus an der Abzweigung nach Goisern über den Haufen gefahren und in den Mischwald hinauf geschossen, wer bitte schön kann denn dem armen Heiligen so was antun?", lautet die lustige Frage zum Tag, und der Biermösel wüsste natürlich gleich eine Antwort darauf: Mutmaßlich einer von euch Bleifußtretern mit weit überhöhter Geschwindigkeit, wie ihn die Erfahrung lehrt. Und mit Sicherheit einer mit zehn, zwölf Promille im Blut, was ein nicht minder verlässlicher Erfahrungswert ist. Zum mittlerweile achtunddreißigsten Mal im heurigen Jahr ist der Heilige heute früh schon wieder geköpft worden. Der Wahnsinn, weiß keiner besser als der Biermösel, regiert die Straßen ebenso wie den Stammtisch. Danke, muss er sich da wieder sagen, das hätte er als Bierfahrer auch haben können!

Kaum, dass er die Wirtsstube betritt, begrüßt den Biermösel die gewohnt eklatante Duftwolke über dem Stammtisch, und sofort graust es ihm wieder, aber so. Die Autoverkäufer, die Versicherungsmakler, die Jäger und die Politfunktionäre – alle sind sie besoffen vom Bier und vom Duft der unwürdigen Berufe, dem Sir-Irisch-Moos. Man müsste sie alle miteinander zusammenbinden und so wie sie sind in die Sickergrube werfen, denkt sich der Biermösel jedes Mal, wenn er hereinkommt, dann hätte der Sir-Irisch-Moos-Terror endlich ein Ende.

Der Biermösel zündet sich eine Johnny ohne Filter an, damit es nicht gar so stinkt da herinnen. Dann setzt er sich ganz am anderen Ende von der Wirtsstube – im größtmöglichen Abstand zu den Dreckschweinderln! – in seinen Winkel, wo er schweigend auf die Roswitha wartet und auf das Fleisch, das sie ihm jeden Abend auftischt und das natürlich ein Schweinsbraterlfleisch ist, was denn sonst.

Der Biermösel ist wie der alte Biermösel ein Einsilbiger, weil er im Reden auch nie besser war als im Schreiben. Er wäre ein guter Trappistenmönch geworden (wenn auch lieber Bierfahrer!), mit dem lebenslänglichen Schweigen hätte er sich gerne angefreundet. Und wenn er sich anschaut, wie weit er es bis dato finanziell und sexuell gebracht hat, dann gibt es wahrscheinlich weltweit keinen Trappistenmönch, der so brav lebt wie er, nicht einen! Nur gegen das Beten hätte er revoltiert. Beten heißt ja auch wieder nichts anderes als reden, und nichts verträgt ein Biermösel weniger als das Wort zu viel. Schon als kleiner Biermösel hat er beim Kreuz-Schlagen statt „Im Namen des Vaters und des Sohnes und des Heiligen Geistes Amen" immer nur „Eins zwei drei vier" gesagt, das ist ja beim besten Willen kein Beten! Hätte der Mallinger damals unten in Medjugorje „Eins zwei drei vier" gesagt, bevor ihn der Segen von der Heiligen Jungfrau gestreift hat, dann hätte sie ihn mit Sicherheit nie von seiner Trunksucht befreit, in die er nach seinem fürchterlichen Unfall abgeglitten ist, auch in hundert Jahren nicht.

„Danke Roswitha, stell her das Braterl, danke. Gut schaut es wieder aus, wirklich sehr sehr gut!"

Meine Güte, die Roswitha!, denkt sich der Biermösel jetzt zufrieden, wie er den ersten flaumigen Knödel teilt und ihr nachschaut, wie sie zurück in die Küche huscht. Gott sei Dank war die so gescheit und hat sich das mit dem Touristenwahnsinn erst gar nie angefangen. Alle zehn Wurschtelfinger kann sie sich heute abschlecken, dass sie sich ausschließlich auf die Verköstigung von den Wirten und ihrem Saisonnierpersonal als Zielgruppe spezialisiert hat. Die essen natürlich alle immer lieber auswärts als im eigenen Saustall, wo meistens ein Chinese auf der Flucht das Schnitzel herauspaniert. Freilich, der Chinesenschotter dazu ist meistens nicht ganz schlecht, gibt auch der Biermösel gerne zu, weil ja gewissermaßen der Schuster bei seinem Leisten bleibt, wenn ein Saisonnier-Chinese auf der Flucht den Reis aufkocht, so wie das drüben beim Seebachwirt der Aushilfskoch Mao Tse Tung (nicht verwandt nicht verschwägert!) macht. Jedoch ein Wirt, der das Schnitzel mit einem Reis serviert, der gehört nach der reinen Essenslehre vom Biermösel sowieso hinten am Schießstand vom Auerhahn erschossen. Nur schwer kann er sich beruhigen, wenn er an ein Schnitzel mit einem Reis dazu denkt, nur sehr schwer.

Da fällt ihm ein: Ob der Mao Tse Tung vielleicht einer von den zwei mutmaßlichen Rotzbuben gewesen sein könnte, die in den Handtascherlraub verwickelt sind? Als Gendarmerie hört der Biermösel nämlich nie auf zum Ermitteln, auch nicht beim Essen. Und diese illegalen Sylanten, kombiniert er jetzt im Hirn, sind ja oft nicht sehr vermögend, da ist der Griff nach einem fremden Handtascherl schnell getan, der Schritt ins Kriminal gedankenlos gesetzt.

Was aber, sinniert sich der Biermösel jetzt was zusammen, wenn der Mao zwar keiner von den zwei Rotzbuben ist, aber stattdessen in das mysteriöse Verschwinden von den Kampfhunden vom Seebachwirten von vorne bis hinten verwickelt ist, das ihm auch seit geraumer Zeit den Schlaf raubt, weil es einer Lösung harrt, was dann? Schließlich hat auch der Biermösel schon gehört, dass der Chinese das Schwein meidet und den Hund verschlingt, da wäre ein Anfangsverdacht durchaus gegeben!

(Wie so ein Hundsbraterl wohl schmeckt?, schweift der Biermösel sofort in Gedanken noch ein Stück weiter ab. Gar nicht schlecht wahrscheinlich, läuft ihm schon das Wasser im Mund zusammen. Aber ob sich auch ein Bratlfett ausgeht, nagt gleich wieder der Zweifel an ihm, wenn der Mensch einen Hund ins Rohr schiebt anstatt ein Schweinderl? Das glaubt er dann eigentlich wieder weniger!)

„Sehr gut, Roswitha, wirklich einmalig das Krusterl! Und bitte, ein Bier noch, sei so gut, und einen Marillenen!"

Gott sei Dank war die Roswitha erst recht so gescheit, dass sie den Auerhahn nie zu einer gesichtslosen Bettenburg ausgebaut hat, für was denn! Der Biermösel und die Roswitha selbst haben oben unter dem Dach jeweils ihre Schlafkammer, die genügt, die muss genügen. Dem Biermösel sind die eigenen vier Wände sowieso wurscht, seit er auf der Gendarmerieschule oben in Linz in einem Schlafsaal mit hundertvierzig anderen stinkenden Schweinderln hat schlafen müssen. Da bleibt das Intime außen vor, da entwickelt die Kreatur kein Sensorium für eine Privatsphäre, unmöglich! Und jetzt, kurz vor seinem Lebensabend, wird er auch auf der Raiffeisenkassa keinen Bausparvertrag mehr abschließen und sich auf Kredit ein Einfamilienhaus hinbauen, wo weit und breit keine Familie in Aussicht ist! Hat er es bis jetzt ohne eigenen vier Wände in seiner Kammer oben ausgehalten, wird er es auch noch aushalten, bis er in die ewigen vier Wände hinüber auf den Friedhof in Ischl zieht, wo seine modrigen Biermösel-Knochen dereinst neben den Knochen vom alten Biermösel verfaulen werden, wenn es dann so weit sein wird, oder besser: neben dem, was von den Knochen vom Alten dann noch als Rest übrig geblieben sein wird. Viel werden sie da nämlich nicht mehr eingraben müssen, befürchtet der Biermösel nach den Daueramputationen, denen der Alte ausgesetzt ist – der depperte Zucker, der depperte!

„Danke Roswitha, wirklich ganz einmalig. Und jetzt alles miteinander noch einmal, ja freilich, was glaubst denn du?!"

Wenn er tot ist, wird es ihm nämlich wurscht sein, ob seine letzten eigenen vier Wände seine einzigen eigenen vier Wände geblieben sein werden. Sowieso drauf geschissen auf den Wahnsinn mit den eigenen vier Wänden! Hauptsache, denkt sich der Biermösel, er hat Kost und Logis bei der Roswitha. Und was die Vorteile von der Kost anbelangt, so machen sie die Nachteile von der Logis mehr als wett. Weil mehr schlafen, als man verträgt, ist bei weitem nicht so schön wie mehr essen, als man verträgt. Also aufs Schlafen auch geschissen!

„Ah! Danke Roswitha, so eine Freude hab ich wieder mit dem Nachtmahl! Und geh bitte sei so gut, einen Doppelten noch, gell!"

Wenn du jetzt ihn selbst und die Roswitha hernimmst und in Salzburg drüben im Museum im Spiritus ausstellst, denkt sich der Biermösel oft, und wenn du dann zwei Japaner aus Sapporo fragst, was die zwei zueinander im verwandtschaftlichen Verhältnis darstellen könnten, dann kommt unter Garantie keiner von den zwei Japanern aus Sapporo drauf, dass sie ein Fleisch und ein Blut sind! Der Biermösel misst nämlich über einen Meter neunzig und wiegt auf dieser Länge keine fünfzig Kilo. Und die Roswitha ihrerseits kriegt wiederum keinen Meter fünfzig in der Höhe zusammen, dafür aber hundert Kilo in der Breite, so viel werden es schon sein.

Das Fett freilich, das der Roswitha anhängt, das kommt natürlich nicht vom raffiniert gedünsteten Saisongemüse, für das sie berühmt geworden wäre in der ganzen Welt bis hinauf nach Berlin. Es ist schon der Schweinsbraten, wegen dem ihr die Leute die Tür einrennen und wegen dem sie selbst bald nicht mehr durch die Tür passt. Ein Schweinsbraterl, das die Roswitha in Knoblauch und Kümmel ertränkt, herrlich! Ein Schweinsbraterl, dem die Roswitha die letzten zehn Minuten in den vier Wänden vom Ofenrohr noch einmal Vollgas einheizt, weil ein Schweinsbraterl ohne Krusterl ja letztlich wie ein Bierfahrer ohne Kapperl ist – drauf geschissen auf ein Schweinsbraterl ohne Krusterl!

„Aber freilich Roswitha, freilich nehm ich noch einen Nachschlag, und selbstverständlich trink ich noch eines, und einen auch noch!"

Wenn die Gendarmerie im Biermösel am Abend aus dem Dienst nach Hause kommt und er zum Gast wird, dann braucht ihn die Roswitha heute natürlich nicht mehr fragen, was er zum Essen will, nach fünfunddreißig Jahren geschwisterlichen Zusammenlebens hat sich das eingespielt. Was die Essgewohnheiten – aber nur die! – anbelangt, ist ja der Biermösel in den Augen vom Doktor Krisper eine medizinische Sensation. Was alles andere betrifft, sagt der Doktor Krisper, ist die medizinische Sensation eher die, dass der Biermösel noch lebt. In seinen Aufzeichnungen führt der Herr Doktor den Biermösel nicht nur als seinen schwierigsten Patienten, sondern auch als den „dünnsten dicken Gendarmen" der Welt, weil der Schweinsbraten bei ihm einfach äußerlich nicht anschlagen will, während er aber in seinem Inneren gewaltige Verheerungen anzurichten imstande ist. Seine Feinde gehen dann sogar noch einen Schritt weiter und nennen ihn den „dünnsten dümmsten Gendarmen" der Welt, und das tut dann richtig weh. Auch wenn er sich nach fünfunddreißig Jahren im Dienst eine dicke Haut angezwitschert hat, die ihn für die Alltagsschweinereien von den Leuten unempfindlich macht – seine Seele kann der Mensch nicht so einfach ins Rohr schieben und zehn Minuten Vollgas geben, damit das Butterweiche ein Krusterl kriegt und ihn gegen die wirklich groben Verletzungen schützt. So eine Seele kriegt der Mensch einfach nicht hart!

„Aber freilich, Roswitha! Freilich, freilich, freilich! Stell her!"

Die Roswitha! Nicht erst einmal, dass er sich furchtbar gekränkt hat, dass ausgerechnet sie seine Schwester sein muss! Wie wenn ihm ein Wirt den weltbesten Schweinsbraten vor die Nase stellt und ihm dann die Hände abhackt, so gemein kommt ihm das vor!

Freilich, der Ausschlag, der sich bei ihr die Schenkel hinten hinauf bis zum Gesäß ausbreitet, gegen den ist die Lepra eine leichte Nagelbettentzündung. Da müsste der Herr Doktor Krisper doch endlich einmal eine Salbe bauen, die das Nässende dauerhaft eindämmt und den Juckreiz die ganze Nacht über in die Schranken weist, damit sie einmal durchschlafen kann und nicht dauernd vor Schmerzen herumschreien muss. Aber sonst ist die Roswitha perfekt! Er kennt sie, er mag sie, und über das Schwein weiß sie alles. Da soll er nicht gekränkt sein, dass ausgerechnet sie seine Schwester ist?

Jetzt schiebt der Biermösel den Teller ein Stückerl von sich weg, rülpst einmal ordentlich und steckt sich den Zahnstocher in den Mund. Er sitzt gemütlich in seinem Winkerl und schaut deppert in die Wirtsstube hinein, wie er nach dem Nachtmahl immer wieder und immer öfter in die Wirtsstube hineinschaut. Gerne schweift er nach dem Essen in Gedanken und Blicken ein bisserl ab, das Schauen und das Abschweifen sind gewissermaßen seine Hobbys. Allerdings schaut ein Biermösel natürlich nicht wie der Esel im Stall, wenn er schaut. Ein Biermösel hat natürlich schon den gewissen Blick aus den Augenwinkeln heraus, und seine Sehwerkzeuge sind zusammengekniffen wie beim Chinesen, fast wie der Mao Tse Tung nicht verwandt nicht verschwägert schaut er, wenn er schaut, hintergründig und geheimnisvoll, einfach nicht zum Durchschauen.

Auf der Gendarmerieschule oben in Linz war er der Klassenbeste im Schauen und Beobachten, wenigstens in dem einen Fach war er der Star. „Adler" hat ihn folglich der genannt, der ihm wohlgesinnt war (der Grasmuck), „Blindfisch" die breite Masse, die ihn verachtet hat, aus der reinen Bosheit heraus. Das Schauen aber hat er über all die Jahre hinweg perfektoniert, auch wenn er jetzt kurz vorm Lebensabend natürlich doch schön langsam die Gleitsichtbrille vom Meisteroptiker vertragen könnte, jünger wird ja auch er nicht.

„Einen noch, Roswitha!"

Wenn der Biermösel die Geruchsterroristen am Stammtisch beobachtet, dann nimmt sein geübter Blick immer den Umweg über den Spiegel, den er schräg oberhalb im Herrgottswinkel neben die Himmelmutter hingehängt hat, und zwar in dem speziellen Winkel, dass er die ganze Gaststube im Adlerauge behalten kann, fast so wie der russische KGB früher den Archipel Gulasch im Auge behalten hat (Da fällt ihm ein: Gut möglich, dass er sich heute noch ein kleines Gulasch zum Drüberstreuen vergönnen wird, sehr gut möglich!). Und jetzt fragt er sich natürlich, wer von denen dort drüben am Stammtisch ein bis zwei Rotzbuben daheim im Stall stehen hat, die allein oder im kriminellen Verbund für den Überfall auf die deutschen Sexmonster, als die er sie mittlerweile bezeichnen muss, verantwortlich sein könnten? Der Überfall *muss* geklärt werden, feuert er sich innerlich an, sonst dreht er noch durch. Tut ihm eh schon wieder alles weh unten herum vor lauter Ärger und Sorgen! Und arbeitet ihn eh schon wieder das Nachtmahl so gewaltig her, dass eh schon wieder ein jeder weiß, wie das gleich ausgehen wird. Bald wird es wieder so weit sein, dass das ganze Nachtmahl als Wind hinten hinausfahren will, weil er praktisch alles Feststoffliche zu Gas verarbeitet. Eine sehr seltsame Laune der Natur, über die er sich gar nicht freut (und sonst auch keiner!). Gleich wird ihm wieder das erste Junggesellenlied auskommen, na Bravo! Und auch wenn er es in das Schwafwollpolsterl hinein singen wird, das ihm die Roswitha immer zum Draufsetzen auf die Holzbank legt und das ein paar Dezibel vom gewaltigen Donnergroll schluckt – es wird sich wieder nicht vermeiden lassen, dass sich alle den Hals nach ihm verdrehen und ihn deppert anschauen, nur weil er die Komantschen pfeifen lässt.

„Schaut's mich nicht so deppert an!"

Vielleicht kommen die Schmerzen aber auch nur von der unverhohlenen Feindseligkeit und Häme, die vom Stammtisch zu ihm herüberschwappen, weil bei ihm öfter als bei anderen die Natur über den starken Willen obsiegt. Wenn einer ansonsten so vorbildlich und klösterlich lebt wie der Biermösel, dann ist er ja bei der breiten ausschweifenden Masse nicht nur beliebt. Wenn er dann auch noch lieber die ganze Zeit bei seiner schwergewichtigen Schwester daheim verbringt als bei den leichten Mädchen im Puff von der gachblonden Discowirtin drüben in Goisern, dann braucht er sich um die blöde Nachrede keine Sorgen mehr machen. Der billige Kalauer auf Kosten von denen, die im Sex keine Stars sind, ist ja ein Dauergast auf jedem Stammtisch der Welt. Und im ganzen Ausseerland gibt es keinen Stammtisch, wo nicht jedes mal wieder der billige Kalauer auf Kosten vom Biermösel die Runde machen täte, der da lautet:

„Nur Bier, nie Möse!".

Auch wenn er jetzt kurz vorm Lebensabend doch schon die gewisse Reife erlangt hat und nicht mehr dauernd dem schnellen sexuellen Abenteuer auf der Triumph hinterher fahren muss – weh tut das schon!

Aber weil es draußen jetzt schon ganz zugezogen hat und er kurz vor der Zeit im Bild 1 schon so eine schöne Bettschwere beisammen hat, von ihm jetzt abschließend zur ganzen Sex-Problematik nur noch zwei Worte:

Drauf geschissen!

Sollen doch die da drüben am Stammtisch ruhig lachen über wen sie wollen, er zettelt wegen so was keine Wirtshausrauferei mehr an, er ist heute ganz Gandhi.

„Ja freilich Roswitha! Einen noch, kruzifix!"

Hauptsache, denkt er sich jetzt mit schweren Augen und legt sich auf die Ofenbank, Hauptsache, er sieht jetzt gleich die Schwarzhaarige in den Hauptnachrichten, die ihm wegen ihrer monströsen Mähne so gut gefällt, weil er an den Frauen das Rassige liebt, das Wilde und Unzähmbare.

Und da ist sie auch schon! Und sie redet gleich wieder davon, dass das ganze Land mehr oder weniger bis zu den Augenbrauen in der Sickergrube steht, womit sie einem wie ihm aber nichts Neues mehr erzählt. Und wie ihm die Roswitha mit ihrem fraulichen Instinkt endlich die ganze Flasche Marillenen zum Bier dazustellt, weil sie das dauernde hin- und herrennen mit ihren Krampfadern und dem nässenden Ausschlag auf der Innenseite von ihren Schenkerln auch nicht mehr so gut verträgt und sie sowieso weiß, dass er nicht ins Bett geht, bevor er die Flasche ganz ausgezwitschert hat, da denkt sich der Biermösel, dass ihn heute sicher nichts und niemand mehr rausbringen wird aus der Roswitha ihren vier Gaststubenwänden.

Schon gar nicht, wenn es draußen das ganze Land in kleine Fetzen zerreißen täte. Und erst recht nicht, wenn ein paar Rotzbuben die gesamte Bundesregierung entführen täten und er – Biermösel, Inspektor – zusammen mit dem Grasmuck, Inspektor, als Mitglied vom Katastrophenschutz seinen Dienst für das Staatsganze antreten müsste!

Weil – „Freilich, Roswitha, stell her!" – drauf geschissen auf das Staatsganze!

Und – „Danke, Roswitha! Wirklich einmalig!" – drauf geschissen auf die gesamte Bundesregierung!!

Windbauch

Die Nacht dann natürlich – furchtbar! Alles ein einziger ausstrahlender Schmerz unten herum, und die Luft herinnen in den vier Wänden von seiner Schlafkammer – zum Kampfhunde-Vergasen! So unsagbar gewaltig sind heute die Junggesellenlieder, die er hinausschmettert, so enorm die Dichte ihrer Abfolge, dass sich dem Kreisky sein tiefer Bass heute wie ein Mäuseschrei gegen die Koloratur vom Biermösel anhören täte. Da will er nicht ausschließen, dass sie ihn heute sogar drüben in China hören. Gebe Gott, dass sie ihn nicht auch schon riechen können!

Wie ihm jetzt ein weiterer sehr schöner auskommt, aber wirklich ein sehr schöner, klammert er sich an die Erstkommunions-Bibel, die auf seinem Nachtkasterl liegt, und er denkt an das Dichterwort:

„Windbauch, Windbauch, alles ist Windbauch!“

Es werden nicht nur die letztendlich doch acht Portionen vom Schweinsbraterl gewesen sein, die ihn gar so herarbeiten, und nicht nur die in der Summe vierundzwanzig doppelten Marillenen, die ihn am Schlaf hindern. Es wird wohl auch die fünfte Cremeschnitte ihren Beitrag leisten, die es nach dem Gulasch zum Drüberstreuen dann doch noch unbedingt hat sein müssen, wie die „Zeit im Bild 1“ schon lange vorbei war. Alles das miteinander und übereinander sucht sich jetzt in den Irrungen und Wirrungen vom Biermösel seinen Gedärmen einen Platz nahe am Ausgang, den wiederum die renitenten Knödeln versperren. Alles gut eingeschmiert vom Bratlfett und nur zögerlich aufgeweicht vom Marillenen. Einer von den Fäkalkünstlern, denkt sich der Biermösel, wie er sich den schmerzenden Bauch hält, hätte heute eine schöne Freude mit ihm, wenn er ihn mit seinem Säbel anstechen könnte. Eine gewaltige Sauerei täte der Inhalt vom Biermösel heute ergeben, als Wandgemälde sicher ein Gedicht!

Kann es sein, fragt er sich, dass er das Zeug zum Kunstwerk hat?

Es zwickt und drückt ihn unten herum jedenfalls überall, und wurscht ob er sich auf die eine Seite dreht oder auf die andere, der Biermösel und sein Körper finden heute einfach nicht zusammen. Wie der Kampfhund und die Siamkatze im engen Käfig sind die zwei heute miteinander, wie der Arsch und der Friedrich. Und wenn er nicht bald aus den Federn kommt und das Fenster aufreißt, kann er sich aussuchen, ob er an den Gasen ersticken oder am inneren Aufruhr zugrunde gehen will, such es dir halt aus, Biermösel!

„Windbauch, Windbauch, es rumort gewaltig im Windbauch!"

Dass es jetzt draußen über den gewaltigen Baumwipfeln auch noch blitzt wie bei einer Radarkontrolle und donnert wie beim Geröllschlag, das jagt ihm dann zusätzlich noch die große Angst ein, weil er gar so alleine in seiner Kammer liegt und niemanden hat zum Anhalten. Nur die kalte und gefühllose Gespielin Einsamkeit liegt wieder bei ihm unter der Decke, seine treue Begleiterin. Sie streichelt ihn mit ihren eisigen Fingern, wie sie es schon damals im Schlafsaal oben in der Gendarmerieschule in Linz getan hat, wenn er am Wochenende immer als Einziger daheim geblieben ist und aus seinem Kofferradio das „Wunschkonzert der Volksmusik" gehört hat, während die anderen allesamt ausschweifen gegangen sind.

Verachtet hat er seine Kameraden damals, weil sie ihr Geld zum Fenster hinausgeschmissen haben, wo er vernünftig war und auf die Triumph gespart hat! Aber wie dann nach und nach ein jeder von denen in den Hafen der Ehe übergesetzt hat, während er immer noch alleine war, hat es ihm schon gedämmert, dass er wieder einmal auf das falsche Pferd gesetzt hat, aber auf das komplett falsche! Ein Moped haben sich die anderen dann nämlich auch alle gekauft, nur dass sie auch eine Braut hinten drauf gehabt haben, mit der sie die Überfahrt genommen haben! Und er? Die Einsamkeit ist nach wie vor seine Gattin, der Schmerz immer noch seine Geliebte.

Da muss der Biermösel gleich wieder an den Lebensabend denken, von dem er sich im Detail gar nicht ausmalen möchte, was der an Sinnleere alles bringen wird. Aber wenn die Nacht lang wird, dann geht der Mensch erst recht ins Detail. Und was er jetzt dort im Detail sieht, das lässt ihn schaudern:

Er und der Grasmuck und wie es heute ausschaut auch die Roswitha und der Mallinger samt Bürgermeister werden gemeinsam einsam übersetzen ins Siechenheim nach Goisern. Wahrscheinlich alle miteinander in eine Kammer gepfercht neben der vom alten Biermösel, oder besser gesagt: Neben dem, was von ihm dann noch als Rest übrig geblieben sein wird.

Das wird nicht mehr viel sein, malt sich der Biermösel jetzt den Rest vom alten Biermösel in allen Farben mit Schwerpunkt Blutrot aus, weil die moderne Chirurgie ja heute lieber absägt, als dass sie heilt!

Da wäre der Biermösel gerne in den Tiefschlaf gefallen, weil er das alles nicht mehr sehen will, was er sich zusammenphantasiert. Eigentlich wäre er am liebsten gestorben, weil er sich nach dem erbärmlichen Leben den katastrophalen Lebensabend ganz gerne ersparen täte.

„Windbauch, Windbauch, wer hat den gewaltigsten Windbauch?“

Christophorus, oh Treuer!

„Na wer schon!", wüsste der Mallinger drüben in seinem Einfamilienhaus ohne Familie die Antwort. „Der Biermösel hat den gewaltigsten Windbauch, pfui pfui pfui! Und schreiben kann er auch nicht! Und den Führerschein hat er mir auch weggenommen!"

Aber der Mallinger will nicht schadenfroh sein. Er will sich nicht weiden am Unglück anderer und nicht auf Liegende hintreten, das tut man einfach nicht.

Außerdem: Seit drei Jahren im erzwungenen Vorruhestand, steht er ja selbst heute keinen Deut besser da als der Biermösel. Mal abgesehen von der wirklich schönen Lehrer-Frühpension vielleicht, die natürlich ein echtes Zuckerl ist.

Schlafen kann er aber trotzdem nicht.

Sein Leben ist ihm entglitten, seit man ihm die Buchstaben weggenommen hat, die er als Deutschlehrer drüben in der Schule in Ischl zusammenbauen durfte – A ein Apfel, B eine Birne. Heute muss er sich damit begnügen, dass er alle paar Tage im Flachdachrefugium des Puffkaisers Schlevsyk oben am Berghang Nachschau hält, während dieser seinen schmutzigen Geschäften im deutschen Osten nachgeht, eine sinnleere Hausmeistertätigkeit. Und neuerdings wartet er auf den Beginn der Deutschkurse für Ausländer, die er sich bereit erklärt hat zu übernehmen, unentgeltlich natürlich, übermorgen geht es los. Ein kleiner Silberstreif am Horizont, gewiss.

Doch dazwischen?

Leider muss er sich eingestehen, dass er sich vielleicht eine Spur zu sehr mit seiner Playstation zerstreut und darauf eine Spur zu häufig die Nordkurve des Nürburgrings durchfährt, welche die gefährlichste Kurve im gesamten Formel-1-Zirkus ist.

Es juckt ihn immer noch zu sehr in seinen Handgelenken, als dass er reinen Herzens von sich behaupten könnte, sein fürchterlicher Unfall damals wäre ihm eine Lehre gewesen und er hätte die „Faszination Geschwindigkeitsrausch" für immer hinter sich gelassen. Leider.

In langen schlaflosen Nächten wie dieser sehnt er sich sogar manchmal wehmütig nach den Zeiten seiner Trunksucht zurück, die auf den Horrorcrash folgte. Damals konnte er zwar auch nicht schlafen. Doch fiel er wenigstens hin und wieder in tiefe Bewusstlosigkeit.

Es sind nun aber nicht die wie leiser Nebel über das Ausseerland schleichenden Winde des Biermösel, die dem Mallinger heute so sehr zusetzen und ihn im nervös-fiebrigen Hin und Her halten. Es ist auch nicht das von Fehlern strotzende Pensionsansuchen des Biermösel, über dem er brüten und in dem er mit der Lupe prüfen würde, in welchem Wort kein Fehler ist. Das hat er ja noch nicht verfasst, der Biermösel, und seine Winde allein wissen, ob und wann er es je tut.

Es ist ein immer wiederkehrendes Bombardement visueller Reize, welches ihm sein Hirn zermartert und ihn keine Ruhe mehr finden lässt. Grauenhafte Schlachtenbilder sieht er immer wieder, vor denen er im Geiste stets Zuflucht im Klassenzimmer seiner alten Schule sucht, wo er den Erinnerungen des schrecklichen Crashs damals zu entfliehen versucht.

Vergeblich!

Zwar stellt er sich dort vor die grüne Tafel und zählt brav die bunten Buchstaben, die er zuvor feinsäuberlich darauf gemalt hat. Wenn er mit dem Zählen der Schäfchen auf der grünen Wiese durch ist und er trotzdem nicht einschlafen kann, dann zählt das Buchstabenzählen zu seinen Geheimrezepten. Und ein paar Geheimrezepte kann der Mensch durchaus gebrauchen nach diesem Parcours an Prüfungen, über den der liebe Gott ihn gejagt hat – fehlt nur noch, dass ihn ein Wal verschluckt!

Doch wie jede Nacht hat der Mallinger in seinen Träumen noch nicht bis F wie Ferrari gezählt, da taucht auch schon wieder der C wie Christophorus mit seinem giftgrünen Dodge Viper draußen vor der Schule auf, dreht auf dem Asphalt davor ein paar angeberische Kreisel und lässt die Furcht einflößende Acht-Liter-Höllenmaschine noch einmal kräftig aufheulen, bevor er schließlich das Klassenzimmer in der Art betritt, wie die Hells Angels das Bierlokal betreten.

Der Chris (wie der Mallinger den Heiligen mittlerweile vielleicht ein wenig zu amikal nennt) ist so unfassbar groß gewachsen, dass er in diesen furchtbaren Träumen überhaupt nur durch die Tür hereinpasst, weil er seinen abgerissenen Schädel lässig unter seinem rechten Arm mit sich spazieren trägt. Aber auch aus diesem heraus vermögen ihn die Augen des Heiligen so vorwurfsvoll und hasserfüllt anzusehen – wie der Landesschulinspektor den Analphabeten –, dass sich der Mallinger aus Angst vor diesem Radaubruder und seinem bösen Blick immer die Ferrari-Bettdecke bis über beide Ohren hinaufzieht, nur um darunter die Donnerstimme des Heiligen umso deutlicher zu vernehmen, die ihn beständig an das unverzeihliche Unglück seines Lebens erinnert:

„Mallinger!", schreit der randalierende Heilige dann, der gerne mal die Fassung verliert. „Weil du nicht Auto fahren kannst, haben sie mich an der Abzweigung nach Aussee auch noch aufgestellt, du Scheiß-Typ! Und jetzt fährt mich jeden zweiten Tag einer von euch besoffenen Bauerntrotteln über den Haufen und reißt mir den Schädel ab, immer und immer wieder! Hättest du *damals* nicht aufpassen können, du Pfeife?"

Verzweifelt versucht der Mallinger den gewaltigen Hieben des tobenden Heiligen auszuweichen, der ihn mit dem 2-Meter-Lineal in kleine Stücke zu säbeln versucht. Wie ein Sumoringer wirft er sich im Halbschlaf hin und her, sodass sein Bett mittlerweile aussieht wie das mit sechs Schweinderln überbelegte Zwei-Mann-Zelt auf einem Ministrantenlager.

Doch kaum ist er den wütenden Angriffen dieses ungehobelten Klotzes entkommen, fliegt ihm in einem nächsten Traum auch schon der nächste Schädel um die Ohren. Diesmal ist es der von seiner Gemahlin Hertha, die damals neben ihm auf dem Beifahrersitz im Audi Quattro gesessen ist.

Und dann hört er in dolby surround wieder das Krachen der Karosserie, die zusammengesetzt einmal sein ganzer Stolz war, bevor sie in kleinen Fetzen im Mischwald zu liegen kam, so wie viel früher schon der Ferrari vom Niki in der Nordkurve des Nürburgrings.

Christophorus, oh Treuer, behüt' uns am Steuer.

Damals! Immer wieder damals!

Bis vor fünf Jahren war das Glück doch selbstverständlicher Gast in seinem Leben, wie der Herrgott im Winkel. Zwar hat auch die Hertha nicht ausgesehen wie ein Boxenluder (blond, willig und nymphoman). Dafür war sie zu rotbackig und grobknochig, zu sulzig waren ihre Füße und zu durchsichtig ihre Haut. Aber sie hat ihm den schmerzhaften Stachel Einsamkeit aus seinem Gesäß gezogen, als sie vor bald fünf Jahren drüben in Gosau „Ja" gesagt hat, „ja, ich will". Und auf den Tag genau neun Monate später hat der Storch den kleinen Niki gebracht – Hallelujah! So eine Punktlandung gefällt dem Herrn.

Aber Obacht! Wo viel Licht, da auch viel Schatten. Das Unfaire und Unsinnige, das Unverständliche und nicht Steuerbare sind die unmanierliche Verwandtschaft des Glücks, die man besser nicht in sein Haus hereinlässt, weil sie sich den Schmutz nie von den Schuhen streift. Das weiß auch ein jeder, der schon einmal glücklich war. Außer der Biermösel vielleicht, der das Glück überhaupt nur aus den Sisi-Filmen kennt.

Der Biermösel hätte damals natürlich die Autoindustrie nicht ungeschoren davonkommen lassen dürfen, sieht auch der Mallinger heute ein, wenn er sich nach dem Crash bei der Rekonstruierung des Unfallherganges nur die Mühe gemacht und die Verschuldensfrage gestellt hätte. Anstatt alles dem nassen

Laub auf der Straße in die Schuhe zu schieben und den unerwarteten Spätwinter im Frühsommer in die Pflicht zu nehmen, hätte er sich auch fragen können:

Darf denn die Autoindustrie einem wie dem Mallinger so eine 300-PS-Allrad-Maschine aus Sindelfingen überhaupt andrehen? War denn nicht absehbar, dass ein so gehemmter und unsicherer Mensch wie er aus Gründen der Kompensation seiner Minderwertigkeit ständig das Gas durchtreten würde wie früher der Niki? Und wieso hat denn die Bezirkshauptmannschaft einem so schmalen und kleingewachsenen Deutschlehrer mit so dicken Brillengläsern überhaupt einen Führerschein ausgestellt, einem bekennenden Marienverehrer obendrein, der beim Rasen stets auf die schützende Hand der Jungfrau vertraute, weil er sich vorbildlicher Rosenkranzbeter nannte mit Schwerpunkt „Segensreicher"?

Schon viel früher hätte der Biermösel diesen ortsbekannten Raser aus dem Verkehr ziehen müssen, der stets blind den Kräften des Himmels vertraute, nachdem er den Turbo gezündet hat, weil ja ohnehin der heilige Christophorus als Medaillon vom Rückspiegel herabbaumelnd als Beschützer bei ihm mitfuhr. Kann denn da in Dreiherrgottsnamen etwas schief gehen, hat sich der Mallinger frohen Mutes gefragt, als er damals solcherart doppelt und dreifach abgesichert im nagelneuen Quattro mit seinem jungen Glück die Schwiegereltern drüben in Goisern besuchen wollte und er seine Lieblingskurve samt Kompression an der Abzweigung nach Goisern – eine Kurve, schöner und gefährlicher als die Nordkurve des Nürburgrings! – im wahnwitzigen Geschwindigkeitsrausch nehmen wollte, schneller und verwegener als alle anderen vor ihm, kann denn da etwas schief gehen?

Alles, wie er heute weiß, aber auch wirklich alles!

Denn natürlich konnte der Mallinger diese Rakete unter seinem schmalen Arsch unmöglich bändigen. Und natürlich schaute er augenblicklich blöd aus seinem Steireranzug, als er nach diesem Vollgasrausch plötzlich oben im Mischwald saß, ganz und gar vom rechten Weg abgekommen, alleine und noch immer angeschnallt in seinem tiefer gelegten Schalensitz, aber allzu weit neben dem dazugehörigen und völlig zerknüllten Allrad.

Den kleinen Niki hat es zuvor schon hinauskatapultiert in die herrliche Natur, wo er im weichen Mischwaldlaub liegen blieb. Noch bevor er ein einziges Kart-Rennen gewinnen konnte (wie es sein Plan für den Erstgeborenen war), musste er Gottes weites Erdenrund schon wieder verlassen, ungetauft und mit angeschissenen Windeln.

Und den abgerissenen Schädel von seiner geliebten Hertha fand der Biermösel dann überhaupt erst am Ostermontag drüben im Zuständigkeitsbereich des Grasmuck in Goisern, nachdem ihr Körper zuvor in seinem eigenen Zuständigkeitsbereich herüben in Aussee vierzehn Buchen gefällt hatte, bevor er (in Teilen) an einer Felswand zum Erliegen kam.

Und er selbst, die selbsternannte Rennfahrerhoffnung eines ganzen erwartungsfrohen Landes, das seit dem Lauda keinen Weltmeister mehr hervorbrachte?

Zunächst schien es, als wäre er Hauptdarsteller eines göttlichen Wunders gewesen und gänzlich unbeschadet seiner Havarie entstiegen. Nach erster ambulanter Versorgung brauchte er weder Salbe noch Tinktur.

Doch ließ sich bald nach der Trauerphase nicht mehr verheimlichen, dass er während dieses Hochamtes der Zerstörung, während dem sein Quattro wie eine Flipperkugel unkontrolliert durch den Mischwald geschleudert war und sich Hunderte Male überschlug, wohl irgendwo und irgendwann ganz fürchterlich mit dem Kopf angeschlagen sein musste.

Denn seit damals stottert er wie ein alter Steyr-Traktor, was – unter anderem – ein Grund für den Entzug der Lehrberechtigung war.

Und seit damals – Aber pssst! Davon hat er auch dem Doktor Krisper nie etwas erzählt, sonst würde der ihn für geistesgestört erklären! – hört er dauernd die Stimme des Heiligen, der Klartext mit ihm redet:

„Mallinger! Du Mörder! Du Bleifuß! Hättest du damals nicht aufpassen können, du Arsch mit Ohren?"

Gleich ist es halb vier Uhr morgens, die Stunde des ersten Rosenkranzes, die Stunde der einsamen Seelen und vorbildlichen Beter. Der Mallinger hat sich aus seinem klitschnassen Bett herausgeschält. Er hat ein paar Minuten kalt geduscht, einige flotte Kniebeugen gemacht (flott, flott muss es gehen!) und sich dann seinen Morgenmantel übergeworfen, den er aus dem Marienwallfahrtsort Medjugorje mitgebracht hat.

Obwohl er im Grunde die entspannte Ferrari-Schalensitzhaltung der vornüber gebeugten Rosenkranzhaltung vorzieht, kniet er nun vor seinem Bett und betrachtet in ruhiger Meditation das Bild der Heiligen Jungfrau, das dort neben dem Bild vom Niki in seinem 76er-WM-Ferrari über seinem Bett an der Wand hängt.

Zwar ist auch die Heilige Jungfrau kein Ferrari, wenn man sie sich genauer anschaut, ja, sie ist noch nicht einmal ein Boxenluder. Aber sie hat Klasse, freut sich der Mallinger in seinen nächtlichen Betrachtungen immer wieder über die Mutter Gottes, sie hat eine Aura. In puncto Strahlkraft, versinkt er in stiller Bewunderung, kann dieser Frau einfach keine das Wasser reichen, nicht einmal der Niki.

Da muss der Mallinger plötzlich kichern. Verschämt zwar, weil er weiß, dass man vor dem Bildnis der Heiligen Jungfrau knieend nicht kichert. Aber es fällt ihm gerade wieder ein, wie er vor einem Jahr auf dem Busbahnhof in Attnang-Puchheim eigentlich den Shuttle-Bus zum Oktoberfest nach München besteigen wollte, um sich dort endgültig zu Tode zu trinken. Nach dem fürchterlichen Crash damals war seine Seele in ein schwarzes Kellerloch gefallen, wo sie sich mit dem teuflischen Verführer Suff verschwägerte.

Aber dann: War es Zufall? War es Gnade? War es der Föhnsturm, der ihm zusetzte? Oder war es schlicht ein lange vorbereiteter Schachzug der Heiligen Jungfrau, dass sie ihn irrtümlich in den falschen Bus stolpern ließ?

Plötzlich fand er sich nämlich inmitten einer Schar fröhlich singender Nonnen aus Polen wieder, allesamt Mitglieder des Rosenkranz-Sühnekreuzzuges, allesamt keine Boxenluder im engeren Sinne, dafür jede Einzelne von geselligster Natur.

Er nahm in diesem fürchterlich stinkenden und brustschwachen Reisebus mit kaputten Bremsen ganz vorne neben dem kettenrauchenden Fahrer Platz, und los ging die fröhliche Fahrt hinunter in den balkanesischen Wallfahrtsort, wo er schließlich am Ende jener launigen Reise *„Dominique Dominique"* in einwandfreiem Polnisch singen konnte, während die polnischen Nonnen ihrerseits akzentfrei *„Resi, i hol di mit dem Traktor ab!"* brüllten, die Chemie zwischen ihnen hatte einfach gestimmt. (Auch wenn er sich den Fahrer nicht zum Freund machen konnte, dem er – angeblich! – während der gesamten Fahrt ständig ins Lenkrad griff, und den er – angeblich! – fortgesetzt anfeuerte, doch endlich schneller zu fahren, schneller, schneller, schneller!)

Als kleinen Freundschaftsdienst, vielleicht auch ein wenig aus Mitleid, schleppten ihn die lustigen Nonnen dann noch vor das Bildnis der Heiligen Jungfrau, Haufen Elend, der er war, nichts weniger als dem Tode geweiht. Sein Hirn war bereits ein löchriger Schwamm, mit dem die Anni keinen Teller mehr hätte waschen können. Und seine Leber war schon hart wie eine alte Semmel. Doch die Heilige Jungfrau hat ihn nur angeschaut, immer nur angeschaut, die kann vielleicht schauen, die Heilige Jungfrau! Damals wie heute liegt kein Vorwurf in ihrem Blick, keine Abscheu vor seinem niedrigen Leben. Sie ist einfach nur reine Gnade und mütterliche Nachsicht. Anders als den Heißsporn Christophorus bringt diese Frau so schnell nichts aus der Ruhe. Und schön, denkt er nun beim Betrachten ihres Bildes, schön ist sie auch, so schön.

Hat er es am Ende auch ihr zu verdanken, dass sich für ihn nun doch noch zwei Silbestreifen auf dem Horizont abzeichnen? Erst vorige Woche hat ihm die Gemeindeverwaltung trotz seiner unbestreitbaren gesundheitlichen und psychischen Probleme die Deutschkurse für Ausländer übertragen, die er sich zuvor bereit erklärt hat kostenlos zu übernehmen.

Und dann erreichte ihn gestern dieser Anruf des Puffkaisers Schlevsky, der ihn jetzt auf seiner zum Doppelbett ausgebauten IKEA-Couch „Mysthique" um sich schlagen lässt wie früher in der Ausnüchterungszelle des Biermösel.

In einem seiner sechzehn Straßenschiffe werde er gleich morgen früh in Aussee ankommen und bei ihm anläuten, hat ihm der Schlevsky telefonisch auseinander gesetzt. Und weiter: Dass er sich bitte seinen Terminkalender freischaufeln und abseits des regulären Deutschkurses für Ausländer alle verfügbaren Deutschstunden für eine gewisse blonde Person reservieren möge, die nicht älter sei als ein junges Kitz.

Solche Anrufe des Puffkaisers sind an sich nichts Ungewöhnliches, schließlich verwaltet der Mallinger den Haustorschlüssel seiner Flachdachvilla während der Zeit seiner Abwesenheit. Ungewöhnlich aber war diese gewisse Aufgeregtheit und bis dato gänzlich unbekannte Nervosität in der sonst so festen und sonoren Stimme des Schlevsky, die jetzt auch auf den dünnhäutigen Mallinger abfärben. Angehört hat sich der sonst so Weltgewandte, als würde ihm sein Puffkaiserreich in kleinen Trümmern um die Ohren fliegen und er gerade nicht wissen, wohin seine Reise geht. Als wäre er Teil der fürchterlichsten Massenkarambolage der Formel-1-Geschichte, aus der ihm auch der Professor Sid Watkins nicht mehr heraushelfen könnte –

Feuer! Feuer! Feuer!

Rauswischen und Reinstecken

Das hätte sich das Frl. Anni in der – man muss es leider sagen: total verschissenen – Kindheit auch nicht träumen lassen, dass ein einzelner Mann seinen Nassraum so herrichten kann, aber so! Ausschauen tut es da heute wieder, wie auf dem Scheißhaus von einer indischen Slumfamilie komplett ohne Manieren, ein Alb! Zwar gewöhnt sich eine Zugeherin von Format mit der Zeit an jeden Nassraum, und die Anni wischt ja schon raus, seit sie sieben ist. Aber dem Biermösel seine Anlage am Gendarmerieposten in Aussee herüben – heiliges Kanonenrohr! Schaut ihr irdisches Fegefeuer so aus?

Das Land ist so schmutzig, die Leute sind solche Schweinderln heutzutage, pfui pfui pfui, dass die Anni jetzt schon um halb drei Uhr aus den Federn hüpfen muss, um die Nachfrage halbwegs bedienen zu können, husch husch husch, schnell muss es natürlich auch gehen.

Sie wischt die getäfelte Toilette vom Stararchitekten Wollatz genauso umstandslos heraus wie die angebrunzten Fliesen vom Biermösel, da darf eine Putzfrau keinen Unterschied machen, nach unten hin kennt eine Putzfrau keine Grenzen.

Selbst die hohe Politik in Gestalt des Bürgermeisters zählt sie zu ihren Kunden, und auch dem sein Klo, darf sie verraten, ist eine einzige Urinwandmalerei. Man möchte ja nicht glauben, was sich in der Politik alles zuträgt!

Das 1a-Schweinderl aber ist im Klerus zu finden, Dank sei Gott dem Herrn! Der Herr Pfarrer bucht sie praktisch jeden zweiten Tag, und das gewiss nicht ohne Grund, auch das darf sie verraten. Dem sein Klo ist ein unheiliger Tempel der Siebtechnik. Und die Bettwäsche vom Hochwürden ist jeden Morgen mit den Ergüssen aus seinem Wedel gesegnet, oh du Fröhliche!

Als Putzfrau braucht man schon einen guten Magen auch.

Der Gendarmerieposten vom Biermösel aber ist ein Kapitel für sich. Kein schönes Kapitel freilich, darf sie verraten. Den hat sie schon rausgewischt, da hat noch der alte Biermösel auf die sehr eigenwillige Art der Biermösels Dienst geschoben und uriniert, selbst die Decke ist bei denen dauernd voller Tropferln, du lieber Himmel! Fast möchte man meinen, die Biermösels machen eine olympische Disziplin daraus. Gewinnen täten sie auf alle Fälle, jedenfalls wenn es um Geruch und Ausbreitung der Verheerungen geht. Goldmedaille her, Bundeshymne ab, Heimat bist du großer Söhne.

Trotzdem: Die Anni beschwert sich nicht, sie macht es ja auch gerne. Als Frau weiß sie schließlich, dass sich ein Mann lieber das Bärli abschneidet, bevor er sich beim Abschlagen hinsetzt. Also versuch einem Esel das Kopfrechnen beizubringen, der wird das auch nie lernen!

Und was sie von ihrer Schwester Hanni hört, die drüben in Goisern das Männerscheißhaus im *Chez la blonde* von der gachblonden Discowirtin herauswischt – da möchte sie in hundert Jahren nicht mit ihr tauschen! Was die Versicherungsmakler und Autoverkäufer und Politiker und Jäger heutzutage imstande sind alles aufzuführen, das ist gelinde gesagt das Schattenreich.

Da steht die Anni ja mit ihrem langfristigen Reinigungsvertrag für die örtliche Schule fast privilegiert da im Vergleich zu ihrer Schwester. Natürlich hat sie den Job damals vor fünfzehn Jahren auch nicht nur wegen ihrer Qualifikation gekriegt, die sie ausspielen hätte können. Da hat sie schon auch ihre flinke Zunge am Bürgermeister spielen lassen müssen. Nur mit der reinen Qualifikation kriegt heute selbst die beste Zugeherin keinen Job mehr. Da muss man sich als Frau vor der Politik schon noch ein Stück mehr erniedrigen, damit man nicht endgültig abrutscht in die Armutsfalle. Freilich hat sie sich nie mehr wieder vor so etwas Grauslichem wie der Politik erniedrigen müssen, pfui pfui pfui. Dem Bürgermeister sein Bärli hat es weiß Gott ganz schön nötig gehabt. Aber als Frau weiß sie auch nur zu gut, dass der Mann in den schwer zugänglichen Regionen einfach aus Prinzip nicht putzt, da muss dann immer die Fachkraft ran.

Du lieber Gott im Himmel, diese Klobrille!

Nein wirklich, die hätte sie jetzt lieber nicht anheben sollen. Da kann sie von Glück reden, dass sie sich heute wieder kein Frühstück hat leisten können und sie sich nach dem Aufstehen wieder nur schnell, schnell ein paar Mon Chéri in den Mund geschoben hat, die sich jetzt in ihrem Magen umdrehen, so eine impertinente Klobrille!

In der Schule hat die Anni dann wenigstens den ansonsten so spröde wirkenden und ganz in sich selbst versponnenen Deutschlehrer Mallinger von einer anderen, von der gewissen privaten Seite her kennen lernen dürfen, wie er noch im Besitz seiner Lehrbefugnis war.

Normalerweise graut ihr ja heute vor den gewissen privaten Seiten der Männer schon mehr als vor ihren Scheißhäusern, sie ist ja kein sexsüchtiger Teenager mehr. Aber als Putzfrau darf sie nicht wählerisch sein. Da muss sie stattdessen froh sein, wenn ihr einer die paar Scheine bar auf die Hand dazulegt, die ihr trotz 120-Stunden-Wochen und 30 Jahre Alice Schwarzer jeden Monat aufs Existenzminimum fehlen.

Der Mallinger hat ihr so leid getan damals, nachdem er im Geschwindigkeitsrausch seine Familie oben im Mischwald ausgelöscht hat. Der war ja in der Folge seelisch komplett verkrüppelt. Und körperlich hat er mehr ausgeschaut wie ein Biafra-Kind als wie ein Mann. Einen Arsch in der Hose hast bei dem mit der großen Lupe suchen müssen, gefunden freilich hättest nichts. Also hat ihm die Anni hin und wieder einen Knödel oder eine Palatschinke in der Tupperware aufs Lehrerherrenklo gestellt, als kleine Aufmerksamkeit gewissermaßen, und ein wenig auch, weil sie selbst einsam war.

Aufs Herrenklo hat sich der Mallinger damals oft und gerne zurückgezogen, wenn ihn die Seelenpein übermannt hat und er im Unterricht vor den Schülern nicht weinen wollte, weil die ja heutzutage jede Schwäche von einer Erziehungsperson ausnützen und ihn „Mörder!" gerufen und ihm „Bleifuß!" nachgeschrien haben.

Aufs Klo gehen erweckt in Aussee keinen Verdacht. Aufs Klo rennt in Aussee praktisch dauernd einer, weil er es sich unten herum komplett vertan hat. Freilich keiner so regelmäßig und mit solchen Folgen für Mensch und Umwelt wie der Biermösel, heiliger Meister Propper, auch geruchsmäßig ist es bei dem wieder unter jeder Sau. Manchmal, denkt sich die Anni, wäre sie wirklich lieber Tagelöhnerin im Kohlebergbau in der Ukraine als Zugeherin in Österreich, die Leute sind einfach solche Schweinderln, pfui pfui pfui!

Mit zunehmendem Alter fällt ja der Brotberuf auch der Anni immer schwerer. Wenn selbst die Wäscheklammer auf der Nase nichts mehr hilft und es ihr dauernd schwarz vor den Augen wird, träumt auch sie trotz aller Liebe zum Beruf von der Frühpension.

Soll sie dem Biermösel einen Duftbaum hereinhängen, überlegt sie jetzt kurz. Aber dann fühlt er sich am Ende wieder in seiner Ehre gekränkt, wenn sie ihm mit dem Zaunpfahl vom Duftbaum winkt, verwirft sie den Gedanken gleich wieder. Bei einem Mann weiß man als Frau ja nie, wie man ihn anfassen soll. Und als Zugeherin muss sie erst recht ein Gespür für die Eigenheiten ihrer Klientel haben. Sind ja alle verschieden, die Menschenkinder. Nur am Ende im Todeskampf und vorher am Scheißhaus sind sie alle gleich.

Fürs Erste belässt es die Anni jetzt lieber beim Gedanken an den Geruchsfresser. Fürs Erste genügen ihr die Schwierigkeiten, die sich mit dem Mallinger bezüglich ihrer Lebensplanung samt Lebensabend aufgetürmt haben. Da darf sie es sich mit dem Biermösel nicht ganz verscherzen. Schließlich ist auch der trotz allem ein Mann. Und schließlich kriegt auch der einmal eine staatliche Pension.

Warum sie letztlich am liebsten mit dem Mallinger ihren Lebensabend verbringen täte? Wegen seinem sexuellen Startum vielleicht und seinem amourösen Glamour? Geh, hör auf!

Wegen seinem sexuellen Startum und dem amourösen Glamour folgt eine Putzfrau heute keinem Mann mehr als Zugeherin in sein Einfamilienhaus, weil es das schlicht und einfach nicht gibt, sexuelles Startum und amourösen Glamour bei einem Mann.

Da kann sie jetzt fast befreit auflachen, wenn sie an so was Blödes denkt. Der kleine Lachanfall tut ihr gut. Er lenkt ihre Gedanken von den Wandfliesen ab, an die sie sich dann gleich ranmachen muss. Gütiger Himmel, die können weiß Gott auch einen Citrusduft vertragen!

Aber vorher muss sie sich kurz aufrichten und ein paar Mal kräftig durchatmen. Sie muss sich mit einem halben Kilo Mon Chéri in Stimmung bringen, weil sie beim Biermösel einfach nicht mehr ohne Stimmungsmacher auskommt. Und in solchen Momenten ist sie dann ganz froh, dass ihr die ganzen Versicherungsvertreter und Autoverkäufer immer eine Mon Chéri schenken, nachdem sie sich mit ihnen abgegeben hat.

Na gut, jetzt ist es also heraußen, dass sie nicht nur die bekannteste Zugeherin in Aussee ist, sondern auch eine Lustige. Keine Professionelle zwar, aber eine Regelmäßige. Was soll sie aber auch machen, wenn das Geld aus dem Brotberuf hinten und vorne nicht reicht und es die Zwillinge einmal besser haben sollen auf der Karriereleiter?

Natürlich, sie hätte sich auch andere als den Mallinger vorstellen können! Der war ja wirklich kein Routinier im Sexuellen, das ist er bis heute nicht. Dafür ist er äußerlich zu hektisch und innerlich zu unrund, in der Planung ist er zu einfallslos und in der Ausführung zu überstürzt. Da wird die katholische Kirche viel ruiniert haben, ist sich die Anni sicher. Sie kennt ja auch den Pfarrer von seiner gewissen privaten Seite, und auch der ist bei Gott kein Latin Lover.

Nein nein, einen Spaß erlebt man als Frau mit einem innerlich so verbogenen Mann wie dem Mallinger beim Sex nicht. Schon gar nicht, wenn er es dauernd in seinem Ferrari-Schalensitz machen will und sie beim Sex immer „Niki" zu ihm sagen muss – „Schneller Niki, schneller, schneller, schneller!"

Aber einen Spaß erlebt man als Frau sowieso eher, wenn man einmal im Jahr zum Urfahraner Jahrmarkt nach Linz hinauffährt und sich dort eine Zuckerwatte leistet oder eine Schaumrolle, spätestens beim Sex mit einem Mann hört sich der Spaß mit einem Mann immer auf! Sie ist ja schon froh, wenn sie einer nicht zerreißt wie einen Putzfetzen und ihr das Bärli hineinsteckt wie den Klobesen in die Muschel.

Im Vergleich zu den impotenten Altwagenhändlern und geistesgestörten Jägern, die eine Frau sowieso unter einem Gebrauchtwagen ansiedeln beziehungsweise unter einem Sechzehnender – ansehensmäßig! –, im Vergleich zu denen war der Mallinger weich und einfühlsam wie das dreilagige Cosy, und er hat sie auch nie mit einer Mon Chéri abgespeist, wie die anderen alle, die immer nur nehmen und nie geben.

Der Mallinger hat immer cash bezahlt.

Jetzt aber doch! Wo der überall hinwischeln kann!, wundert sich die Anni immer wieder über den Biermösel und setzt sich endlich den Mundschutz auf, bevor sie sich wer weiß was alles an Bakterien und Erregern einfängt. Wer will schon ausschließen, dass da beim Biermösel nicht die Cholera unter der Klomatte lauert und unter seiner Klobrille sogar die Pest?

Da wäre es ihr schon lieber, wenn sie sich die Schlafkrankheit einfangen täte, die würde sie mit Kusshand annehmen. Über ihren ganzen Problemen kriegt sie einfach seit Jahren kein Auge mehr zu. Da wäre sie jetzt ganz froh, wenn sie einmal den tiefen Schlaf finden könnte, gerne auch als Krankheit.

Die Bilder und die Details von den ganzen Scheißhäusern fressen sich ihr neuerdings ebenso hartnäckig ins visuelle und geruchsmäßige Gedächtnis wie die Bilder von einem verarmten Lebensabend im Siechenheim drüben in Goisern, der ihr unweigerlich blüht, wenn nicht der Mallinger doch noch vernünftig wird und seine Boxenluder-Hochglanzmagazine beim Fenster hinausschmeißt, die er dem Schlevsky immer aus seinem Flachdachneubau stiehlt und die ihm ein völlig falsches Bild vom Aussehen von einer Frau vermitteln.

Dazu die Sorgen! Diese Einsamkeit! Keine starke Schulter weit und breit, an der sie für ein paar Augenblicke Ruhe finden könnte. Kein warmes Nest nirgends auf der Welt, in das sie sich vertrauensvoll betten könnte. Weit und breit keiner, der ihr mal die kalten Füße wärmen oder ihr durchs Haar streichen und ihr sagen würde, dass sie auch etwas wert ist. Keine Zärtlichkeit, kein sanftes Wort, kein Lächeln. Keine kleinen Aufmerksamkeiten, die das Leben für eine Putzfrau erst schön machen. Seit Jahren keine neue Strumpfhose, seit Jahrzehnten kein Ausschlafen am Sonntag. Stattdessen immer nur der harte und vom Selbsthass geprägte Sex der Männer, immer nur der!

Dass gerade im Sexuellen jeder Mann glaubt, dass er ein Star ist! Beim Autofahren, denkt sich die Anni jetzt, als sie sich bekreuzigt und an die Bodenfliesen macht, beim Autofahren sehen die Männer eher ein, dass es nicht zur Meisterschaft reicht (außer der Mallinger, der Hirschmann, der immer noch glaubt, dass es bei ihm zur Weltmeisterschaft reicht!). Beim Sex aber glaubt ein jeder, dass er ihn erfunden hat. Dabei machen sie keinen Unterschied, ob sie eine Zündkerze wechseln oder eine Frau verwöhnen („Verwöhnen!" Hahaha! Jetzt ist er aber im Anmarsch, der Lachkrampf. Obwohl er ihr gleich wieder im Hals stecken bleibt, als sie sich niederkniet, die Bodenfliesen einsprüht und in medias res geht!).

Die meisten Männer treten ja an wie die Abrissbirne gegen den Stahlbeton, wenn sie sich einer Frau nähern. Sie glauben allesamt fest, eine Frau gehört in der Mitte gespalten wie ein Scheit Buchenholz.

Jetzt tut ihr das Lachen fast weh. Es rüttelt sie und schüttelt sie. Sie robbt hinaus aus der gelben Hölle und rettet sich vor den Bodenfliesen und den Gedanken an die Männer zur Geheimlade des Biermösel. Sie hat den Rubikon endgültig überschritten und kommt ab jetzt nicht mehr ohne seinen Marillenschnaps aus. (Da schau her! Da liegt ja immer noch die abgelaufene Mon Chéri in der Lade!)

Dankbar ist sie für jede Pause, die sie herausführt aus dem Tal des Todes. Die paar Minuten Müßiggang in ihrem Leben werden ihr jetzt gut tun. Der Marillenschnaps ist die erste Flüssigkeit heute, die ihr keinen Brechreiz beschert. Ah, tut der gut! Oh, einer ist keiner! Ohahah!

Schon spürt sie die entspannende Wirkung, gleich setzt sie die Flasche direkt an, oral ist ja ihre Spezialität. Da soll sie aus so einer Flasche Marillenschnaps nicht alles herausholen?

Soll sie ehrlich sein? Natürlich reicht auch bei der Anni das Einfühlsame und Weiche alleine nicht aus, um aus einer Episode etwas Ernsthaftes werden zu lassen. So einfach ist sie dann auch wieder nicht gestrickt, und nur auf der Gefühlssauce schwimmt sie schon gar nicht daher!

Der Mallinger ist ja nicht der Einfache mit seinen nächtlichen Marienerscheinungen und seiner Angst vor dem heiligen Christophorus, der ihm immer den Schädel abreißen will. Und mit seinem Überbiss und seinem verbrannten Ohrwascherl schaut er ja auch nicht aus wie der junge Udo Jürgens. In ihren Augen spinnt der ja komplett mit seinen Heinz-Prüller-Formel-1-Büchern, die sie ihm immer extra Seite für Seite abstauben muss. Und dass ein bald 50-jähriger Mann kleine rote Matchbox-Autos sammelt, das will ihr auch nicht ins Hirn, wo er ja nicht einmal mehr einen Führerschein hat seit der Katastrophe damals und er ihr also nicht einmal die weite Welt bis Salzburg hinüber oder Linz hinauf zu Füßen legen kann!

Es war schon diese spezielle Ausbuchtung in seiner Hose, die sie fasziniert hat. Diese gewisse gefällige Krümmung, die sich weithin sichtbar abgezeichnet hat und die einen Mann für eine Frau erst interessant und sexy macht. Dieses Versprechen starker Männlichkeit. Dieses Bündel Geldscheine, das er immer in seiner Cordhose zusammengerollt mit sich herumträgt. Gibt's doch nicht, hat die Anni sich immer gedacht, dass so eine schöne Pension nicht für zwei reichen soll. Lächerlich, dass er damit nicht auch noch die Ausbildung von der Manu und der Jennifer bezahlen könnte. Eine wie sie kann ja von solchen Summen bestenfalls träumen. So viele Arbeitgeber sie nämlich hat – angemeldet mit Pensionsanspruch ist sie bei keinem. Da muss sie schon Danke sagen, wenn sie einmal in den Genuss der Mindestrente kommen wird. Wo aber bei der ein Genuss sein soll, das weiß weder die Anni noch die Bundesregierung, diese Bagage, nächstes Mal wählt sie wieder die Kommunisten!

Die Anni setzt sich jetzt kurz auf die Bierkiste, die der Biermösel immer am Klo stehen hat. Sie raucht sich eine rote Pall Mall ohne Filter an. Die sind als Einzige in der Lage, das Gleichgewicht des Schreckens zu den Stinkereien des Biermösel wieder herzustellen. Sie hustet sofort einen gelbgrünen Schleimbrocken herauf und spuckt ihn in die Klomuschel hinein. Dort schwimmt er, und die Anni denkt sich: So schaut mein Leben aus, genau so! Wie ein grüngelber Schleimbrocken im Scheißhaus vom Biermösel.

Da köpft sie noch eine Flasche aus der Lade vom Biermösel und leert sie in einem Zug bis zur Hälfte. Sie beobachtet wieder den Schleimbrocken und denkt dabei wieder an Selbstmord. Wie soll sie auch nicht ständig an Selbstmord denken, fragt sie sich, wenn sie immer nur die wertvolle Gmundner Keramik von den feinen Herrschaften abstauben darf und das Fischmesser polieren und das Sternparkett rauswischen!

Wie nicht die Kommunisten wählen, wenn sie nichts hat außer Probleme hinten und vorne und einen drückenden

Schuh links und rechts? Fehlt nur noch, dass sie sich als eine von den Gruppenpuppen im Puff von der gachblonden Discowirtin drüben in Goisern vorstellen muss, um sich die Butter aufs Brot zu verdienen, das fehlt gerade noch! Im Moment weiß sie wirklich nicht, wie sie das Messerset für die Manuela und die Jennifer verdienen soll, das die zwei in der Hotelfachschule drüben in Ischl brauchen.

Gekränkt ist sie als Frau obendrein zutiefst, weil der Mallinger neuerdings einem komplett unrealistischen Frauenbild anhängt. Bevor sie ihn über den Verlust von der Hertha zu trösten begonnen hat, hat er zwar die Grobeinteilung von einem Frauenkörper gekannt. Aber wie eine nackte Frau bei Lichte besehen ausschaut, das hat er nicht gekannt, da war er defizitär.

Seit bei ihm aber überall die Hochglanzmagazine herumliegen, sagt er ihr frecherdings, dass sie in seinen Augen nicht ausschaut wie ein Boxenluder.

Herrgott im Himmel, das weiß sie selber auch! Sie ist halt keine blonde Sexpuppe mehr, sie ist jetzt eine ergraute Putzfrau! Ihre Nägel sind eingerissen; ihre Haut ist gerötet von all den Flüssigkeiten, mit denen sie dauernd in Berührung kommt; ihre Lungen sind von den Putzmitteln zersetzt; ihr Kreuz ist ruiniert; ihre Knie sind kaputt; ihr Geruchs- und Geschmackssinn unwiederbringlich zerstört.

Am liebsten möchte sie den Biermösel bitten, dass er den Puffkaiser Schlevsky erschießt, weil wegen dem seinen grauslichen Zeitschriften sogar ein Deutschlehrer wie der Mallinger anfängt, Ansprüche an das Äußere einer Frau zu stellen, und er ihr als Partner für den Lebensabend zu entgleiten droht.

Da braucht die Anni jetzt dringend noch einen Schnaps, bevor das sprichwörtliche Schweinderl Biermösel hereingeschneit kommt und sie auf seinem Klo knieend vorfindet, verrotzt, verweint, physisch und psychisch angeschlagen von dem, was seine Anlage ihr visuell und geruchsmäßig antut.

Aber weil er in seiner Lade keinen Schnaps mehr gebunkert hat, reißt sie halt seine längst abgelaufenen Mon Chéri auf und schluckt die knochenharte Bonbonniere. Im Magen werden sie sich dann schon auflösen und den Alkohol freigeben. Wenn nicht, hilft sie halt mit ein wenig Lauge nach.

Am liebsten täte sie sich jetzt sowieso mit dem eigenen Putzfetzen erschlagen, weil ihr Leben gar so verschissen ist, aber so.

Strudelwasser an der Oder

Damit hatte der Puffkaiser Schlevsky aus dem deutschen Osten vor zwei Tagen nicht rechnen können, dass der Komet „Chaos“ in sein Leben einschlagen und ihm einen verfrühten und in dieser Form nicht geplanten Lebensabend bescheren würde. Seither versucht er zu rekonstruieren, wie es möglich war, dass er neuerdings ohne Gattin, dafür aber mit einer Schwierigen von der Platinblonden-Nachwuchsakademie drüben in Russland am Hals dasteht, von der er Unterwelt-Routinier sich am Tingeltangel in Strudelwasser an der Scheiß-Oder ausgerechnet eine rosarote Zuckerwatte hat andrehen lassen, er erkennt sich selbst nicht wieder! Kurz vor seinem Lebensabend ist er volley in die rue de gac eingebogen, mit Vollgas und ungebremst. Die gewisse Struktur in seinem Leben, die hat er verloren. Er kommt sich vor wie der Tom Hanks in seiner Raumkapsel, zu der die Bodenstation keinen Funkkontakt mehr sucht.

„Houston, Houston, der Schlevsky hat unos, dos problemos!“

Als er nun in dieser lauen Spätsommernacht seinen Ferrari F50 mit offenem Verdeck auf der Deutschen Autobahn in Richtung Aussee hinunter lenkt, um zu vergessen und sein Leben neu zu ordnen, als die Lichter der ostdeutschen Landschaft ein letztes Mal an ihm vorbeiziehen, da ziehen auch die Geschehnisse der vergangenen Tage und Wochen noch einmal an seinem inneren Auge vorbei, und er fragt sich, warum alles so unsagbar dämlich hat kommen müssen.

Komm rein, rein, rein in mein Leben, du räudiges Schicksal, ich mach dich fertig, peng peng peng!, schreit er innerlich. Doch in Wahrheit muss er sich natürlich eingestehen, dass es das Schicksal ist, das ihn angeschossen hat wie der Jäger die Wildsau. Wer die Liebe, diese kapriziöse Schönheit, wer ihre Launen kennt und ihre unverhofften Bockssprünge, wer sie zu bändigen weiß und ihr gewachsen ist, der soll sich bei ihm melden unter:

Schlevsky, Vollidiot, Berlin-Wannsee.

Halt! Ab morgen bitte unter: Schlevsky, Vollidiot, Altaussee.

Die Liebe, resümiert er nun beinahe lyrisch, die Liebe ist des Menschen Glück, des Menschen Ende. Heute noch ist sie wohlig-warmes Himmelbett, in das man sich vertrauensvoll schmiegt, morgen schon schmerzhaftes Nagelbrett, das einen mit kaltem Stachel durchbohrt. Mal ist sie wie die kunterbunte Frühlingswiese voll duftender Blumen, dann wieder wie die kalte unwirtliche Mondlandschaft oben am Himmelszelt. Sie ist …

Ach leckt ihn doch alle am Arsch! Ist er ein Dichterfürst oder ein Puffkaiser?

Aber der Reihe nach:

Mit seiner einstmals geliebten Gattin Jocelyn ist der Puffkaiser immer wieder gerne von Berlin nach Strudelwasser an der Oder hinübergefahren, diesem Fliegenschiss des Teufels auf der Landkarte, wo ihnen aber das gewisse Ausflugsmotel idealer Zufluchtsort für ihre Liebe war, weil den gewissen Charme für die gewissen Stunden versprühend und mit frischen Handtüchern ausgestattet und einem Tigerfellbezugbett, von dem er sich dann gleich selbst eines in den Flachdachneubau in Aussee unten stellen ließ, wohin die Jocy allerdings auch als Gesunde nur einmal mitgekommen war, später nie wieder, weil ihr die Einheimischen dort unten einfach zu primitiv waren, wie sie anmerkte, eine Spur zu eng denkend innerhalb ihrer Gebirgswelt.

Ganz anders dagegen immer die Atmosphäre in Strudelwasser an der Oder! Offen und weit der Geist wie die Landschaft. Am Balkon stehend in seiner nackten Herrlichkeit, das Glockenspiel und die mächtige Requisite zum Trocknen in den sanften Wind gehängt, frisch geduscht nach dem Nahkampf mit seiner süßen kleinen Jocy-Maus – da hat er Mensch sein können, der Tiger.

Diese Weite! Wer gut sieht, der kann an klaren Tagen vom Balkon dieses Motels aus bis hinüber nach Polen schauen. Und wer immens gut sieht – wie dieser verrückte Gendarm dort unten in Aussee mit seinen Adleraugen! –, der könnte sogar bis nach Nowaja Semlja hinauf spähen. Dorthin, wo der Russe seine Atomwaffen bunkert und von wo aus er die denkbar schärfste Trägerrakete gezündet und in seine Umlaufbahn geschossen hat – die Ivana, sein Schicksal.

Dabei ist es noch keine Woche her, dass es seine Jocy infolge des Scheiß-Brustkrebs von vorne bis hinten zerlegt und er den Boden unter den Füßen verloren hat.

„Streu meine Asche vom Balkon unseres Motels aus in den Wind!", hat sie ihn angefleht. „Von dort, wo wir immer so glücklich waren!", hat sie ihm die Tränen des Abschieds in die Augen getrieben, kurz bevor sie in der Charité während der x-ten Chemo zugrunde ging.

Ihr Wunsch war ihm natürlich Befehl. Er konnte schließlich nie Nein sagen, wenn die Weiber etwas von ihm wollten. („Kauf mir den Ring" hat sie sich ein früheres Mal gewünscht, „den ganzen!", hat sie ihn angefleht, „nur für mich alleine!", hat sie gewinselt. Heilige Scheiße! Einen ganzen Ring kaufen? Für sie alleine? Spanisch hätte es ihm vorkommen müssen, dass er bis dahin noch nie von einem Schmuckdesigner Wagner aus Bayreuth gehört hat. Als er dann letztlich die Vorausüberweisung für den ganzen Ring für sie alleine tätigte und sie ein paar Jahre später unten in diesem Scheiß-Bayreuth gestanden sind, hätte bei ihm die Skepsis obsiegen müssen. Alle waren sie wegen diesem Scheiß-Ring gekommen, den er der Jocelyn gekauft hat: Der Zieh-du-zuerst-Franzi aus München; der Bondage-König Detlef aus Herne-Süd; Barnabas mit den drei Eiern und sein Freund „Deep" Fritz aus Hamburg-Altona samt Ewald „Bums" Knittelfeldinger aus Österreich – buchstäblich alle sind wegen dem Scheiß-Ring angestanden, aber nur er und die Jocelyn durften auch hinein. Als sie endlich an der Kassa vorbei waren, hat er immer noch geglaubt – gehofft? –, dass es sich um eine Auktion handeln würde oder um etwas Ähnliches! Und als sie schließlich alleine in der vierten Reihe gesessen sind, da hat er immer noch gehofft – gefleht? –, dass er der Jocy den Ring vielleicht im Rahmen einer Modeschau überreichen sollte.

Aber dann das! Fette Weiber auf der Bühne, die sich die Seele aus dem Leib brüllten wie Gebärende im Kreißsaal; Pauken und Trompeten wie bei einem Scheiß-Nazi-Begräbnis; das Personal auf der Bühne in Fetzen gehüllt wie im Mittelalter. Und im Saal eine Stimmung wie in einem Trappistenkloster, wenn nicht draußen alle „Schiebung!" und „Skandal!" gerufen und herinnen die Jocelyn mit „Bravo!" und „Yippieeiyeah!" und „Lauter!" dagegengehalten hätte. Doch am schlimmsten: Er hat nicht und nicht gewusst wohin mit seinen Füßen. Das lange Sitzen war und ist er einfach nicht gewöhnt, seine Gefäße gleichen ja zerrissenen Strumpfhosen. Um halb drei Uhr morgens dann endlich die Erlösung und erste Pause. Und da spätestens hat er verstanden, was die Jocelyn gemeint hat, als sie sagte, er solle ihr den „ganzen" Ring schenken.

2.769.300 Deutschmärker hat ihn dieser Höllenritt gekostet, und wegen einer Venen-Notoperation musste er anschließend vier Monate in der Charité verbringen. Doch die Jocelyn hat so eine Freude gehabt mit diesem verdammten Ring – dem ganzen! – von diesem Wagner – der tauben Nuss! – in diesem Bayreuth – dem Hundeschiss auf der Landkarte. Also hat auch er eine Freude gehabt, letztlich und trotz allem auch er.)

Also „Tschüss, Arrivederci und Auf Wiedersehen, innigst geliebte Jocy-Maus. Eine so Biegsame und Fügsame wie dich werd ich nie wieder finden!" Das waren seine Worte, als er ihre Asche dann vor zwei Tagen in den Wind streute. Und als Abschiedsgruß sandte er ihr noch ein paar selbst gedichtete Zeilen hinterher:

Deine Seele, Jocy, spannt
weit ihre Flügel aus
fliegt übers weite Land
als flöge sie nach Haus.

Wer weiß, dachte er da bei sich, die Cohiba in der linken Hand, den Rémy-Martin-Schwenker in der rechten, wer weiß, ob er nicht doch das Zeug zum Dichterfürsten gehabt hätte?

Jetzt, da er im Ferrari an Luckenwalde vorbeifliegt und er alter Sack sich noch einmal vorkommt wie der junge Tony Curtis, weil der weiße Seidenschal schön geschmeidig im Fahrtwind wedelt, jetzt fragt er sich natürlich, ob vielleicht alles ganz anders gekommen wäre, wenn er Vollidiot den Ort des Abschieds und der Trauer umgehend und für immer verlassen hätte und nicht noch einmal aus alter Gewohnheit – und tiefer Wehmut! – auf den Tingeltangel gegangen wäre, wo er früher seiner Jocy aus der Schießbude dieses Scheinasylanten namens Tschu En Lei (nicht verwandt nicht verschwägert) regelmäßig kleine Präsente herausgeschossen hat und sie ihn sogar einmal auf den Knien um einen zwei Meter großen Stoffwauwau angefleht hat: „Den will ich!“, hat sie gebettelt. „Schieß ihn mir heraus!“, hat sie an seinem Hosenbein gezerrt.

„Geschenkt, Jocy, geschenkt!“, hat er gesagt. Und schon hat er ihr das Teil mit der Smith & Wesson herausgeballert, peng peng peng, plus einen Strauß roter Rosen für sie als Draufgabe und Zeichen seiner Liebe gleich mit dazu. Denn er ist ja, bitte, im tiefsten ein Romantiker, dass die Uschi Glas gegen ihn wie eine total versaute Rockerbraut wirkt, innerlich.

Dabei hat er vor zwei Tagen sofort gespürt, dass alles schief gehen würde, als er sich wie immer freundlich bei diesem Tschu um das Luftdruckgewehr angestellt hat. Der aber stand nur in seiner Bude und war ganz Konfuzius. In aller Seelenruhe hat das Gelbgesicht von einem Knochen fasrig-zähes Fleisch heruntergekaut, von dem der Schlevsky heute – in der Rückschau! – mit

Sicherheit sagen kann, dass die Sau einen Hund gefressen hat, diese verdammten Asiaten hält er einfach im Kopf nicht aus!

Er, der ständig bereite und aufs äußerste gespannte Tiger, hat diese ausgestellte Gelassenheit des Tschu natürlich nur als nackte Provokation empfinden können, wo er doch mit der fernöstlichen „Morgen ist auch noch ein Tag"-Denkschule einfach überhaupt nichts anfangen kann und auf den Weg sowieso scheißt, ihn interessiert nur das Ziel, und das hieß: 10 Schuss – 1 Euro.

Hätte ihm der Scheiß-Chinamann nicht nach handgestoppten zwei Minuten vierzehn endlich das Luftdruckgewehr ausgehändigt, dann hätte ihn der Schlevsky mit der Smith & Wesson aus seiner Schießbude herausgeschossen wie damals den Stoffwauwau für die Jocelyn, natürlich ohne Strauß Rosen als Draufgabe.

Das Gescheiteste freilich, weiß er jetzt in der Retrospektive, als er an Wittenberg vorbeifliegt und ihm die Kälte langsam ins morsche Knochengebälk dringt, das Gescheiteste wäre zu diesem Zeitpunkt natürlich gewesen, wenn er sich selbst mit der Smith & Wesson durchsiebt hätte, denn: Rückblickend war ja im Grunde weit und breit kein Massaker absehbar, der Anlass für das folgende Blutbad nicht wirklich zwingend. Nur dass er als Puffkaiser halt seit den Lehrjahren oben an der Reeperbahn diese gewisse Schusstechnik verinnerlicht hat, die das immens schnelle Links-rechts-links-rechts-Schauen vorschreibt, bevor man anfängt, aus der Hüfte heraus zu ballern.

Und siehe da! Als er endlich das Gewehr in der Hand hält und nach links schaut, um sich zu vergewissern, dass er nicht angegriffen wird, da schaut er plötzlich in einen rosaroten Berg Zuckerwatte, und hinter diesem Berg steht die Ivana, sein Schicksal.

Bitterfeld zieht links an ihm vorbei, als er den Ferrari weiter Richtung Süden tritt, er aber schaut nicht mehr hin. Das verdammte Links-rechts-links-rechts-Schauen hat er sich endgültig abgewöhnt, wenigstens das! Den Rémy Martin allerdings wird er sich nie abgewöhnen können, schon gar nicht in diesen schwierigen Zeiten des Wandels. Schön langsam wird es obendrein ganz schön huschi huschi, je näher er diesem verfluchten Alpenland kommt, da darf er sich ruhig ein bisschen wärmen.

Nie, ärgert er sich gleich wieder fürchterlich, nie in seinem Leben war er ein Süßer! Keine Torte hat er je angerührt, keine Cremeschnitte, keinen Punschkrapfen, nichts! Und dann lässt er Extremtrottel sich von diesem blonden Gift ausgerechnet eine rosarote Zuckerwatte um 100 Euro andrehen, nur weil sie ihn angeschaut hat wie die Unschuld vom Neuen Lande, aus ihren nordseeklaren Augen heraus, und er – aber da erzählt er ja nichts Neues – einfach nie nein sagen kann, wenn die Weiber etwas von ihm wollen!

Wie ein komplett sexualisierter Zwölfjähriger, der zum ersten Mal die Pamela Anderson im Körperprofil sieht, stand er vor ihr und hat plötzlich rosa gesehen, jedoch nicht wegen der Zuckerwatte, sondern wegen der Gefühle!

Gefühle, Herrgottnocheinmal! Gefühle wie damals vor zwanzig Jahren oben in Hamburg, als ihm die one and only goldblonde Schwalbe Jocelyn über den Bordstein geflogen kam und schon eine Woche später vom Tiger im Hafen von Saint-Tropez in den Hafen der Ehe geführt wurde. Ein einfaches weißes Kleid hat sie getragen, das ihr der Mooshammer in München auf den geschmeidigen Katzenkörper geschneidert hatte. Und auch er, muss er sagen, machte gehörig was her in seinem weißen Brioni, den er auch jetzt trägt, da er sich im Rückspiegel betrachtet und darin vielleicht einen Mörder sieht, er erkennt sich selbst nicht wieder.

Eine unverbindliche Fernbeziehung mit der Platinblonden, rekapituliert er nun, da er an Luckewalde vorbeirast, einen regelmäßigen Wochenendfick mit ihr hätte er Routinier locker organisieren können. Jedoch war die ganze verdammte Seifenoper auf dem Tingeltangel zu diesem Zeitpunkt längst nicht mehr steuerbar, weil er natürlich sofort gemerkt hat, dass auch der Tschu En Lei, dieses stille Wasser, ein Schlitzauge auf die Ivana geworfen hatte!

Gefährlich hat er ihn aus seiner Schießbude heraus angeschaut, aus dem tiefsten Inneren seiner Gelassenheit heraus. Gewiss, da hätte der ganze abfahrende Zug in Richtung Hölle vielleicht noch gestoppt werden können, und er ärgert sich noch immer fürchterlich, dass er in der Folge einfach die Contenance über Bord geworfen hat und heißgelaufen ist wie ein Teekessel, wo er doch sonst so kühl ist, dass er kalte Pisse pisst.

Doch hatten ihn die Götter zu diesem Zeitpunkt längst auserkoren, um ihn auf glattes Parkett zu locken und ihn unter schallendem Gelächter stürzen zu sehen. Weg von all dem, hätte sein Impuls sein müssen, weg weg weg! So wie er damals als Dreizehnjähriger seinem Impuls folgte, als er entschied: Weg aus Furzenbüttel! Weg vom Frisiersalon seiner Mutti! Hin zu den Hurenhäusern oben in Hamburg!

Was aber wäre ein mit allen Butterflymessern bestückter Kosovare von der Reeperbahn gegen einen stoischen Chinesen mit Leberschadenhaut, über den plötzlich die Sturmflut der Eifersucht hinwegschwappt? Ein laues Mailüftchen wäre der dagegen, die Rote Armee ein Nähkränzchen im Vergleich! Plötzlich sprang das Gelbgesicht nämlich aus seiner Schießbude heraus und warf sich ihm von hinten an den Hals wie früher der Louis de Funès im Nachmittagsfilm, und zack zack zack schlägt er mit der Handkante auf ihn ein wie ein kleiner Japaner, der aus seiner Forelle Sushi macht.

Frage: Wie anders hätte er sich von dem auf einmal gänzlich unstoischen Reiskorn befreien sollen, wenn nicht durch eine immens schnelle und ruckartige Links-rechts-links-rechts-Drehbewegung, die den Scheinasylanten ungespitzt in seine eigene Schießbude zurückkatapultiert hat, da war er endlich wieder ganz Konfuzius, der rabiate Tschu.

In diesem Augenblick aber ist dem Schlevsky die Bredouille bis zu den Augenbrauen geschwappt, so wie dem Chinesen das Blut. Und nur der bewundernde Blick der Ivana hat ihn kurzzeitig vergessen lassen, dass er sich kurz vor seinem Lebensabend in einem Paragrafendschungel verheddert hat, aus dem er nur mehr sehr schwer herausfinden würde, es sei denn im Sarg als Sträfling aus der Anstalt in Moabit.

Da war der Moment im Leben des komplett versauten Puffkaisers gekommen, dass er zum ersten Mal nicht an den kleinen Tod gedacht hatte, sondern an den großen Abgang!

„Also steig ein, russisches Mädchen!“, hat er der Zuckerwatteverkäuferin den Arm gereicht und sie zum F50 geführt, der ihr gleich mächtig zu imponieren schien. „Um den halbtoten Chinesen sollen sich die Freiwilligen vom Roten Kreuz kümmern!“

Wie aber bekommt ein staatlich beeideter Puffkaiser eine siebzehnjährige Russin, platinblond und wie geschaffen für den Bordstein, dauerhaft aus Russland heraus und zum Zwecke der Gestaltung eines von gegenseitigem Respekt getragenen Lebensabendes zu zweit nach Österreich hinein, ohne dass das Staatsganze ihm sofort unterstellt, er wolle sie dort als Schwalbe aufstellen? Und – problemos, auf einmal muchos problemos! – was macht er alter Sack überhaupt mit einem noch so perfekten russischen Körper in Aussee, wenn dieser nur Russisch spricht? Die paar Brocken Polnisch, die er beherrscht und mit denen er sich über ihre gemeinsame Flucht und Zukunft verständigt hat, werden ihm nicht weiter helfen, wenn ihn in Aussee der Alltag einholt und er sie in die Drogerie um ein Hühneraugenpflaster schicken muss. Herrgott, diese verdammten Prada-Schlüpfer sind ihm einfach eine Nummer zu klein!

Solche und andere Probleme schwebten bis gestern über dem Schlevsky wie das Schwert des Damokles. Doch jetzt, wo er das Ferrarischiff an Dessau vorbeisteuert, da sieht die Welt schon wieder denkbar freundlicher aus, denn die Lösung seiner Probleme trägt einen Namen:

Mallinger. Meister der deutschen Sprache in Wort und Schrift. Zwar würde er den lieben Herrn Lehrer aus jeder Orgie ausschließen, weil der buchstäblich ohne Sex ist und er ihm ohne weiteres zutraut, dass er beim schönsten Rudelfick zum Rosenkranzbeten anfängt. Doch für seine Pläne ist er ideal. Denn er wird und muss der Ivana den Grund- und Aufbauwortschatz „Haushalt" beibringen.

Also jetzt schon recht entspannt vorbei an Nürnberg (gute Würste! Sehr gute Würste!), bald Ingolstadt, dann Traunstein. Der Verkehr wird nun schon deutlich stärker, jetzt, wo der Morgen graut. Jedoch Gott sei Dank nicht so sehr am Pannenstreifen, auf dem er selbst unterwegs ist, da geht es noch recht flott dahin.

Ah! Herrlich, dieser Fahrtwind, der ein gutes Stück die eigenen Winde vertreibt. Seit seine süße kleine Jocy-Maus ihm nichts Warmes mehr auf den Mittagstisch stellt, hat er sich nur noch schlecht ernährt. Jetzt rumort es ganz ordentlich in seinem Magen, schlimmer vielleicht sogar als im Magen dieses Bullen da unten in Aussee, dem ständig ein Furz auskommt, wenn er ihm ein Knöllchen verpasst, und der dabei immer röhrt wie ein alter Otto-Motor beim Anlassen in einer kalten Garage.

Aber ist es nur die Ernährung?

Ist es nicht doch auch schon der Kuss des Alters, der ihn gar so pfeifen lässt? Zur Sicherheit setzt sich der Schlevsky die Pudelmütze von der Jocy auf, weil ihm der Fahrtwind die zunehmende Kälte ganz gehörig um die Ohren bläst und ein Tiger kein Eisbär ist. Sie hat ihm das Häubchen mit den Quasten noch während ihrer letzten Chemotherapie in der Charité gestrickt, rot-weiß-blau gestreift, in den Farben des HSV.

Ganz sicher wäre sie jetzt auch zufrieden mit ihm, dass er unter dem Brioni-Beinkleid brav die lange Unterhose trägt. Zwar ist diese das Sahnestück der Peinlichkeiten, wenn man bedenkt, dass er der Puffkaiser ist. Genauso gut könnte er mit einem selbst gestrickten schwarzen Rollkragenpullover samt zerrissenen Jeans und einem Taschenbuch von dem Warmduscher Paulo Coelho in der Hosentasche herumlaufen. Doch der Staat, das ist ohnehin nicht mehr er. Und auf der Deutschen Autobahn, weit weg von seinen Puffs und im Schutze der dunklen Nacht, kann er sich das Volltrottel-Outfit leisten. Da sieht ihn keiner. Da braucht er nicht mehr darzustellen, als er ist.

Als er endlich die Grenze nach Ösiland überquert und er Deutschland für immer hinter sich lässt, da muss er noch einmal an seine süße kleine Jocy-Maus denken, die ihm so sehr fehlt. Sie führt ihn nicht mehr durchs Leben und zeigt ihm nicht mehr den Weg. Wie ein betrunkener Esel auf zugefrorenem See taumelt er ohne sie dahin. Er kann sie nicht mehr fragen: „Jocylein, wo ist denn jetzt bitte die Abzweigung nach Aussee, ich kann sie nirgends finden?"

Also breitet er selbst den Baedeker über dem Lenkrad aus und setzt sich die Gleitsichtbrille auf die Nase. Doch sofort bläst ihm der Fahrtwind die Straßenkarte ins Gesicht, wo sie ihm an der Brille kleben bleibt, und er fragt sich: Muss denn wirklich alles schief gehen?

Über eine Strecke von gut vier Kilometern sieht der Puffkaiser aus dem deutschen Osten dann gar nichts mehr. Schließlich, kurz bevor er sich im Ferrari unter einem 40-Tonner selbst begräbt, kann er sich doch noch von der Straßenkarte befreien.

Solcherart dem sicheren Tod entronnen – wieder einmal –, erblickt er in der Ferne plötzlich die Berge der Alpen vor sich, beschienen von den ersten Strahlen der morgendlichen Sonne, rot und intensiv.

„Schön ist das", denkt sich der Tiger und spürt plötzlich Wärme und Frieden in sich aufsteigen, „herrlich und majestätisch."

Falscher Zeitpunkt

Leicht ist er ja nicht aufgekommen, heute in der Früh! Aber Gott sei Dank sind die Tabletten, die der Doktor Krisper für ihn zusammenbaut, heutzutage alles andere als schlecht. Der Biermösel hat ja sowieso großes Vertrauen in alles, was von Berufs wegen in Weiß herumläuft, egal ob in einem Arztkittel oder in einer Küchenschürze. Daher geht es ihm jetzt alles in allem nach dem Katerfrühstück bei der Roswitha und den vier, fünf Kilo Medikamenten wieder relativ, danke. Früher, ohne entsprechende Medikamentierung, hätte so ein ein klein wenig aus dem Ruder gelaufenes Nachtmahl unzweifelhaft den Umzug in die ewigen vier Wände am Friedhof drüben in Ischl bedeutet. Aber durch die neue Medizin hat er die Ausnahme zur Regel machen können, da will er die Schulmedizin schon auch einmal loben.

Noch einmal aber will er dem Doktor Krisper die Kampfgase in seiner Kammer nicht mehr zumuten, fast war er ja selbst schon im Schattenreich! Seine Pupillen waren schon gefährlich geweitet, und alles um ihn herum hat sich gedreht, weil er es wegen der ganzen Schmerzen unten herum einfach nicht und nicht mehr zum Fenster geschafft hat. Die Roswitha hätte ihm helfen können, freilich, aber die wollte nicht. Lieber hat sie sich ausgesponnen und ihn dem Erstickungstod ausgesetzt, weil er ihr gestern nach dem Nachtmahl den Ausschlag nicht mehr einschmieren hat können, beim besten Willen ist sich das nicht mehr ausgegangen!

Kurzum, es ist alles wieder ein bisserl sehr blöd gelaufen in der letzen Nacht. Und sein Negativlauf setzt sich ungebremst fort, wie es jetzt ausschaut, da er seinen Gendarmerieposten in Aussee betritt. Gerade vorhin ist er kurz vor acht noch beim Supermarkt hinein- und mit einer neuen Mon Chéri (gültig bis 2012) unter dem Wetterfleck wieder herausgehuscht. Dabei hat er sich innerlich schon so auf die Anni gefreut und war er sich so sicher, dass er sie heute packen wird.

Und dann das!

Wie er die Tür aufsperrt, findet er die Schreibtischlade mit seinem Geheimdepot sperrangelweit geöffnet vor, und die rosaroten Papierln von den abgelaufenen Mon Chéri liegen über das ganze Büro verstreut herum. Und wie sich ihm der Tatort in der ersten Ad-hoc-Gesamtbetrachtung darstellt, hat die Anni auch noch seine letzten zwei Flaschen Marillenschnaps alleine gezwitschert. Das würde jedenfalls schlüssig erklären, warum sie immer noch auf seinem Klo kniet und von dort aus abwechselnd die „Internationale" anstimmt und dann wieder in einen Lachkrampf ausbricht. Einen schönen Rausch hat die jedenfalls beisammen, heiliger Strohsack, aber einen sehr schönen, jetzt um halb neun Uhr in der Früh.

Frage an Radio Biermösel: Wenn die Anni bei mir um halb fünf Uhr früh zum Rauswischen anfängt und jetzt immer noch nicht fertig ist, liegt es an mir? Richte ich wirklich so eine ungeheure Sauerei an, dass es nicht schneller geht?

Peinlich ist das schon ein bisserl, denkt er sich jetzt. Aber auch das neben dem Marillenschnaps zweite probate Mittel gegen die Peinlichkeit ist momentan seinem Zugriff entzogen. Weil wenn die Anni zwischendurch aufhört zu singen und zu lachen, dann nimmt sie auf seiner Bierkiste Platz, die er natürlich auch auf dem Klo gebunkert hat. Blöd ist das, weil er ja selbst nicht hinein kann, solange die Anni dort drinnen ist. Dabei drückt es ihn unten herum schon wieder gewaltig gegen die Beckenbodenmuskulatur, fast wie die immensen Wassermassen, die gegen die Staumauer in Kaprun drücken – ein Weltklassebauwerk ist das, auf das er als Österreicher nebenbei bemerkt mehr als stolz ist! Fast ist er versucht, als Radikalpatriot mit der Bundeshymne gegen die Internationale von der Anni anzusingen, Heimat Heimat, große Söhne! Aber bevor er so was Blödes tut, schaut er lieber nach, was ihm die Roswitha heute als Jause eingepackt hat. Eine Überraschung ist es nicht, dass es fünf dick beschmierte Bratlfettbrote sind, dafür eine schöne Freude. Als kleine Überbrückungshilfe und Gusto auf den kalten Schweinsbraten, den sie ihm jeden Tag als Mittagessen einpackt, ist das Bratlfettbrot nach wie vor unerreicht.

Ohne Flüssigkeit dazu will und kann er das Gottesgeschenk aber nicht hinunterschlingen, da wäre ihm schade drum. Also schaut er lieber der Anni zu, wie sie auf seinem Scheißhaus mit dem Klowedel hineinfährt in die Klomuschel und wieder herausfährt, und wieder hinein und abermals heraus, und so weiter und so fort. Da erinnert sich der Biermösel auf einmal unverhofft an sein erstes und bisher einziges sexuelles Abenteuer, an jene kurze Minute, die ohne Zweifel der bisherige Höhepunkt in seinem Leben gewesen ist.

Das Rein und Raus von der Anni ihrem Klobesen bringt den Biermösel jetzt dermaßen in Fahrt, dass er – da schau her! – auf einmal sogar bescheidenste Anzeichen einer Minimalst-erektion verspürt. Ein sanftes Kribbeln samt einer wohligen Wärme macht sich dort unten herum breit, wo sonst nur der kalte Eiszapfen hängt. Und zum ersten Mal wird er sich wieder seiner Möglichkeiten als Mann bewusst, seit die Annemarie Pröll Olympiasiegerin geworden ist und sie ihn mit ihrem Arscherl in ihrem weißen, hautengen Schianzug mit den roten Streifen dran so begeistert hat – Lake Placid 1980, er weiß es noch, wie wenn es gestern gewesen wäre.

Die Pröll hat ihm immer am meisten getaugt, neben der Marie Therese Nadig, aber die war Schweizerin. Später stand ihm die Petra Kronberger sehr gut zu Gesicht, auch die war eine sehr Saubere und Brave. Allerdings hat die keine dramatische Mähne gehabt wie die Pröll oder die Nadig. Die blonden kleinen Locken von der Kronberger waren nicht so ganz nach seinem Gusto. Lieber hat er es gewellt und dramatisch, rassig und dunkel, so wie bei der Anni.

Kreuzkruzifix, Anni! Wenn die das Wallhaar einmal offen tragen täte wie dieser grausliche Puffkaiser Schlevsky sein Schlohhaar, wer weiß, was aus ihr hätte werden können! Elegant führt sie den Klowedel, wie früher die Pröll den Schistock; aerodynamisch sitzt sie auf seiner Bierkiste und federt weich auf und ab, wie wenn sie in Kitzbühel durch die Mausefalle reiten täte.

Wenn er sie jetzt so anschaut, dann kann sich der Biermösel gut vorstellen, dass die Anni auch eine andere Karriere als die der Putzfrau und Lustigen hätte einschlagen können. Vielleicht, fragt er sich, vielleicht hätte ja sie das Zeug zur Olympiasiegerin gehabt anstatt der Pröll, wer weiß? Allerdings ist das Leben natürlich immer nur für eine Olympiasiegerin gerecht und nicht für eine Zugeherin, das weiß auch ein jeder, der schon einmal Olympiasiegerin war. Außer vielleicht der Biermösel, der die Streif in Kitz zwar auch in 2.05.26 meistern täte, jedoch in Jahren, Monaten und Tagen gemessen!

So wischt die Anni halt immer noch die Scheißhäuser in Aussee heraus und schmettert linke Kampflieder in den Lokus hinein. Mal lehnt sie über der Klomuschel, mal zwängt sie sich hinten um sie herum, mal stützt sie sich darauf ab. Immer aber hält sie den Arsch nach Mekka gerichtet, genau zu ihm her. Da wird er unrund, der Biermösel, da spürt er den Jagdtrieb, den längst versiegten, und die Gelegenheit scheint ihm auf einmal günstiger denn je. Der verlockende Apfel Anni hängt überreif am Baum, denkt er sich, und wartet nur noch darauf, von ihm gepflückt zu werden.

Aber je überreifer der Apfel und je günstiger die Gelegenheit, desto stärker baut sich beim Biermösel immer der innere Druck auf, der dann immer auf ihm lastet. Er ist nämlich mittlerweile der Einzige in Aussee, der die Anni noch nicht gepackt hat, und da wird man schnell zum Außenseiter. Sicher, am guten Willen ist es nicht gescheitert. Er hätte ja wollen. Aber hätte auch sie?

Dass sich eine Putzfrau von sich aus einem Gesetzeshüter von Rang mit ihren illegalen Nebenbeschäftigungen an den Leib wirft, das erlebt man vielleicht in einer Bananenrepublik, nicht aber in einem perfekt geölten Rechtsstaat wie dem österreichischen, der sowieso alles Lustige verbietet. Also wird es jetzt schon auch ein bisserl an ihm liegen, dass er den ersten Schritt tut und die Sache endlich zu einem für alle Beteiligten befriedigenden Ende führt.

Wie aber soll er die Nuss Anni knacken mit seinem löchrigen Nervenkostüm? Wie soll er sie packen, ohne dass er sich vorher einen Mut anzwitschert? Und wie soll er sich jetzt einen Mut anzwitschern, wenn die Anni auf seiner Bierkiste sitzt und der Schnaps nur ihre Leidenschaft befeuert, nicht aber seine? Kann ihm denn in Dreiherrgottsnamen keiner einen Tipp geben?

Da hört er:

– Giacomo Casanova an Radio Biermösel! Giacomo Casanova an Radio Biermösel!

– Was ist?

– Hör zu, du Schlaffi! Die ist doch eh schon nass wie ein Schwimmbad! Also schaff endlich eine Atmosphäre!

– Wie?

– Hau eine Musik rein!

– Welche?

– Ist doch wurscht!

– Eine Polka?

– Irgendwas!

Meine Güte, dass er nicht selbst draufgekommen ist! Wozu sonst wäre es gut gewesen, dass er von ihrem ersten Sensationserfolg an jede Kassette von den Radinger Spitzbuben gekauft hat, wenn nicht für diesen einen Moment? Und schon freut er sich darauf, dass er mit der Anni gleich im Taumel der Lust liegen wird, begleitet von den beschwingenden Klängen von seiner Lieblingsband, die u. a. folgenden Welthit produziert hat:

„Es ist immer dasselbe
wir Männer dürfen nix
ham wir mal eine Gaudi
schreit's Weibi: Kruzifix!
Du kommst sofort nach Hause
und trägst den Müllsack raus!
Und wenn du mich besteigen willst
ziehst erst die Socken aus!"

Also Socken ausziehen, Biermösel!

Aber vorher natürlich die Schuhe, du Depp! Und überhaupt täte er jetzt den Kassettenrecorder brauchen, damit er die Atmosphäre auch umsetzen und das Feuer auch anfachen kann! Der aber steht natürlich auch auf dem Klo, auf dem noch immer die Anni sitzt! Oft genug kommt er ja stundenlang nicht mehr herunter von der Muschel mit seinen Problemen unten herum! Da ist der Mensch froh, wenn er sich Wege erspart. Also hat er von der Bierkiste angefangen über das Taschenmesser bis zur Musikberieselung alles auf seinem Klo deponiert und es sich dort – eigentlich recht proper, wie er sagen muss – gemütlich eingerichtet. Ohne Musikberieselung aber wird das jetzt wieder nichts werden mit der Anni!

Erschwerend fällt ihm jetzt auch noch ein, dass er Narr ja heute in der Früh die Hose wieder nicht gewechselt hat, obwohl er sich das schon seit Wochen fest vorgenommen hat! Und mit den fünf olympischen Ringen auf der Hose vorne drauf erstickt sich jede Offensive von selbst im Keim, mit seinen Problemen unten herum wird er Adler sowieso nur schwer auf der Anni landen können!

Da will der Biermösel den Akt „Anni" lieber fürs Erste schließen und sich auf das Wesentliche konzentrieren: Koste es, was es wolle; koste es den kompletten Verlust der Reste an Ansehen und Respekt, die er vielleicht noch irgendwo und bei irgendwem genießt – er MUSS in den nächsten Sekunden aufs

Klo, er muss, er muss, er muss einfach, bevor wieder alle Dämme brechen! Und sieh da, der Zeitpunkt scheint jetzt nicht einmal ungünstig. Weil wie es ausschaut und wie es sich anhört, ist die Anni jetzt über seiner Klomuschel und über ihren ganzen Sorgen einfach zusammengesackt und eingeschlafen.

Wenn er sich also wie auf Samtpfoten zu ihr hineinbewegt und sie von der Muschel hinunterschieben kann, dann schafft er es vielleicht noch, sich zu entleeren, ohne dass sie gleich wieder alles von vorne herauswischen muss.

Aber! Die Anni mag es gar nicht, wenn sich ihr einer von hinten nähert! Solche Angriffe erkennt sie auch, wenn sie die Augen geschlossen hat, und den Biermösel riecht sie sogar. Also schreit sie wie am Spieß, wie der Biermösel auf einmal bei ihr auf dem Klo steht, obwohl er ja gar nicht mehr sie will, sondern nur noch den Zugang zu seiner Schüssel. Wenn sie aber weiter so schreit, wird der Biermösel bald nicht mehr lange an sich halten können, weil ihn jede Form von Geschrei allzu sehr aufregt! Also versucht er ihren Schrei mit der rechten Hand zu ersticken, bevor bei ihm alle Dämme brechen.

Dann ist es auf einmal still. Denn der sonst so tapshändige Biermösel wirkt augenblicklich so stark und männlich auf die Anni, wie er sie mit der einen Hand von der Kloschüssel hochhebt und mit der anderen sein Hosentürl aufmacht, dass die Anni zu Butter in seinen Händen wird. Und sofort wünscht sie sich, dass er ihr endlich den Rock hinaufschiebt und zur Sache kommt. Weil genau genommen, denkt sie, hat sie die Mon Chéri ja eh schon bekommen.

„Also mach einfach, Biermösel! Mach es mir endlich!"

Aber in den entscheidenden Momenten sind die Männer natürlich für nichts zu gebrauchen, und die Anni muss natürlich wieder alles selbst in die Hand nehmen. Wie sie aber den kleinen Biermösel in die Hand nehmen will und wie sie ihm tief in die Hose hineinfährt, merkt sie, dass das Schweinderl ganz nass ist, es ist einfach unbeschreiblich!

Zwar weiß die Anni selbst nur allzu gut, wie es ist, wenn die Beckenbodenmuskulatur nicht mehr so tut, wie man selber will – ihre Zwillinge waren eine sehr schwere Geburt. Da hat eine Maus gekreißt und einen Gebirgszug geboren!

Aber wie sie sich jetzt die Überschwemmung anschaut, in der sie steht, fragt sie sich doch: War das mit euch Männern wirklich alles so geplant, lieber Gott?

Nur jetzt nicht lachen, versucht sich die Anni selbst zu beruhigen. Nur jetzt kein falsches Wort, weil er sich angewischelt hat. Gib ihm lieber das Gefühl, dass es trotzdem schön war mit ihm (Lüge!), und sag ihm, dass du noch dringend die Fenster putzen musst (Wahrheit!). Aber um Gottes Willen: Fang jetzt nicht an zu Lachen, wenn du das hier lebend überstehen und nicht erschossen werden willst. Ein Mann ist in solchen Momenten ja ganz und gar unberechenbar!

Die Anni bewegt sich langsam vom Biermösel weg und macht auf business as usual sowie gute Miene zum bösen Spiel. Innerlich freilich hat sie sich in diesem Moment endgültig vom Biermösel als möglichen Ernährer im Lebensabend verabschiedet.

Lieber sterben, als mit dem seine Pension teilen! Der hat schon sehr eigene Probleme, resümiert sie, wie sie anfängt, die Fenster zu putzen. Dabei beobachtet sie ihn vorsichtig aus den Augenwinkeln heraus und sieht diesen Menschen in der tiefsten Sickergrube seiner Unwürde auf seiner Bierkiste sitzend und einfach vor sich hin starrend.

Da ist sie dann doch sehr froh, dass sie ihm den Duftbaum nicht hereingehängt hat. Das hätte ihn womöglich noch mehr verletzt.

Plötzlich aber denkt die Anni nicht mehr an den Biermösel und seine Probleme. Denn durch die frisch geputzten Fenster schieben sich wieder ihre eigenen Probleme in den Vordergrund, als sie mit ansehen muss, wie der Puffkaiser Schlevsky in seinem amerikanischen Straßenkreuzer drüben vorm Einfamilienhaus des Mallinger einparkt. Das heißt, er versucht erst gar nicht sich einzuparken, weil ein amerikanischer Straßenkreuzer und eine österreichische Parklücke, das passt nicht zusammen. In Wirklichkeit ist es auch gar kein Amerikaner, den er da steuert, sondern ein Ferrari und also ein waschechter Italiener. Aber so viel zur Straßenverkehrsordnung hat die Anni vom Biermösel schon gelernt, dass sie weiß: Es ist alles amerikanisch zu nennen, was größer ist als eine Triumph Fips!

Da spürt die Anni die Panik in sich aufsteigen. Als Frau, die das Leben in all seinen Ausbuchtungen kennt, weiß sie nur allzu gut, dass noch nie etwas Gescheites herausgekommen ist, wenn ein Puffkaiser mit seinem Ferrari auf einen Deutschlehrer mit seinen Heiligenerscheinungen trifft. Da bleibt ihr jetzt gar nichts anderes übrig, als sich wieder an den Biermösel zu wenden, der nach drei schnell gezischten Bieren auf seinem Klo Gott sei Dank schon wieder die gröbere Scham über Bord geworfen hat.

„Biermösel", fragt sie, „kannst du bitte den Schlevsky für mich erschießen?"

Da steht der Biermösel von seiner Klomuschel auf und schaut die Anni mit sehnsuchtsvollen Augen an. Er blickt beim Fenster hinaus und erkennt den Grund ihrer Sorgen. Er sagt:

„Anni, hör zu. Gerne täte ich den Schlevsky für dich erschießen. Aber leider hab ich die Doppelläufige drüben im Auerhahn gebunkert. Und nur mit der Glock alleine werde ich den hageren Gesellen nicht treffen."

Was aber könnte der Biermösel der Anni als Kompensation für das vorhin Erlebte sonst noch anbieten, wenn nicht das erlegte Haupt des Tigers? Die frisch gekaufte Mon Chéri vielleicht, die er jetzt in den tiefen Taschen von seinem Wetterfleck ertastet?

Da muss er sich freilich selbst eingestehen:

Falscher Zeitpunkt, Biermösel! Aber komplett falscher Zeitpunkt!

Nang-Pu tour

„Duden!“, hört er den Schlevsky von draußen nach ihm rufen, und er würde ihm gerne antworten, doch das kann er nicht.

Der Mallinger hat sich mit seinem Seidenpyjama „Saint Marie“ an einer Bettfeder seiner Ausziehcouch „Mystique“ verhängt. Wie eine Schildkröte rücklings auf ihrem Panzer liegend, zappelt er mit den Füßen und versucht sich zu befreien, während der angekündigte Besuch von draußen gegen die massive Eingangstür tritt und nicht aufhören will, nach ihm zu rufen. Alles in allem keine guten Vorzeichen für einen professionellen Umgang mit der mediengeilen Öffentlichkeit der Rennsportwelt, ärgert sich der Mallinger und strampelt dabei nur umso heftiger. Wenn jetzt auch noch ein Paparazzo einen Schnappschuss von ihm machen würde, bliebe seine Karriere als Rennsau womöglich auf halbem Wege stecken.

„Duden!!“

Der Schlevsky hat sich, nachdem er den F50 leer geräumt und sein Gepäck oben im Flachdachrefugium notdürftig verstaut hat, wieder in Fasson gebracht und ist nach dem kühlen nächtlichen Ritt nun auch wieder halbwegs gut drauf. Er trägt einen seiner blütenweißen Reserve-Brionis. Dazu die leichten Bergschuhe, die er im Alpenland stets den Gucci-Schlüpfern vorzieht. Wenn er aber noch lange in der Kälte vor diesem Namensschild warten muss, dann dreht er durch!

„Duden!!!“

Hm, „Duden“ steht da also neuerdings drauf, kommt der Schlevsky nicht umhin, beständig auf das neue Namensschild an der Tür des Mallinger zu starren. „Duden“ anstatt wie früher einmal „Emmerich Mallinger“.

Der Schlevsky gerät darüber gehörig ins Grübeln und fragt sich: Will der Blödi solcherart einem Anschlag marodierender Schulabbrecher entgehen, denen er mit schlechten Noten das

Leben versaut hat? Will er sie allen Ernstes auf eine falsche Fährte locken, indem er jetzt „Duden" statt „Mallinger" an seine Haustür nagelt?

„Duden!!!!"

Vielleicht, überlegt der total versaute Puffkaiser, vielleicht wollte der Mallinger aber auch nur „Dutteln" statt „Duden" auf sein Namensschild schreiben. Eine österreichische Bezeichnung für Titten, die ihm als Deutschem ob ihrer ausgesprochenen Weichheit immer sehr gut gefallen hat. Mit Wehmut erinnert er sich, dass er seinen ersten Puff in Sparwasser an der Oder als Reminiszenz an seine geliebte Jocelyn sogar „Two Duttels" getauft hat. Vielleicht ein wenig unpassend, wie er heute in der Rückschau gerne zugibt.

„Duden!!!!!"

Oder, fragt sich der Schlevsky, wollte der Mallinger einfach „Tuten und Blasen" da hinschreiben, und einer seiner ehemaligen Schüler hat im Zuge eines schlichten Vandalenaktes das „und Blasen" vom Schild gerissen, sodass nur noch das „Tuten" daran hängen geblieben ist? Was zur Hölle aber wäre die Aussage, wenn einer „Tuten und Blasen" an seine Eingangstür nagelt? Und warum ausgerechnet der Mallinger, der doch gerade *davon* nicht die mindeste Ahnung hat. Der kann ja noch nicht einmal „Tuten" richtig schreiben!

Duden also, seufzt der Schlevsky ein wenig resigniert und kratzt sich am Arsch. *Damit* wird er fertig. Wenn er sich aber nicht bald die Haare föhnen kann, stirbt er an der Mittelohrentzündung, noch bevor die Ivana überhaupt ein Wort Deutsch gelernt hat. Also ein letztes Mal:

„Duden!!!!!!"

Nachdem sich der Mallinger doch noch aus der selbst gebauten Falle befreien konnte, schlüpft er schnell in seinen Morgenmantel, den er vor zwei Jahren anlässlich des Wunders seiner Heilung in Medjugorje käuflich erworben hat. Auf dem Rücken dieses Mantels zeigt sich die Heilige Madonna in strahlendstem Lichte, und in den Revers wurde nur für den wahren Kenner sichtbar ein klitzekleines Originalstück vom heiligen Grabtuch aus Turin eingenäht, was den Preis in der Kurzarm-Version schließlich auf wohlfeile 7.777 Euro hochgetrieben hat. Das aber war es dem Mallinger wert, denn die Sieben ist eine heilige Zahl, und – Frage an Herrn Jauch – wer ist schon heiliger als die Heilige Jungfrau?

Wärmen tut das gesegnete Teil jedoch überhaupt nicht. Also friert und fröstelt der Mallinger wie ein Huhn ohne Federn, als er dem Schlevsky endlich die Türe öffnet. Und dieser gewährt ihm als Strafe für das lange Warten nur 20 Sekunden Zeit, um sich für die auf dem Programm stehende Reise nach Nang-Pu in den Sonntagsstaat zu werfen.

Weil so ein Ferrari F50 natürlich nicht für eine ausgedehnte Urlaubsfahrt mit reichlich Übergepäck gebaut wurde, und weil auch die Ivana trotz ihres Flüchtlingsstatus mit jeder Menge unnützem Zeug (fehlte nur noch, dass sie ihr Schlauchboot mitnehmen wollte, Herrgottnocheinmal, diese Weiber!) dagestanden ist, als er sie nach dem Gemetzel am Tingeltangel in Strudelwasser an der Oder von ihrer provisorischen Unterkunft abholen wollte, hat er die kleine Zuckerwattemaus gestern Abend einfach in den IC Ludwig Erhard verfrachtet, der sie planmäßig heute Morgen um 9.30 Uhr aus Berlin-Lichtenfels kommend in Attnang-Puchheim absetzen wird (oder „Nang-Pu“, wie diese verdammten Ösis ihren Verkehrsknotenpunkt nennen!).

Und weil so ein Lebensabend mitunter zeitlich sehr begrenzt ausfallen kann, darf der Mallinger mit dem Deutsch-Unterricht für die Ivana keine Sekunde Zeit verlieren und wird unmittelbar nach Ankunft und noch während der Rückfahrt mit der blonden Russin den Grund- und Aufbauwortschatz Deutsch durchackern.

So jedenfalls sieht es sein Plan vor.

Doch selbst wenn dieser Scheißzug erst in fünf Jahren in Nang-Pu ankommen würde – der Schlevsky muss jetzt sofort von hier weg!

Seit er nämlich vor dem Einfamilienhaus des Mallinger steht und an seine Tür klopft, spürt er den Blick aus den eiskalten Augen dieses verrückten Bullen in seinem Rücken, der ihn von seinem Gendarmerieposten aus beobachtet, und dieser Blick brennt wie Feuer. Als würde ihm ein Adler langsam und genüsslich alles Fleisch von seinen Schultern fressen, so ungefähr fühlt sich das an. Also hopp hopp hopp in die grüne Cordhose gehüpft, drängt der Schlevsky den Mallinger zum Aufbruch, und schnell schnell rein in den Lodenrock geschlüpft!

Und los geht die Reise.

Doch Gemach! Als der Mallinger nämlich sein Haus verlässt, sieht er davor das feuerrote 520-PS-Geschoss des Schlevsky mit 5.0-Liter-V12-Motor geparkt, das in weniger als vier Sekunden von Null auf Hundert beschleunigt, feine Sache! Dazu trägt der rote Renner aus Maranello Felgen aus Magnesium samt Radnaben aus Titan, und die wuchtigen Einlassöffnungen für den Kühler machen aus dem ohnehin gewaltigen Brummer einen brünftigen Stier. Als der Mallinger den Wagen ehrfurchtsvoll betrachtet und mit der Hand über den mächtigen Heckflügel streicht, läuft ihm bereits das Wasser im Mund zusammen, denn mit einem F50 kann selbst die Heilige Maria samt ihrer ganzen einmaligen Aura nicht wirklich mithalten, muss er sich eingestehen.

Sofort spürt er das Kribbeln wieder in seinem Bleifuss, und er beginnt am ganzen Körper zu zittern. Kurz überlegt er, ob er nicht besser vor diesem Werk des Teufels fliehen soll, weil ihn eine böse Ahnung beschleicht, dass es wieder nicht gut ausgehen wird, wenn er so eine Höllenmaschine besteigt. Doch zu spät: Ehrfurchtsvoll nimmt der Mallinger im tiefer gelegten Sitz der tiefer gelegten Karosserie neben dem reichlich tief gelegten Charakter des Schlevsky Platz, und ebenso ehrfurchtsvoll murmelt er in seinen Bart hinein:

„Wawarumm! Wawarumm!“

„Alles klar?“, fragt der Schlevsky irritiert.

Schon beschleunigt der Puffkaiser den Boliden auf hundert Sachen, kaum dass er ihn mit einem satten Donner gestartet hat, und schon sieht der Mallinger die Tachonadel bei 150 zittern, kaum dass er auf die Uferpromenade hinaus biegt. Das gefällt dem Mallinger und imponiert ihm sehr, denn seine heimliche – und leider unausgelebte – Leidenschaft ist nach wie vor der PS-starke Einspritzmotor.

Als ihm schließlich der eiskalte Fahrtwind im offenen Ferrari die blassen Wangen rot färbt; als es ihn hineindrückt in den Schalensitz wie den Astronauten beim Start in seine Raumkapsel; als der Tiger endlich das Ortsgebiet hinter sich lässt und mit 220 auf die Bundesstraße in Richtung Goisern hinaus biegt, da hat der Rausch der Geschwindigkeit den Mallinger wieder fest im Klammergriff, und er kommt sich vor wie der junge Niki Lauda, wild, ungestüm, ein Weiberheld durch und durch. Insgeheim überlegt er bereits, wo er auf dem Armaturenbrett die Marienmedaille anbringen *würde* und wo an der Mittelkonsole der heilige Christophorus platziert sein *müsste,* wenn er denn mit diesem Boliden einmal selbst die Kompression an der Abzweigung nach Goisern durchbrettern *könnte,* als der Schlevsky bereits am St.-Christophorus-Marterl vorbeijagt und dieses einige größere Steinchen vom Straßenbankett abbekommt, weil der Schlevsky natürlich keine Begrenzung kennt und die Straße in ihrer vollen Breite und darüber hinaus nützt.

„Wawarumm!“

Schnell merkt der Schlevsky, wie ihm der Mallinger an seiner Seite langsam auf den Sack geht, weil dieser auf dem Beifahrersitz wie ein 5Jähriger jedes seiner Manöver mit ganzem Körpereinsatz nicht nur mitlebt, sondern virtuell sogar ständig dagegenlenkt, immer früher als er selbst schaltet und später als er selbst bremst und dabei insgesamt so tut, als würde er – Herrgottnocheinmal! – den roten Renner aus Maranello besser lenken können als er!

Schon nach wenigen Fahrminuten hält der Schlevsky diesen *Simple* an seiner Seite nur sehr schwer aus, und er fragt sich bereits, ob es wirklich eine gute Idee war, dass er nach all dem Chaos in Strudelwasser an der Scheiß-Oder ausgerechnet diesen Zuckerarsch über das schlichte House-Sitting hinaus in sein Leben hereingeholt hat, denn:

Wenn dieser Schafskopf noch einmal „Wawarumm" sagt, reißt er ihm den Schädel ab!

Endlich in Nang-Pu angekommen, schickt der Schlevsky den Mallinger sofort zum Bahnhofsvorstand, damit er ihn erstens von seinem Ferrari wegbekommt, den er nicht aufhören will zu berühren, und er zweitens bei diesem nachfragt, wann denn der verdammte Zug aus Berlin nun endlich kommen wird, bald ist es nämlich halb elf vorbei!

Als ihm der Mallinger schließlich meldet, dass der Zug drei Stunden *plus tard* ist, fehlt nicht mehr viel, und der Schlevsky hätte nicht übel Lust, den Mallinger in die Bahnhofsvorsteherbude hineinzuschießen, wie er dies erst vor ein paar Tagen mit diesem verdammten Tschu En Lei, nicht verwandt nicht verschwägert, in Strudelwasser an der Oder getan hat.

So was von scheißkalt ist es obendrein in dieser Alpenrepublik, dass er nun sogar gezwungen ist, mit seiner Herrenhandtasche auf das in Biermösel'schen Dimensionen versaute Bahnhofsscheißhaus zu verschwinden und sich dort im Münzklo noch einmal die lange Unterhose anzuziehen, er hält diese verdammte Kälte einfach nicht aus! Kann gut sein, denkt er sich mit heruntergelassener Hose, dass er überhaupt bald durchdreht, wenn sein Negativlauf anhält und links und rechts seines Lebensweges nur noch Probleme wachsen – wo zum Teufel ist denn hier das Klopapier?!

„Duden!“, schreit der Schlevsky den Mallinger an, als er endlich mit etwas breitem Gang aus dem Klo herauskommt und seinen Reisegefährten schon wieder bei seinem Ferrari knieend vorfindet.

„Duden!“

„Ja, Schlevsky?“, fragt der Mallinger leise.

Da kratzt sich der Schlevsky am Arsch und geht einfach Richtung Bahnhofsrestaurant.

„Gott im Himmel!“, seufzt er. „Was soll ich mit *dem* jetzt drei Stunden lang anfangen?“

Ein Bahnhofsrestaurant mag nun zwar ideal für einen Lehrer sein, der kulinarisch so anspruchsvoll ist wie die Kuh auf der Wiese. Für einen bekennenden Gourmet wie den Puffkaiser aber ist es die Hölle. Hätte er nicht den Baedeker verloren, und fände er ohne diesen aus der beständigen Nebelsuppe hinaus, die sich schon wieder über das Land gelegt hat, dann würde er bis zur Ankunft der Ivana einfach noch auf einen Sprung zum Bocuse nach Lyon hinüberfahren und dort vierzig Stück Schnecken verdrücken, wonach ihm nämlich nach all der Aufregung der Appetit stünde.

Stattdessen ist er gezwungen, mit diesem Bambiküsser Mallinger schlichte Bahnhofskost zu speisen, und der bestellt auch gleich ein Wiener Würstchen ohne Senf, ohne Krenn, ohne Ketchup, ohne Kirschpfefferoni – kurz: ohne allem, was ein wenig Spaß machen könnte, wenn man ein Wiener Würstchen essen muss! Der Todsünde der Völlerei, denkt sich der Schlevsky im Angesicht seines Gegenübers, ist dieser arme Wurm gewiss nicht verfallen, und er sieht sich ein paar Minuten lang an, wie der sein Würstchen häutet. „Praktisch denken – Särge schenken!“ Genau so ein Typ ist das, schüttelt der Schlevsky den Kopf, und er fragt sich, ob diese Niete wohl jemals Freude in seinem Leben empfindet?

Plötzlich übermannt den Puffkaiser ein Gefühl tiefen Mitleids mit einer so verschwendeten Existenz. Er blickt den Mallinger mit sanften Augen an und fragt sich: Gönnst du dir denn überhaupt nie etwas? Geißelst du dich am Abend, bevor du dich auf den nackten Betonboden deiner Garage wirfst, auf dem du ohne Zweifel schläfst? Siehst du dir im Internet den „Osservatore Romano" an anstatt www.boxenluder.de? Blätterst du während des Morgenschisses in der Bibel anstatt in der „Bild"-Zeitung, und malst du anschließend Heiligenfiguren aufs Hinterglas? Bist du blutleerer Sack denn zu *irgendeinem* Exzess fähig?

Schon ist der Schlevsky versucht, ein Gebet für den Mallinger in Richtung Himmel zu schicken. Doch weil ihm keines einfällt, will er ihm wenigstens eine kleine Lehrstunde in Sachen *savoir vivre* erteilen, bevor er hoffentlich bald anfangen wird, der Ivana Deutsch-Nachhilfe zu geben. Zur Demonstration wahrer und ungetrübter Sinnenfreuden bestellt er sich das große Würstel-Allerlei (vier Burenwürste, vier Käsekrainer, drei Bosner, sechs Currywürste, sechs Bratwürstel, sieben ungarische Paprikawürste) inklusive jeweils ein Kilo Beilage samt einer Extraportion Fett satt, im sicheren Wissen, dadurch dem ohnehin allzu kurzen Leben wieder ein Stück unbezahlbares Glück abzuringen. Ein kulinarischer Höhepunkt, von dem er noch seinen Enkeln erzählen könnte – wenn er denn welche hätte!

Als er aber das rotbackige, fetthaarige, überhaupt fette und insgesamt total hässliche Kind am Rock der völlig überforderten rotbackigen, fetthaarigen, fetten und überhaupt total hässlichen Kellnerin hängen sieht, die seine Bestellung aufgenommen hat, ist er wieder ganz froh, dass er sich mit 20 Jahren im Zuge einer Wette mit seinem Rivalen Tony „Die Zunge" Stompanato selbst die Samenleiter durchtrennt hat. Eine Wette, erzählt er nun stolz dem Mallinger, während er anfängt, das Würstel-Allerlei in sich hineinzuschaufeln, eine Wette, die natürlich auch schlecht hätte ausgehen können, gewiss! Letztlich hat er aber wie alle anderen Wetten auch diese gewonnen, lebenslängliche Unfruchtbarkeit als Preis freilich inklusive! Und wenn er heute daran denkt, geht selbst ihm noch ein Furz in die lange Unterhose, der sich gewaschen hat. Schließlich war er nie ein Feinmotoriker mit den Händen, und schließlich ist ein Butterflymesser kein Chirurgenskalpell. Doch mit dem Sieg bei dieser Wette – und weil er Tony Stompanato als Draufgabe auch gleich noch „die Zunge“ herausgeschnitten hat – konnte er sich dessen Puffkaiserreich einverleiben. Und den ständigen Ärger mit den verdammten Kindern hat er sich obendrein erspart, wenigstens den.

Als sich die drei zähen Stunden, von denen er die restlichen zwei auf dem Klo verbracht hat, weil er mit dem Mallinger einfach nichts mehr zu reden wusste, endlich ihrem Ende zuneigen, lässt sich der Schlevsky von der rotbackigen Fett-Kellnerin den Rest des großen Würstel-Allerlei einpacken. Schließlich steht heute noch ein Candlelight-Dinner auf dem Programm, und soweit er seine Lage noch irgendwie überblicken kann, hat er bestimmt nichts Ordentliches zu Futtern in seinem Kühlschrank oben im Flachdachrefugium.

Dann endlich die Ivana!

Ein sechs Stunden verspäteter Personenzug, da sind sich der Schlevsky und der Mallinger ausnahmsweise einmal einig, ist natürlich eine Schande für eine so wertvolle Fracht. Und augenblicklich ärgert sich der Schlevsky, dass er für sie nicht doch den Orientexpress gechartert hat. (Hat er natürlich auch schon einmal, den Orientexpress gechartert! Er und die Jocy ganz alleine in diesem Juwel der Eisenbahngeschichte, Berlin-Stambul tour-retour. Und weil sie damals im Frühling ihrer Ehe waren, hat das Personal den Orientexpress nach ihrer Rückkehr sofort in *Orgienexpress* umbenannt, hähä, so und nicht anders war das damals!)

Nun wird es freilich eng im F50! Kofferraumtechnisch ist dieser Bolide nämlich nicht besser ausgestattet als ein Katzenklo. Und so versteht es sich aus der Sicht des Schlevsky von selbst, dass der Mallinger in dieser Konstellation den Platz auf der Rückbank zugelost bekommt, während er selbst und die blonde Russin vorne Platz nehmen, die Sitzverteilung muss schließlich stimmen, wenn man eine Überlandfahrt antritt.

Bevor der Schlevsky aber einen Kavaliersstart hinlegt, zerrt er den Mallinger zwischen all den Taschen und Koffern und Säcken, unter denen er ihn zuvor begraben hat, noch einmal nach vor und trägt ihm mit entschlossenem Blick auf, sofort mit dem Unterricht zu beginnen und der Ivana das erste deutsche Verbum in all seinen Möglichkeiten herunterzukonjugieren, „also, Mallinger. Fang an!"

Da fängt der Mallinger an und sagt:

„Ich komme. Du kommst. Er sie es kommt. Wir kommen. Ihr Kommt. Sie kommen", und dann fügt er noch hinzu:

„Du verstehen?"

In das peinliche Schweigen hinein, welches auf diese erste Deutsch-Lektion im Leben der Ivana folgt, zerreißt es den Schlevsky endlich doch noch vor Lachen. Ihm personifiziert Sexuellen steht nämlich sofort das Schweinische an „Sie kommt" bildlich vor Augen, als er die Ivana neben sich in ihrer ganzen blonden Herrlichkeit anschaut und sich vorstellt, wie sie heute Abend bei ihm auf dem Tigerfellbezug sozusagen „kommen" wird.

Weil das aber im Wortschatz des Quasi-Heiligen Mallinger noch nicht eingetragen war, dass eine Frau „kommt", wenn sie im Glutofen der Lust dahinschmilzt, kommt er sich erst recht wieder wie der unnötige Esel im Stall zu Bethlehem vor, als der Sex-Insider Schlevsky einfach nicht mehr aufhören will zu lachen.

Da flüstert er beleidigt in seinen Bart hinein:

„Wawarumm! Meine Zeit kommt noch!"

Nang-Pu retour

Die Fahrt zurück dann aber – herrlich! Ein Wetterchen zum Eierlegen! Die Wolkendecke hat zur höheren Ehre der neu Zugereisten vorübergehend aufgerissen, und die Sonne zeigt zu deren Begrüßung ihr schönstes Perlweiß-Lächeln. Dazu singen die Vögelchen in den Bäumen am Waldesrand wie früher der junge Heintje, unschuldig und engelsgleich, süßer die Vögel nie klangen.

Strudelwasser oder überhaupt die ganze Gegend dort dies- und jenseits der Oder kannst du vergessen im Vergleich zu dieser wild-romantischen Landschaft, denkt die Ivana sogleich auf Russisch, während sie mit verträumtem Blick die vorbeiziehende Flora und Fauna betrachtet. So etwas Einmaliges wie dieses herrliche Land hat sie in ihrem ganzen Leben noch nicht gesehen! Eine Landschaft breitet sich vor ihr aus, die gleichermaßen ein Balsam für das Auge wie für das Gemüt ist. Ihre Blicke streichen über die satten Wiesen und die fruchtbaren Felder – hurra! Sie sieht majestätische Bäume und kristallklare Bäche – vallera! Und all die hohen Berge und tiefen Täler – juchheissassa!

(Kleiner Wermutstropfen vielleicht, dass die Reise Richtung Schicksal geht. Aber wer weiß das schon in diesem Augenblick? Also ist das Fahrvergnügen noch ungetrübt. Jedenfalls in der vorderen Sitzreihe. Zumindest auf der Fahrerseite.)

Das Ausseerland präsentiert sich der Ausflugsgemeinschaft als sorgfältig gepflegter Lustgarten des Paradieses, während der Schlevsky ordentlich Gummi gibt und den Ferrari noch ein Stück ambitionierter als bei der Hinfahrt über die Bundesstraßen zurück nach Aussee jagt, wobei er die Straßenverkehrsordnung links liegen lässt, was einigen anderen Verkehrsteilnehmern gar nicht gut bekommt:

Das junge Rehkitz sowie die alte Wildsau, die der Schlevsky gerade über den Haufen fährt – sie hätten ja ausweichen können! Der arme Bauer, den er gleich darauf mit seinem Traktor in den Straßengraben hinunter drängt – er hätte ihn ja nicht aufhalten müssen!

Dem pflichtbewussten Grasmuck aber, den man auf Sissi Voss umtaufen möchte, weil er gerade wieder mit zwei Schutzbefohlenen von der Straßenmeisterei den Sankt Christophorus in sinnloser Detailarbeit aus dem Mischwald herunterholt (summa summarum Crash Nummero 36 im heurigen Jahr, danke!) und ihn wieder dort aufstellt, wo er hingehört, dem steckt der Schlevsky mit ausgesuchter Höflichkeit einen Euro fuffzig als Spende für die heilige Mutter Kirche zu. Er ist nun schon wieder deutlich besser aufgelegt als gerade noch vorhin am Bahnhof in Nang-Pu.

Der Mallinger schläft einstweilen.

Die vergangene Nacht, diese grausame, und die sauerstoffgesättigte Luft, diese gesunde, haben ihn in einen sanften, wenn auch extrem unangenehmen Schlummer auf der Rückbank des Ferrari entgleiten lassen. Er fügt sich in die Rolle des Gunter Philipp, der im Heimatfilm immer nur den Trauzeugen spielen darf, während der Schlevsky in die Rolle des jugendlichen Verführers und wilden Draufgängers schlüpft, die immer dem Peter Alexander vorbehalten blieb.

Solange er den Mallinger schnarchen hört, will der Puffkaiser getrost seine Schalthand anstatt auf den Schaltknüppel auf die Venusgrotte der Ivana legen. Und die Tingeltangel-Ivana soll ihrerseits die Zuckerwatteverkaufshand auf seinen Knüppel legen, aber nicht auf den Schaltknüppel, sondern auf den Tigerknüppel!

Die Landschaft ist so viel schöner als dieser Mann, muss die Ivana nun bei erster näherer Betrachtung des Schlevsky feststellen. Und es fällt ihr unangenehm auf, wie alt der schon ist. Um die Augen kriegt er bereits Krähenfüße, muss sie feststellen, und hässliche Altersflecken zieren seine Hände.

Da war der Pavel aber schöner, erinnert sich die Ivana wehmütig an ihre große Liebe Pavel, doch der ist ja leider schon lange tot. Und nach all ihren leidvollen Erfahrungen im deutschen Osten weiß sie heute nur zu gut, dass sie vom gütigen Schicksal nicht in die mit Goldsand ausgelegte Kristallbucht der Superreichen gespült wurde. Als Ostflüchtling muss sie dankbar sein, wenn sie einer aus der Armutsfalle befreit und ihr einen Job anbietet. Und im Vergleich zu ihrem alten Großmütterchen, das mit ihren bald 118 Jahren noch immer Krautköpfe in einer aufgelassenen Kolchose unten bei Rostow am Don pflücken muss, um sich das tägliche harte Brot unter die unleistbare Butter zu verdienen, hat sie es vielleicht mit dem Herrn Doktor in seinem weißen Anzug und seinem roten Ferrari gar nicht so schlecht erwischt.

Wenn er nur endlich aufhören würde, an seinen Zähnen herumzusaugen!

Doch steigert sich der Schlevsky im Gegenteil wegen all der fasrigen Fettreste des Würstel-Allerleis in seinen Zahnzwischenräumen immer weiter in einen desto aussichtsloseren Kampf, je verzweifelter er diesen führt. So sehr er auch mit der Zunge, den Fingern einzeln, der Hand im Ganzen und schlussendlich mit den verschweißten Enden der Schuhbänder seiner Wanderschuhe – Zahnstocher lehnt er aus Prinzip als schwul ab! – darin herummeißelt, er bekommt diese verdammten Fettbrocken einfach nicht heraus!

Das wiederum zwingt die Ivana, sich in Gedanken schon den breiten Gehweg auszumalen, der sie auf ihren 17-cm-Stilettos kerzengerade Richtung Tod einer schwierigen, vielleicht sogar von Anfang an aussichtslosen Episode führen wird.

Schon bereut die Ivana, dass sie ihre heiße Affäre mit dem Tschu En Lei nicht verwandt nicht verschwägert in Strudelwasser a.d.O. für diesen alternden Landarzt aufgegeben hat, und der kleine Kobold Zweifel nagt an ihrem hübschen Ohr:

„Kann es sein, dass du überhaupt einem grandiosen Irrtum aufgegessen bist?"

Was genau ist denn der überhaupt für ein Arzt?, fragt sie sich. Zahnarzt und Tierarzt und Frauenarzt schließt sie nach dem während der Fahrt Erlebten aus.

Seine rechte Schalt-Hand unter ihrem Röckchen an ihrem Schatzkästchen sowie das hektische Herumgerubbel daran ohne Lustgewinn für sie gehen ihr jedenfalls schon gehörig auf die Nerven. Wo an einer Frau das gewisse Kribbel-Knibbel-Knöpfchen ist, das weiß er scheinbar nicht, der Herr Doktor!

Wirklich blöd nur, dass sie kein Wort von seiner Sprache spricht. Dann würde sie ihm nämlich sagen, dass er sich bitte die Zähne putzen soll. Und sie würde ihn fragen, ob er nicht anstelle von diesem fürchterlichen Shubidu Jack zur Abwechslung mal die Don Kosaken spielen könnte, heiliger Breschnew, bald springt sie aus dem fahrenden Wagen.

Aber dann!

Gerade, als die Ivana die Tür des Boliden öffnen will, bricht ein weiterer seltener Sonnenstrahl durch die mittlerweile wieder aufgezogene Wolkendecke und schiebt auch gleich die Gewitterwolken weg, die sich zwischen dem Schlevsky und der Ivana begannen aufzutürmen. Denn dieser Sonnenstrahl trifft ausgerechnet den goldenen Wetterhahn, den ihm der ortsansässige Stararchitekt Benito Wollatz auf sein Neubauflachdach draufgesetzt hat.

Als nun die Ivana erstmals dieses einmalige, weit über dem See thronende und weit über das Ausseerland hinaus strahlende Architekturerlebnis in seiner ganzen Herrlichkeit sieht, stoppt der Schlevsky den Ferrari, legt ihr sanft den rechten Arm um ihre zarte Schulter und deutet mit der linken Hand zum Gebirgskamm hinauf.

„Mein", sagt er mit stolzgeschwellter Brust. „Alles mein!"

Da ist die Ivana sofort wieder deutlich besser aufgelegt! Im Vergleich zum Altpapiercontainer nämlich, in dem sie als illegale Zuckerwatteverkäuferin auf dem Tingeltangel in Strudelwasser an der Oder zusammen mit dem Tschu En hatte nächtigen müssen, ist sogar dieser Flachdachneubau schöner als die Eremitage!

Der Mallinger aber war währenddessen in einen weiteren seiner furchtbaren Träume abgetaucht: Er schlenderte durch das Ferrari-Fahrerlager und bereitete sich auf den Grand-Prix von Europa auf dem Nürburgring vor und freute sich auf das oftmalige Durchfahren der berüchtigten Nordkurve. Dabei atmete er den betörenden Duft von verbranntem Gummi, und der Geruch von Rennbenzin stieg ihm zu Kopf. Unzählige Boxenluder zerrten an seinem roten Ferrari-Rennoverall und wollten seine private Handynummer. Und eine Heerschar von Reportern schließlich bedrängte ihn mit der seltsam anmutenden Frage:

„Mallinger, du Schaf! Was ist denn los mit dir?"

Dann übertrugen Dutzende TV- und Radiostationen seine Antwort live hinaus in die ganze Welt, die er ein wenig undeutlich in seinen Bart hineinnuschelte.

„Meine Zeit kommt noch."

Doch dann, als sich die Boliden endlich zur Starrunde formieren sollten, war die Rennsau Mallinger plötzlich nirgends mehr zu finden. Er hatte sich hinter einem Bridgestone-Reifenstapel versteckt, weil er sich so vor den aufheulenden Motoren gar so fürchtete.

Keine guten Vorzeichen!

„Mallinger, du Schaf! Komm endlich raus da!", hörte er plötzlich Bernie Ecclestone nach ihm rufen. Doch da merkte der Mallinger, dass er in seinem verwirrenden Traum gar keine wilde Rennsau war, sondern nur ein verlorenes Schaf mit dicker Wolle dran, das über eine grüne Wiese lief, während Gott nach ihm suchte.

„Mallinger, du Schaf!“, hörte er Gott nach ihm rufen. „Wach endlich auf!“ Und er spürt seine zupackende Hand, die ihn an den Haaren reißt.

Da endlich merkt auch der Mallinger, dass es gar nicht Gott der Herr ist, der nach ihm ruft, sondern nur der Schlevsky, der den F50 vor seinem Einfamilienhaus eingeparkt hat und ihn unter all den Schachteln und Kisten von der Ivana endlich unsanft hervorzerrt.

Als der Mallinger ausgestiegen ist und sich den Schlaf und den bösen Traum aus den steifen Gliedern schüttelt, ritzt der Schlevsky auch schon eine Spur verbrannten Gummis in den Asphalt, und der Mallinger schaut seinem unglaublich sexy Hinterteil nach.

Kaum dass der Ferrari von hier weggedonnert ist, taucht er schon am gegenüberliegenden Ufer der Seepromenade auf und schraubt sich mit einer Leichtigkeit die Serpentinen zum Flachdachrefugium des Schlevsky hinauf, wie das eben nur ein Ferrari kann.

Da plötzlich spürt der Mallinger eine solch intensive Sehnsucht, das kraftstrotzende Hinterteil dieses roten Renners noch einmal zu berühren, dass darüber selbst der Konsalik schreiben möchte.

Migräne

Seit die Ivana denken kann, schießen ihr stets horrende Schmerzen in ihr süßes Köpfchen, sobald es auch nur nach Regen aussieht. Vermutlich eine Sache der Gene, leidet doch auch ihr geliebtes Großmütterchen unten in Rostow am Don schon seit 107 Jahren unter den gleichen elenden Schmerzen, herrje, da steht ihr ja was ins Haus!

Denn spätestens, als der Schlevsky den Ferrari betont cooliwooli die Serpentinen zu seinem Refugium hinauf lenkt und dabei kein einziges Mal die Wolkendecke durchbricht, merkt die Ivana, dass in dieser Gegend stets das Sauwetter über die Hitze und den blauen Himmel triumphieren wird.

Die Aussicht aber, den Rest ihrer Teenagerjahre mit Migräne in dieser permanenten Waschküche an der Seite dieses eigenartigen Mannes (Orthopäde?) verbringen zu müssen, verstärkt nur noch die Schmerzen.

Mit dem fürchterlichen Schlaghammer in ihrem Kopf hören sich zudem die nicht enden wollenden Sauggeräusche aus seinem Mund an wie kleine fiese Ratten, die an ihrem Trommelfell nagen.

Erschwerend kommt hinzu, dass ihr der Tiger trotz seiner Probleme mit den lästigen Wurstresten in seinem Mund ständig die Zunge in den Hals stecken will und dabei seine rechte Hand wahlweise an ihrem Ausschnitt zu platzieren versucht, zwischen ihren Beinen, an ihren Lippen, dann in ihrem Haar, an und in ihren Ohren, an ihrem Nacken, auf ihrem Knie, und so weiter und so fort.

Das ist ja nicht zum Aushalten!

Weil sie ihm nun zwar auf Russisch sagen könnte, dass er sie gefälligst am Arsch lecken soll, er sie aber nicht verstehen würde, bleibt ihr wenig anderes übrig, als seine Angriffe mit der bloßen Hand abzuwehren, wobei sie sich aber so ungeschickt anstellt, dass sie ihm mit einem rechten Schwinger unversehens die im Biss schon etwas lockeren Dritten aus dem Mund schlägt, Hölle auch!

Und als der Tiger zu retten versucht, was nicht mehr zu retten ist, schleudert er sein Gebiss erst recht mit einer hektischen Links-rechts-links-rechts-Greifbewegung beim offenen Ferrari in die sattgrüne Landschaft hinaus, und jetzt schlag nach bei Murphy – Was schief gehen kann, geht eben auch schief!

Blitzumfrage unter Puffkaisern: Wie fühlt man sich, wenn man plötzlich ohne Zähne mit einer platinblonden Sexbombe im offenen Ferrari sitzt, die man eigentlich in Kürze auf dem Tigerfellbezugbett erzittern lassen wollte wie die kalifornische Erde? Fühlt man sich wie der junge Tarzan nach einem belebenden Bad im kühlen Gebirgsbach? Oder wie eine alte Gurke, die drei Wochen zu lang unter der Sonne Afrikas gelegen ist?

Um die bereits auf halbem Weg hinauf zu seinem Flachdachneubau deutlich in Schieflage geratenen Verhältnisse wieder geradezurücken, zieht der Schlevsky die Ivana nun zu sich her und drückt ihr mit aller Kraft seine flache Hand auf ihre Nase und den Mund. Und erst als er den Ferrari über den aufgeschotterten Kies vor seinem Bungalow jagt und diesen mit einem sechsfachen Kreisel einparkt, schenkt er der widerspenstigen Russin das Leben.

Nun schön blau im Gesicht, könnte die Ivana im nächsten Karneval ohne weiteres als Pflaume verkleidet auftreten, ohne dass sie sich dafür noch extra schminken müsste. Doch anstatt auf den Karneval nach Köln würde sie nach dieser Nahtoderfahrung ohnehin lieber nach Hause zu ihrem Mütterchen laufen, hinauf nach Nowaja Semlja, wo sie die glücklichen und unbeschwerten Tage ihrer Kindheit verbrachte, die ihr plötzlich so schmerzhaft und unwiederbringlich verloren scheinen.

Die friedlichen Tage des Lichts, als die Sorgen kleine süße Vögelchen waren, die nie lange blieben; als sie Kind sein durfte und eine rosarote Schleife im Haar trug und weiße flache Ballerinaschühchen zum Kirchgang; die Zeit, als sie mit Ken und Barbie spielte und sie davon träumen durfte, dass auch sie einmal einer lieben würde, zärtlich und einfühlsam, mit ganzem Herzen und bis an das Ende ihrer Tage exklusiv sie.

„Damit wir uns richtig verstehen“, sagt der Schlevsky zur Ivana und holt sie aus ihren rosigen Träumen zurück in die Wirklichkeit.

„Ich Schwanz, du Fotze! Capito?“

Und auch wenn sie natürlich nicht verstand, was der Tiger *gesagt* hat, so kapiert sie doch einigermaßen, was er ungefähr *gemeint* haben könnte, als er ihr den Mittelfinger (Schwanz!) in ihr kleines Nasenloch (Fotze!) hinauf schiebt, beinahe bis zur Großhirnrinde.

Da war der Ivana dann wirklich zum Schreien zumute. Man bedenke, sie hat ja auch noch Migräne!

Biermösel, quo vadis?

Wie eine Wand steht der Regen wieder in Aussee. Und der Biermösel steht, die Hände tief in seiner noch immer nicht gewechselten grünen Cordhose versenkt, auf seinem Posten und schlägt hart mit der Stirn gegen die Wand, immer und immer wieder, kein Steirerhut dämmt den Aufprall der Denkerstirn. Er zermartert sich das Hirn, wie er die leidige Handtascherl-Problematik lösen könnte. Dann nimmt er überhaupt Anlauf und rennt vor Wut mit gewaltigem Karacho Kopf voran gegen die Wand.

Da brummt ihm dann der Schädel doch ganz ordentlich, und im Kreuz verschiebt es ihm ein paar Wirbel. Jedoch vertreibt der immense Schmerz für kurze Zeit die lästige Frage, die ihn nun schon seit Tagen begleitet und auf die ihm einfach ums Verrecken keine Antwort einfallen will:

Wer hat denn bitte den deutschen Sexbestien, als die er sie mittlerweile bezeichnen muss, die Handtascherln gestohlen? Und wer ist denn bitteschön so deppert und stiehlt dem Seebachwirten seine Kampfhunde?

Wie er sich jetzt schmerzgeplagt mit eingezwicktem Ischiasnerv seinem Schreibtisch nähert, in der gebeugten Demutshaltung, in der sich die Mutter Teresa den Sterbenden nähert; wie er dabei in die Lade greifen will, um mit einem kräftigen Schluck aus der Flasche den gröberen Schmerz im Schädel abzutöten und durch seine entspannende Wirkung die Verschiebungen im Kreuz zu korrigieren, da schaut ihn auf einmal von hinter dem Schreibtisch herab der alte Biermösel an, der dort als Ölgemälde hängt, zusammen abgebildet mit dem Kreisky, der sein Idol ist.

Da hält der Biermösel schaudernd und immer noch tief gebeugt inne wie der Sünder vorm Himmelstor, und er weiß augenblicklich, dass er jetzt nicht wieder einfach zur Tagesordnung übergehen und sich schön langsam anzwitschern kann, bis es endlich Feierabend wird und er zur Roswitha hinüberfährt und sich das Schweinsbraterl vergönnt. Im Angesicht dieser überwältigenden Ballung an Erfahrung und Kompetenz, die der Alte auch als Gemälde noch immer ausstrahlt, spürt er auf einmal den Druck des Erfolges, und er kleiner Wurm mit seinen großen Schmerzen fragt sich, wo er als niedrige und verschwendete Existenz (die nie Bierfahrer werden hat dürfen!) überhaupt im Vergleich zum Alten heute steht und in welche Richtung sein Leben insgesamt geht.

Biermösel, fragt er sich. Quo vadis?

Zwar hat er damit rechnen müssen, dass in der Sache mit den mutmaßlichen zwei Rotzbuben nichts weitergeht. Und mittlerweile kann er getrost davon ausgehen, dass ihn auch dieser Fall wieder nicht ins Rampenlicht befördern wird.

Aber ärgern muss er sich darüber schon ein bisserl, wenn er heute vor dem Alten diese ernüchternde Zwischenbilanz ziehen muss, weil viele Chancen werden sich ihm nicht mehr auftun, kann er ruhig einen Ausblick wagen.

Aber irgendwelche Rotzbuben müssen die Handtaschen ja gestohlen haben! (Aber welche?) Und irgendwo müssen sie ja sein, die Rotzbuben! (Aber wo?)

Der Biermösel nimmt die Hände aus den Hosentaschen und richtet sich mit einem gewaltigen Krachen seiner Rückenwirbel auf. Dann greift er sich gegen die blutige und geschwollene Stirn. Und wie er sich im Spiegel anschaut, fragt er sich, ob er es dieses eine Mal vielleicht doch ein bisserl übertrieben hat mit der Selbstzerstörung. Dann setzt er sich auf die Bierkiste am Klo. Er nimmt die patentierte Denkerpose ein, während der er den Kopf in den Händen abstützt und mit den Augen die Bierdeckel anstarrt. Dabei denkt er sich:

Das ist halt immer ein Blödsinn mit den Ermittlungen! Ein dauerndes Hin und Her ist das immer, drei Schritte zurück, keiner nach vor! Fällt dir denn überhaupt kein Verdächtiger ein, fragt er sich, wie er in der gekrümmten Demutshaltung aus dem Scheißhaus hinaus das Bildnis vom Übermächtigen anstarrt. Denk halt einmal nach, feuert er sich in seinem Angesicht an, denk nach!

Na gut, denkt sich der Biermösel, genehmige ich mir halt ein schnelles Bierchen und denk ich halt nach! Also:

a) Der Bub vom Fleischhauer Brunner, *eventuell?* Kann er sich *im Grunde* nicht wirklich vorstellen, obzwar der schwierig und uneinsichtig ist. Allerdings hat er dem Rocker erst vor zwei Wochen im finsteren Waldstück an der Abzweigung nach Goisern aufgelauert und zur Räson gebracht! Der Biermösel kann die Rockerei aus Prinzip nicht leiden, er hat sie noch nie leiden können. Schon gar nicht, wenn sie in Gestalt vom Rockernachwuchs glaubt, ihn auf der Fips mit einer PUCH Monza frecherdings überholen zu können. Er hat ihm sehr eindringlich mit zwei Gnackwatschen erklärt, dass man einen Auspuff nicht aufbohren und die Gendarmerie nicht überholen darf, und zwar nie! Und wie er ihm dann noch mit der Glock auch sehr eindringlich einen Patschen hinten und vorne geschossen hat, wird auch diese Ausgeburt der Rockerei verstanden haben, dass man lieber brav ist als schlimm, also falsche Fährte, Biermösel, denk lieber noch einmal richtig nach!

Na gut, denkt sich der Biermösel, genehmigt er sich halt noch ein Bier und geht er halt überhaupt im Geiste das gesamte Einwohnermelderegister durch und stößt er halt dabei auf

b) den linken und den rechten Verteidiger der A-Jugend-Mannschaft, die so genannte Flügelzange.

Da kriegt er auf einmal Ohrensausen, wie er an die zwei denkt, und das muss jetzt was heißen, wenn er Ohrensausen kriegt, da ist sich der Biermösel ganz sicher. Aber was? Dass er auf der richtigen Spur ist vielleicht? Er hat noch nie Ohrensausen gehabt, und er war noch nie auf einer richtigen Spur, das wäre jedenfalls ein Kausalzusammenhang, eine Kette, ein Indiz. Also weiter, Biermösel, denk nach!

Na gut, dann halt weiter: Beide Verteidiger tragen die Haaren in langen Zotteln. Beide tragen weiters weite Hosen, die ihnen beim Arsch hinunterhängen. Beide tragen jeweils einen Ring (ganz) im Ohr sowie einen Ring (halb) in der Nase. Beide sind obendrein gewaltige Haschbrüder, aber ganz gewaltige. Beide sitzen tagsüber lieber im Caféhaus von der gachblonden Discowirtin drüben in Goisern herum, als dass sie in die Schule gehen und fürs Leben lernen. Also ein Drogendelikt?

Je mehr er in diese Richtung gedanklich ermittelt, desto schlimmer wird das Ohrensausen, also weiter, Biermösel, weiter, weiter, weiter!

Na gut, er sitzt ja eh auf der Kiste, also hat er eh Zeit genug, und also denkt er halt noch weiter nach, weiter und immer weiter, auch wenn es jetzt eigentlich schön langsam Zeit für die Jause wird. Aber er denkt: Beide kommen aus Hoteliersfamilien (nachlassendes Ohrensausen). Beide haben schulische Probleme (zunehmendes Ohrensausen). Beide sind miteinander verwandt, weil Brüder (sehr starkes Ohrensausen). Beide gehen in die Hotelfachschule drüben in Ischl (immenses Ohrensausen) – Das müssen sie sein!

Kleiner Wermutstropfen vielleicht, dass die zwei – er vermutet, dass Hasch im Spiel war! – beim letzten Heimspiel im eigenen Strafraum so vehement gegeneinander gerannt sind und sich dabei den Schädel jeweils so blöd eingeschlagen haben, dass sie seitdem mehr Kandidaten für den Spiritus im Museum drüben in Salzburg sind als Verdächtige im Handtaschenfall.

Und weg ist das Ohrensausen!

(Warum er den Mallinger als Täter kategorisch ausschließt? Wer Ohren hat zu hören, der höre: Dem Mallinger fehlt es an Leidenschaft. Wo bei anderen Blut fließt, fließt bei ihm lauwarmes Schmelzwasser. Der Mallinger hat keine Freunde, er hat keine Kumpels. Weit und breit kein Ganoven-Edi, der für ihn plant, und kein Räuber-Hans, der mit ihm ausführt. Wer also hätte mit ihm zusammen den Raub begehen sollen? Der heilige Christopherus an seiner Seite vielleicht, die zwei? Aber wie hätten sie vom Tatort flüchten können, wo keiner von den zwei einen Führerschein hat? Wie?)

Na gut, seufzt der Biermösel, wie er letztendlich die ganze Kiste Bier ausgezwitschert hat und er trotzdem wieder nur so klug ist als wie zuvor. Wenigstens hat er das Schreiben an die Pensionsversicherungsanstalt endlich verfasst, und also ist er mit seinem Tageswerk trotzdem nicht ganz unzufrieden. Er belohnt sich mit den Schmalzbroten, die schon lange auf ihren Verzehr warten. Dann zieht er mit den Schmalzfingern den Brief aus der Olivetti heraus und geht ihn noch einmal von oben bis und durch. Und ohne dass er sich selbst loben will, muss er doch sagen, dass das Schreiben im Wesentlichen fehlerfrei ist. Er liest:

E. E. Biermösel
Aussee
Andi Pensonssicheranstahlt
Wien
I möcht bite die Penson danke!
Biermösel

Bravo!

Da wirft er sich zufrieden den Wetterfleck über und steckt sich den Brief in die Innentasche. Mit so einem Erfolgserlebnis im Rücken setzt es sich leichter den Schritt, den er im Zuge der Ermittlungen schon längst hätte tun sollen, wie ihm jetzt endlich klar wird. Er muss jetzt ganz einfach hinüber nach Goisern und den Kontakt mit dem Alten suchen.

Wie der Biermösel dann in seiner Not auf der Triumph sitzt und in der Wetterkapriole wieder die gewisse Aerodynamik einnimmt, muss er sich freilich wieder so ärgern, dass er nicht Bierfahrer geworden ist, aber so!

Die ganzen verschwendeten Jahre im Gendarmeriedienst wackeln vor seinem inneren Auge wie die Karotte vor dem Esel. Die Gendarmerieschule oben in Linz werden sie nicht mehr nach ihm benennen, so viel traut er sich heute schon zu prophezeien, da braucht er keine Hellseherin sein. Was nämlich die Aufklärung seiner Fälle anbelangt, hat er statistisch gesehen nur eine magere Bilanz vorzuweisen, eine sehr magere. Drum scheint er in den Ranglisten von der Gendarmerie immer nur dann im oberen Drittel auf, wenn diese alphabetisch geordnet sind.

Wenn er jetzt auf der Fips nach Goisern hinüberfahrend Bilanz ziehen müsste, dann täte er dafür sicher nicht bis nach Goisern hinüber brauchen.

Jedoch bleibt ihm für das Bilanzziehen eh wieder keine Zeit, weil – du meine Güte! – da vorne schon wieder ein Sechzehnender im Todeskampf auf der Straße herumliegt, das Geweih komplett verbogen, das linke Auge total zugeschwollen!

Heilige Maria, die Zeit hat sich der mutmaßliche Rotzlöffel, der das angerichtet hat, natürlich wieder nicht genommen, dass er nicht nur auftischt, sondern auch wegräumt. Immer muss alles schnell, schnell gehen heutzutage. Soll vielleicht er jetzt absteigen und den Fall zu Protokoll bringen, fragt er sich, wie er sich abrupt einbremst auf der Fips und sie auf dem nassen Asphalt schlingernd gerade noch im letzten Moment vor dem Hirsch zum Stillstand bringt. Dafür brennt es ihn eigentlich eine Spur zu sehr unter den Nägeln, als dass er dafür auch noch Zeit hätte, verwirft er den Gedanken sogleich wieder. Soll er also schnell schnell den Sterbenden bis hinter die Ortstafel hinüber schleppen und den Fall dem Grasmuck aufladen, den er sowieso im Zuge seiner Dienstfahrt besuchen will? Dafür schaut der Hirsch dann wieder eine Spur zu schwer aus.

Herrgottnocheinmal, Hirsche, Rehe, Fasane! Über den Haufen gefahren, über den Haufen geschossen, tranchiert, gerädert, röchelnd im Straßengraben, mitten auf der Straße verendend! Leid tun sie ihm alle nicht! Leid war's ihm in seiner ganzen Laufbahn immer nur um die Wildschweinkadaver, die er gerne hinüber zur Roswitha gebracht hätte, damit sie das Fleisch ins Rohr schiebt, um die Wildschweinderl war ihm wirklich leid. Aber um die Hirsche? Was bitte kann denn ein Hirsch, was er nicht könnte?

Wie er letztlich doch absteigt und sich die Sauerei genauer anschaut, muss er sich wieder so ärgern, dass er sich dauernd mit so einem Blödsinn herumschlagen muss infolge einer komplett misslungenen Berufswahl.

Dabei hat er am Anfang in der Gendarmerieschule fast Lunte gerochen, wie sie seinen Jahrgang zum ersten Mal auf den Schießplatz hinausgejagt haben. Da hat er sich noch vorstellen können, dass Gendarm sein vielleicht sogar einen Sinn haben könnte. Gedungene Mörder zur Strecke bringen; marodierende Banden zerschlagen; Wilderer im Wald über den Haufen schießen und Haschbrüder in ihren Opiumhöhlen ausräuchern – herrlich! Zwar hätte auch diese Aufgabe vom Sinngehalt her nicht an die Bierfahrerei herangereicht, das nicht. Aber wenigstens kann ich herumschießen, hat er sich gedacht.

Stattdessen hat ihn Aussee mit dem eisigen Handschlag der Wirklichkeit begrüßt (wie früher der Gromyko den Kalten Krieg). In der Folge hat er sich seine ganze Karriere lang mit Unterhosen- und BH-Diebinnen namens Gachblonde Discowirtin herumschlagen müssen. Zechpreller vom Schlage eines Fleischermeisters Brunner und Tischlermeisters Rodriguez waren sein tägliches Brot! Und immer wieder feine Damen der Gesellschaft, die geglaubt haben, die Monatsblutung alleine als Ausrede erspart ihnen den Gang ins Gefängnis, nachdem sie den Ehegatten mit dem Fleischschlögel zur Räson gebracht haben, nicht selten für immer.

Und jetzt halt wieder ein Hirsch im Todeskampf, der ihn mit seinem verbogenen Geweih aus seinen verschwollenen Augen heraus anschaut, wie wenn er ihn um den Notarzt schicken möchte.

Was täte der Alte machen?, fragt sich der Biermösel jetzt in der Stille des Waldes vor dem Hirsch stehend.

Der alte Biermösel hätte sicher eine Lösung parat. Der hätte auch in der Handtaschenproblematik das Prekäre sofort erkannt und alle Register gezogen, um den Fall umgehend zu lösen, notfalls sogar mit dem Ede Zimmermann oben in Mainz als Hilfssheriff.

Liegt vielleicht überhaupt eine Chance darin, fragt sich der Biermösel jetzt, wenn man die Alten und Weisen zurate zieht? Den Ede Zimmermann oben in Mainz, wenn man in Deutschland nicht weiterkommt mit den Ermittlungen? Oder den Alten drüben in Goisern, wenn man in Aussee herüben ansteht?

Da merkt er, wie ihm der Hirsch schön langsam ganz gewaltig auf die Nerven geht, weil der einfach nicht aufhört, ihn mit seinen großen braunen und verweinten Augen anzuschauen. Was will er ihm denn sagen? Dass er sogar im Todeskampf auf der Straße liegend noch besser dasteht als er selbst? Dass das Hirschgeweih auf seinem Schädel sogar komplett verbogen noch besser ausschaut als sein Steirerhut? Dass im Wald drinnen eine trächtige Hirschkuh auf ihn wartet, wohingegen er selbst …

„Da kann sie heute lange warten!“, sagt der Biermösel auf einmal eingeschnappt zum Hirschen, setzt sich auf die Triumph und tritt entschlossen den Kickstarter.

Dann zieht er die Glock aus seinem Halfter und schießt – Habe die Ehre! – den Hirschen mit seinem ehedem prächtigen Geweih per Gnadenschuss endgültig über den Haufen.

Sollen doch andere auch einmal alleine schlafen müssen!

Was vom Menschen übrig bleibt

Setz Kinder in die Welt, sie werden es dir nicht danken!

Solcherart verbittert, bereut der alte Biermösel seit ihrer Geburt jeden Tag, dass er selbst Kinder in die Welt gesetzt hat. Seit ihn nämlich sein Rotzbub damals nach der Zehenamputation infolge Alkohol- und Tabakmissbrauchs (plus den Zucker als Draufgabe!) vom Krankenhaus unten in Gmunden herauf ins Siechenheim nach Goisern gebracht hat, hat er nichts mehr von ihm gehört.

Der Zucker war und ist das Grundproblem vom alten Biermösel, die Grundfeste allen Übels, gewürzt mit einigen Nebenproblemen, die es auch ganz schön in sich haben. Er hat also im Grunde nur darauf warten müssen, dass ihm die Götter in Weiß früher oder später alles abschneiden, nur die imposante Nase haben sie ihm noch dran gelassen. Mit der kann er jetzt den Marillenschnaps riechen, der sich im ganzen Siechenheim ausbreitet und so für ein paar Augenblicke die Gerüche des Alters vertreibt, den beißenden Duft des Todes.

Eine wirkliche Überraschung ist das jetzt für den alten Biermösel, dass sein Bub doch noch einmal auftaucht. Keine Überraschung ist es freilich, dass er komplett besoffen ist und den Grasmuck mit sich im Schlepptau hat. Den Grasmuck hat er nie mögen. Der ist keine Gendarmerie in seinen (herausgeschnittenen) Augen. Der war nie ein aufrechter Sozialist, eher ist der ein Klerikaler.

Eine abenteuerliche Fahrt war das damals auf der Fips, erinnert sich der alte Biermösel mit Grausen an den Tag, an dem er hier einziehen hat müssen. Ein Fingerzeig für das kommende Elend war dieser Ritt, wie er in der Rückschau sagen muss. Aber wie lange ist es her?

So sehr er sich auch bemüht, die verlorenen Jahre zu finden – es will ihm nicht mehr gelingen. Seit er auf Knien in der

Dämmerung von seinem Leben herumkriecht und die verlorene Zeit sucht, tut es auch sein Hirn nicht mehr so wie früher. Der längst vergangene Glanz seines Lebens blättert langsam ab. Kalkablagerungen berieseln die schönen Erinnerungen mit feinem Staub und begraben sie allesamt unter sich. Die Depression tut ein übriges. Sie schmiegt sich mit ihrer schweren Gestalt an seine Seele und rauft dort mit der Einsamkeit um seine Gunst. Nur selten noch vermag er mit dem inneren Auge im Buch seines einstigen Ruhmes zu blättern.

Doch heute zieht er es sowieso vor, die Tabletten zu nehmen und zu schlafen, der leise Dämmer ist sein Exil. Manchmal noch schiebt ihn der Siechenheimgärtner Georgij aus Berg-Karabach hinaus in den Garten, aber immer häufiger sträubt er sich dagegen. Er sieht ja nichts mehr, seit sie ihm vor drei Monaten die Augen auch noch herausgeschnitten haben. Darum ist der Marillenschnaps eine willkommene Wiedererkennungshilfe. Er riecht obendrein gut und öffnet für ein paar Momente noch einmal die Türen, durch die er in die üppig ausgestatteten Räume seiner Vergangenheit blicken kann.

Dort sieht er den Helden, der er einmal war. Den höchstdekorierten Gendarmen, den das Land jemals hervorgebracht hat. Vom Kreisky persönlich mit dem Bundesverdienstkreuz behängt. Ein Gemälde haben sie von ihm und dem Alten angefertigt, am nächsten Tag war es im „Der Kriminalist" abgebildet, samt Interview. So schaut ein großer Tag aus, genau so. Wenn es denn irgendwo irgendjemand aufgehoben hat, so wird das Gemälde als Erinnerung an ihn bleiben, wenigstens das.

Der Biermösel selbst ist ganz froh, dass er gut getankt hat, wie er um die Ecke biegt und den alten Biermösel im Rollstuhl ganz alleine in einer Ecke vom Siechenheim sitzen sieht. Nüchtern hätte er diesen Anblick vielleicht nicht überlebt. Er sieht:

Das Bundesverdienstkreuz am Revers von seinem speckigen Sakko des Alten, wenigstens das haben sie ihm noch nicht weggenommen. Und auch das Konterfei vom Kreisky trägt er noch auf seiner Anstecknadel, den Kreisky hat er immer so gerne mögen.

Aber sonst?

Die haben ihm ja fast alles weggeschnitten! Viel ist jedenfalls nicht mehr übrig geblieben vom eigenen Fleisch und Blut.

So steht der Biermösel also vor dem alten Biermösel. Und im Angesicht von diesem Niedergang, der dem Originaladler die Flügel ganz gewaltig gestutzt hat, mag dem Biermösel gar nicht mehr einfallen, warum er jetzt eigentlich gekommen ist. Er fragt sich vielmehr, ob das überhaupt der alte Biermösel ist mit den zwei schwarzen Piratenaugenbinden im Gesicht.

Da wünscht er sich, dass der Alte seine Anwesenheit vielleicht nicht bemerkt und er sich samtpfötig und für immer davonschleichen könnte, weil so einem Niedergang natürlich kein Mensch gerne zuschaut.

Da aber fragt der alte Biermösel auf einmal in die Stille hinein und ohne dass er seinen Rotzbuben zuvor überhaupt begrüßt hätte:

„Verträgt denn die Roswitha die neue Salbe?"

Wenigstens reden kann er noch, keimt leise Hoffnung im Biermösel, dass beim Alten doch noch nicht Hopfen und Malz verloren ist. Wenigstens die Zunge haben sie ihm noch nicht herausgeschnitten!

Dass der Alte aber gleich so ins Persönliche geht, wenn er mit ihm redet, das hat der Biermösel dann auch noch nie erlebt. Geredet hat er nämlich nie viel mit ihm. Lieber hat er ihm Zuckerbrot und Peitsche verabreicht, als dass er viel mit ihm geredet hätte. Die Gnackwatsche war seine Peitsche bei Böse-Sein, ein kleines Bier war sein Zuckerbrot bei Brav-Sein.

Oft in seiner Kindheit hat der Biermösel geglaubt, dass er die ewigen vier Wände drüben in Ischl noch vor der Erstkommunion beziehen wird, wenn die Pranke vom Alten auf ihn niedergedonnert ist. Was seine Halswirbel heute noch zusammenhält, das weiß auch der Doktor Krisper nicht. Vielleicht ist es ja doch das Bratlfett.

Die neue Salbe jedenfalls, von welcher der Alte jetzt redet, die hat der Biermösel natürlich schon längst auf den Oberschenkeln und dem Gesäß von der Roswitha verteilt. Und dass sie geholfen hätte, kann er eigentlich nicht behaupten, nicht einmal als Notlüge. Aber dass er ihm jetzt erzählt, wie hundselendig sich der Ausschlag von der Roswitha ständig noch weiter ausbreitet, und wie er sich schön langsam über das gesamte Hinterteil und das breite Kreuz hinauf bis zu den fleischigen Schultern verteilt und er von dort über die schwabbeligen Fettarme wieder herunter läuft dorthin, von wo das ganze brennende Übel seinen Ausgang nimmt, das will er dem Alten gerne ersparen. Das im Detail zu schildern und als Problem auszuwalzen wäre eine schlichte Angeberei angesichts der Probleme, in denen der Alte selber steckt. So ein schwerer Ausschlag ist ein leichter Heuschnupfen gegen den Krankenbefund vom alten Biermösel. Dagegen sind ja sogar seine eigenen Probleme unten herum ein Fest des Lebens.

Nur dass er schön langsam wirklich aufs Klo müsste. Also fragt er den Alten:

„Geh Papa. Wo ist denn da das Klo?"

Aber wie der alte Biermösel nicht reagiert, merkt der Biermösel, dass der Alte nicht nur komplett blind ist, sondern auch halbkomplett taub, und er fragt sich:

Bleibt ihm denn gar nichts erspart?

Wenn der Adler doch bald landen könnte, drüben in Ischl, wo die ewigen vier Wände auf ihn warten, wünscht sich der Biermösel jetzt, wie er seine Pranke in die vom alten Biermösel hineinlegt, die noch ein Eckhaus größer ist als seine eigene. Wenigstens die zwei Totschläger haben sie ihm noch nicht abgeschnitten, denkt sich der Biermösel wehmütig. Die zwei Klodeckelhände, mit denen der alten Biermösel das Biermösel-Baby immer in die Luft geschleudert und wieder gefangen hat (meistens jedenfalls), oft genug fünfzig Meter in die Höhe, so dass er geglaubt hat, er streift den Kometen. Die riesigen Pratzen mit den riesigen Fingern, aus denen er das erste Stück vom Schweinsbraterl empfangen hat wie das Vogerl im Nest den Wurm. Die starken und sicheren Hände, die ihm immer den Weg gewiesen haben. Und auch wenn sein Weg bisher vielleicht nicht nur mit Höhepunkten und Glücksmomenten gepflastert war:

Dass er der Bub vom alten Biermösel ist, das treibt ihm jetzt gewaltig die Tränen in die Augen, so stolz ist er darauf, und gleichzeitig macht es ihn so hilflos.

Auf einmal zieht ihn der Alte mit seiner Pranke zu sich herunter, Kopf an Kopf steht er vor ihm, Mund an Ohr, und er lässt ihn nicht mehr los.

Da muss der Biermösel nur noch lauter schluchzen, sodass sich nach und nach die ganze Belegschaft vom Siechenheim einfindet und sich im Kreis um den Alten und den Biermösel herum aufstellt.

Dann nimmt ein jeder den neben sich an der Hand, wie im Hochamt beim Friedensgruß stehen sie da. Ein jeder spürt die Wärme von seinem Nachbarn, und das tut so gut im Alter, wenn man sonst nichts und niemanden mehr hat, so gut tut das im Alter.

Und wie sie eh schon alle zusammen furchtbar nasse Augen haben, sodass es zum Herzzerreißen ist, fängt der Grasmuck aus dem Nichts heraus auch noch „Wahre Freundschaft soll nicht wanken" zum Singen an, der Gefühlsmensch! Und da stehen sie dann überhaupt alle bis zu den Knöcheln im Sturzbach, der sich aus den alten Augen ergießt, ein herrliches letztes Gemeinschaftserlebnis im Angesicht vom unausweichlichen Niedergang ist das.

In diesem Augenblick täten die meisten von ihnen wahrscheinlich am liebsten sterben, weil sie etwas viel Schöneres nicht mehr erleben werden da herüben im Siechenheim in Goisern.

Der Alte aber will den Biermösel gar nicht mehr loslassen. Er will ihn gar nicht mehr hergeben. Er drückt ihn immer nur noch stärker an sich mit seiner gewaltigen Pranke, und der Biermösel hat das starke Gefühl, dass er ihm vielleicht was auf seinen Weg mitgeben will. Ein Vermächtnis womöglich oder einen Tipp für die Ermittlungen. Oder vielleicht gar einen Hinweis, wo seine Ersparnisse liegen?

Aber wie sich der Biermösel endlich aus dem Klammergriff vom Biermösel befreien kann, fragt der nur:

„Verträgt denn der Kreisky den Herzschrittmacher?"

Da wird dem Biermösel schlagartig klar, wie lange er den Alten schon nicht mehr besucht hat, und er schämt sich so fürchterlich, dass er ihn einfach loslässt und geht, ohne dass er noch einmal zurückschaut.

Aber es gibt ja eh nichts, was zum Anschauen sich lohnen täte.

12 Uhr mittags

Dass es so dahingehen muss mit dem Menschenleben!
Dass es ein solches Dahinsiechen ist, wenn man im Lebensabend steht! Das ist dann schon furchtbar.

Der Biermösel kann die Tränen kaum bändigen, wie er auf der Fips im strikten Regen wieder heimfährt nach Aussee herüber. Wer weiß denn schon, sinniert er wehmütig, wie oft er den Alten noch sehen wird? Ob er noch drüben sein wird, wenn er selbst mit dem Grasmuck ins Zweibettzimmer einziehen muss, weil er die Abzweigung in Richtung erfülltes und glückliches Leben endgültig nicht mehr gekriegt hat? Wird er sich anhören müssen, wie der Alte aus der Nachbarkammer das letzte Gramm von seiner Lunge heraushustet, und wird er sich vielleicht sogar live mit anschauen müssen, wie sie ihm die Arme auch noch abschneiden, dann die Ohren, das Kinn, die Nase, am Ende überhaupt den Schädel?

Muss es denn wirklich immer am schlimmsten enden? Gibt es denn gar nichts, was man mitnehmen könnte hinüber zum Herrgott, wenn es denn so weit ist?

Vielleicht, denkt sich der Biermösel in der gewissen aerodynamischen Haltung, die er wieder eingenommen hat, vielleicht bleibt ja der Katalog seiner Ermittlungstechniken als Vermächtnis, den er allzu lange vor sich hergeschoben hat, ohne dass er auf ihn zurückgegriffen oder ihn geöffnet hätte. Viel früher schon hätte er beherzigen sollen, was der alte Biermösel ihm an Ratschlägen in diesen Katalog hineingeschrieben hat, nämlich:

Die Liebe kommt immer vor dem Blutbad!

Oder: Stille Wasser sind immer still!

Oder: Trau keinem über drei, vier!

Oder und vor allem: Wenn einer nicht freiwillig mit dem Geständnis herausrückt, dann musst du ihn selbst mit der Androhung von glühenden Zangen dazu bringen, weil der

Mensch halt so gebaut ist, dass er freiwillig gar nichts herausrückt, schon gar kein Geständnis!

Dieser Ratschlag fällt dem Biermösel jetzt wieder ein, wo er an glühende Zangen denkt, weil die Kälte ihn ummantelt wie der Iglu den Eskimo. Und wie er jetzt hineinbiegt zum Auerhahn und hinten herumfährt auf den Buchenscheiterturm zu, und wie es wieder kracht und er mit seiner Stirnseite die ganze Energie abfängt, die bei so einem Einschlag halt unweigerlich frei wird, da ist er auf einmal wieder vollends nüchtern, und er weiß endlich, wie er die Täter aus dem Bau locken wird, in dem sie sich versteckt halten, jetzt weiß er es endlich!

An der Art, wie der Biermösel die Wirtsstube betritt – wie der gefährliche Bruder vom John Wayne nämlich –, erinnert sich die versammelte Prominenz am Stammtisch natürlich sofort wieder an die Art, wie der alte Biermösel früher immer die Wirtsstube betreten hat, wenn ihm die Klärung von einem Verbrechen unter den Nägeln gebrannt hat. Wie der psychisch labile Bruder vom King Kong ist der immer hereingekommen, erinnern sich die Älteren unter ihnen, da ist ja der Biermösel ein Waisenknabe dagegen!

Die gewisse Wirkung freilich, die verfehlt auch der Biermösel nicht. Wie er jetzt in die Wirtsstube schaut, entschlossen, verkniffen und böse, da weiß sofort ein jeder, dass jetzt die seit Generationen gefürchtete Biermöselsche Extra-Spezial-Pädagogik (BESP) auf dem Programm steht, da legen alle miteinander die Ohren an.

Die BESP geht von der folgenden unverrückbaren Wahrheit aus: Bevor das Böse freiwillig zum Guten kommt, kriegt der Derrick einen neuen Harry. Daher lautet der erste Lehrsatz der BESP im Groben:

Wenn der Unhold (der Drückeberger, der Räuber, der Dieb, das Gfrast, der Rotzbub – kurz: das Böse) nicht freiwillig zum Biermösel (kurz: das Gute) kommt, muss das Ordnungsorgan den Täter gewaltig verunsichern, ihm auf den Pelz rücken, ihm auf die Zehen treten, ihn unter Druck setzen, bis er die Nerven wegschmeißt und einen Fehler macht. Jedenfalls ihn so sehr einschüchtern, bis er einfach nicht mehr aufhört zum Zittern. Und bis jetzt hat die Menschheit noch keinen verlässlicheren Auslöser für das Zittern gefunden als die Angst, die nackte Angst vorm Biermösel.

Der Biermösel gibt also deutlich zu verstehen, dass er heute noch im Dienst ist, wie er sich an die Ausschank stellt, anstatt direkt zum Futtertrog zu wandern und sich aufs Schafwollpolsterl zu setzen.

Dort an der Ausschank steht er breitbeinig und immer breitbeiniger, und von dort aus schaut er in der gewissen Weise provokant und herausfordernd mit zusammengekniffenen Adleraugen (fast wie aus den geheimnisvollen und unergründlichen Schlitzaugen vom Mao Tse Tung nicht verwandt nicht verschwägert drüben vom Seebachwirten schaut er) hinüber zum Stammtisch, über dem natürlich jetzt die gewisse angespannte Ruhe liegt, seit die Gäste dort den Biermösel draußen mit der Fips gegen den Buchenscheiterholzstoß donnern gehört haben. Er hat sie jetzt alle direkt oder über den Umweg Spiegel im Auge und kombiniert in Hinblick auf die Rotzbubenproblematik folgendermaßen:

Der Bürgermeister: ein würde-, aber auch kinderloser Geselle. Also keine Rotzbuben.

Der Wirt von der Post: kein Kind aus erster Ehe. Ein Rotzbub herüben in Aussee aus zweiter unglücklicher Ehe. Drei Rotzbuben drüben in Goisern aus einer dritten, dramatisch gescheiterten Verbindung. Immerhin.

Der Wirt vom Adlerhorst: fünf Rotzbuben von ein und derselben Gattin. Auch sie todunglücklich. Auch er.

Der Wirt von der Mühle: vier Rotzmäderl (scheiden mit Sicherheit aus!). Ein Rotzbub Willi, der sogar jetzt mit am Stammtisch sitzt und schon säuft wie die Großen, obwohl noch ein Taferlklassler. Dem haftet das Unglück schon jetzt an wie der Kuh im Westernfilm das Brandzeichen, weiß der Biermösel. Aber leid tut er ihm nicht.

Macht summa summarum zehn Rotzbuben, die er mehr oder weniger unter dringenden Tatverdacht stellen und unter Sperrfeuer nehmen muss, was soll er denn sonst tun?

Die Roswitha hält augenblicklich inne, wie sie mit dem Schweinsbraterl durch die Schwenktür von der Küche herauskommt. Sie schaut auf die Uhr, die über der Ausschank hängt und brav tickt. Dabei hört sie den leisen Schlag vom Pendel, so still ist es jetzt, so gespannt ist die Ruhe. Die Roswitha bringt den Schweinsbraten auf Samtpfoten wieder zurück in die Küche und stellt sich dann heraus zum Biermösel an die Ausschank. Der nickt unmerklich mit dem Kopf und gibt ihr zweimal mit allen fünf Fingern von seiner rechten Hand ein Zeichen, langsam, fast stoisch. Die Roswitha versteht sofort und nickt zurück, auch langsam, aber nicht stoisch. Dafür ist sie zu nervös, weil sie weiß, was jetzt kommen wird.

Auch die Falotten am Stammtisch wissen das und sind auch nervös. Sie schlucken und schwitzen, wie die Roswitha dem Biermösel 2 x 5 = 10 Schnapsgläser auf die Ausschank stellt, natürlich die 4-cl-Gläser. Die Dielen vom Holzboden knarren, wenn einer vom Stammtisch seine versteinerte Haltung minimalst ändert, weil er kurz daran denkt, zu flüchten. Aber es bleibt natürlich beim Gedanken, weil sterben will keiner so einfach. Und jeder kann nur zu gut die Glock in seinem Halfter sehen, wie der Biermösel jetzt immer noch ein Stück breitbeiniger bei der Ausschank steht und den Wetterfleck zur Seite schiebt wie der Clint Eastwood den Poncho.

Die Roswitha füllt ihm die Gläser und hofft inständig, dass trotz fehlender Gleitsichtbrille alles gut ausgehen wird. Der Biermösel greift mit der gewissen Entschlossenheit ein Glas nach dem anderen, hebt es, schaut es an, schaut die Runde an, fixiert einen jeden der Anwesenden mit dem stechenden Blick, und dann kippt er den Schnaps hinunter, ruckzuck, den ersten, den fünften, dann endlich den zehnten.

Jetzt, wo er die nötige ruhige Hand hat, nickt er langsam und stoisch, und die Roswitha schenkt ihm noch einen letzten ein, diesmal in ein 2-cl-Glas. Sie stellt es ihm auf die Ausschank. Dann schaut der Biermösel den Wirten von der Mühle an und schüttet sich den Schnaps hinter den Zaun. Der Wirt von der Mühle kennt den Biermösel jetzt auch gut genug, um zu wissen, dass er seinen Rotzbuben, der neben ihm sitzt, jetzt vorschicken muss, damit der Biermösel an ihm ein Exempel statuieren kann und sich wieder halbwegs beruhigt, Heilige Maria hilf!

Der kleine Willi geht – zitternd wie ein Lammschweif, die Hose gestrichen voll, mit dem dringenden Wunsch, nie geboren worden zu sein – hin zur Ausschank. Dort empfängt ihn der immense Klammergriff der Biermösel'schen Pranke um sein Genick. Dann packt er unter Höllenschmerzen das Schnapsglas in seine zitternde Hand und geht mit dem Leergebinde vor, hinaus Richtung Schießstand, der hinter dem Auerhahn liegt und auf dem der Buchenscheiterstoß steht.

Eine Stimmung hängt jetzt über dem Ausseerland, wie damals im Wilden Westen um zwölf Uhr mittags, eine sehr gespannte Stimmung. Der Biermösel pfeift wie der Herr nach dem Lumpi, und sofort parieren alle am Stammtisch und rennen ihm nach. Mit seinen geschulten Lauschwerkzeugen kann er das eine oder andere Stoßgebet vernehmen, und er ist es zufrieden.

Der Willi hat sich schon in hundert Meter Entfernung aufgestellt, wie der versammelte Stammtisch im Schlepptau vom Biermösel herauskommt. Der Rotzbub hat sich das Glas auf den Schädel gestellt und hofft mit zusammengekniffenen Augen, dass es schnell gehen möge. Da stellt sich der Biermösel breitbeinigst in den Schlamm und lässt die Arme in der gewissen Art entspannt am Körper baumeln, die seine absolute

Bereitschaft signalisiert, locker und immer lockererer baumeln die Arme. Dann schaut der Biermösel die Wirten aus den gewissen Augenwinkeln heraus an, und jeder versteht, was er mit diesem Blick sagen will:

WER?

Aber es kommt keine Antwort.

Noch ziehen sie es alle vor, feige in der Tiefe von ihrem Lügengebäude zu verharren. Noch glauben sie, dass sie so seinem Zugriff entkommen.

Da weiß der Biermösel sofort, dass er heute mit der bloßen Andeutung von der Pädagogik nicht weit kommen wird, er wird sie schon zu Ende führen müssen. Und obwohl es schon ziemlich dumper geworden ist, reißt er auf einmal die Glock mit einer immens schnellen Bewegung aus seinem Halfter, schraubt sich mit einem dreifachen Kreisel in den nassen Lehmboden hinein und feuert schließlich aus der Hüfte heraus das Glas vom Schädel vom kleinen Willi, der in der Folge wie ein Sack nach vorne fällt, mit dem Gesicht hinein in den kalten Dreck, ohnmächtig bis dort hinaus.

Der Schusshall verteilt sich im angrenzenden Wald und verstummt schließlich ganz, bevor der Biermösel die Glock langsam wieder in seinen Halfter zurücksteckt. Dann ist es still, und nur das Schlagen von der Uhr aus der Wirtsstube heraus kündet vom Verstreichen der Zeit.

Der Biermösel greift nach den Johnny in seiner Brusttasche und nach dem Feuerzeug, und er zündet sich eine an. Langsam, stoisch, ohne unnötige Hast, komplett mit sich im Reinen, sodass ein jeder sehen kann:

Der Biermösel ist der Herrscher über die Zeit, der Zuchtmeister der Fehlgeleiteten. Und ein jeder soll verstehen: Er wird sich heute keinen Haxen mehr ausreißen und keinen Stress machen wegen der Rotzbubenproblematik, er nicht. Jedoch soll sich auch ein jeder von ihnen über eines im Klaren sein: Wenn die zwei Rotzbuben nicht bis übermorgen, zwölf Uhr mittags, verschnürt und mit einem schriftlichen und unterfertigten Geständnis bei ihm oben am Gendarmerieposten abgeliefert werden, kann sich ein jeder mit einer Mindestphantasie ausmalen, was der Biermösel herüber in Aussee nüchtern anzurichten imstande ist, wenn er besoffen schon so schießt wie der Cary Grant drüben im Wilden Westen!

Ansehen und Respekt

Über dem Auerhahn liegt Ruh'.

Die Väter von den Rotzbuben sind allesamt nach der Demonstration von der Biermösel'schen Pädagogik mit nach innen gekehrtem Blick und schlotternden Knien heimgegangen, da hat sich der Rauch aus seiner Glock noch gar nicht vollends nach Goisern hinüber verzogen. Die Roswitha hat dann gleich zugesperrt, worauf hätte sie warten sollen? Nur der Biermösel sitzt noch immer herunten in der Gaststube und tunkt das Bratlfett auf, das heute wieder übrig geblieben ist und das ihm die Roswitha immer als Betthupferl auftischt.

Ob seine heute demonstrierte Pädagogik gewirkt hat?, fragt er sich innerlich. War ich hart und bestimmt genug? Bin ich angemessen entschieden und nachdrücklich aufgetreten und genieße ich kurz vor meinem Lebensabend überhaupt noch das gewisse Ansehen, das den mutmaßlichen Verdächtigen die nötige Angst einjagt, damit sie mir die Wahrheit über die Rotzbuben auf dem Silbertablett servieren?

Er weiß es nicht.

Und wie das mit dem Ansehen und dem Respekt sein wird, wenn er dem Staatsdienst, dem Trottelwerk, den Rücken gekehrt haben wird und ohne Gendarmeriekrusterl herumlaufen muss, das will er erst gar nicht wissen.

Verzweifelt wehrt er sich gegen die inneren Bilder der Nacktheit, der Entblößung, indem er doch noch eine Flasche Marillenschnaps aufreißt. Aber obwohl er die Flasche gleich bis zur Hälfte auszwitschert, dringen genau diese Bilder immer wieder durch den Nebelschleier vor seinem Hirn in seine Augen, und er sieht:

Dass ihm die Rotzbuben den Gehstock wegnehmen werden, wenn er dereinst ohne Uniform um den See herumspaziert, buckelig und mit offenen Venen. Halb blind wird er sein, wie es ausschaut, und von Hören wird auch keine Rede mehr sein können. Sie werden ihm den Wetterfleck ins Wasser schmeißen und ihn mit Kuhscheiße bewerfen, wenn er bald keine Autorität mehr sein wird, der man eine Kiste Marillenschnaps auf den Posten vorbeibringt, um eine unangenehme Sache halbwegs angenehm aus der Welt zu räumen. Keiner wird sich mehr vor Angst in die Hose scheißen, wenn er pädagogisch wird. Die Rotzbuben werden ihm das Bremskabel von der Fips durchschneiden, sodass es ihn herstreuen wird und er sich den Schädel ruiniert. Die Anni wird ihn auslachen und überall herumerzählen, dass er sich in ihrer Gegenwart angewischelt hat, dass alle Dämme gebrochen sind, dass bei ihm immer die schwache Natur über den starken Willen obsiegt. Und sie wird weiters erzählen, dass seine Mon Chéri schon über zehn Jahre abgelaufen war, du meine Güte! Der Grasmuck wird schnell Anschluss finden drüben im Siechenheim in Goisern. Der wird sich um die Heiligen kümmern, die dort überall herumstehen, der passt sich halt an wie der Frosch dem Laub. Nur er selbst wird alleine bleiben. Er wird sich nicht anpassen und sich an keinen Tisch zusammen mit anderen setzen. Lieber wird er allein in seinem Zimmer bleiben.

„Kommst du dann?", schreit die Roswitha aus ihrer Kammer herunter. „Kommst du dann und schmierst mich ein?"

„Ja", schreit der Biermösel zurück, „ich komm dann und schmier dich ein!"

Da schaut er noch einmal beim Fenster hinaus und sieht jetzt die Blitze über dem Gebirgskamm zucken, in dessen Schutz der Auerhahn liegt. Und die mächtigen Bäume da draußen, die sich in den gewaltigen Stürmen wiegen und sich vor ihm verbeugen, während die Blitze zuckend sie erhellen, die jagen ihm jetzt sogar ein bisserl Angst ein und machen ihn nachdenklich.

Er denkt: So mächtig stehen sie da draußen, die gewaltigen Baumriesen, so stoisch wie ein Chinese. Stark und entschlossen trotzen sie den Gewalten der Winde, welche die Natur in ihrer unermesslichen Vielfalt für sie bereithält, aus Süden und Norden, aus Osten und Westen setzen sie den Bäumen zu. Gar unbesiegbar scheinen sie, die Herrscher des Waldes. Und doch kann keiner von ihnen verhindern, dass ein Blitz ihn spaltet und ihn vernichtet, wenn seine Zeit gekommen ist.

So ist sie halt, die Natur, denkt sich der Biermösel und trinkt jetzt die Flasche ganz aus. Sie spaltet dich einfach und macht dir den Garaus, gerade wann es ihr gefällt.

Naja.

„Kommst du dann?", hört er die Roswitha noch einmal schreien.

„Ja, ich komm dann", schreit er noch einmal zurück, und er denkt sich:

Wenigstens die Roswitha ist ihm noch geblieben. Wenigstens die.

Befreiungsschlag

Na gut, es nützt ja alles nichts!

Neben dem ganzen Stress mit den Handtascherln darf er auch das Problem mit den verschwundenen Kampfhunden nicht ganz aus den Augen verlieren, bald zerreißt es ihn wirklich hinten und vorne! Während er also hofft, dass die Saat von seiner Pädagogik aufgehen wird, muss er halt zwischenzeitlich die geballte Aufmerksamkeit auf das andere leidige Problem lenken, in medias res gehen und den Befreiungsschlag suchen. Zu abgeschmackt und ungustiös ist die Sache mittlerweile, als dass er sie noch länger der züngelnden Flamme der Gerüchteküche anvertrauen möchte.

Wer hat denn bitte dem depperten Seebachwirten schon wieder einen seiner grauslichen Kampfbellos gestohlen, diesmal einen mit Namen „Möse", lautet die drängende Frage an allen Stammtischen im Ausseerland. Zum mittlerweile sechsten Mal in diesem Jahr, dass der Dieb zugeschlagen hat, wie eh schon wieder ein jeder weiß. Und je schneller der Biermösel diese Frage selbst beantwortet, desto lieber wird es ihm sein, weil: Viel Zeit hat er ja wirklich nicht mehr!

Nach sorgfältigem Abwägen aller auf der Gendarmerieschule oben in Linz auswendig gelernten (und gleich wieder vergessenen) Strategien zur Herbeiführung einer Lösung in einer so verzwickten Angelegenheit hat sich der Biermösel schlussendlich für das riskante, jedoch immens zielführende Mittel der Observierung entschieden.

Lieber hätte er es sich natürlich leicht gemacht und den Seebachwirten einfach erschossen, damit er ihm nicht mehr mit seinen dauernden Abgängigkeitsanzeigen auf die Nerven gehen kann. Aber dieses zielführendste aller Mittel sieht der Gesetzgeber in so einem Fall als Lösung nicht vor (leider!). Also wird er jetzt wohl oder übel in das Kostüm vom Chamäleon hüpfen und unerkannt observieren müssen.

Wichtig bei dieser Technik ist zunächst einmal, dass man vom Ziel der Observierung nicht sofort als schwarzer Mann im weißen Schnee enttarnt wird, sprich: Man muss sich schon ein bisserl wie die Blume vor der Blumentapete bewegen können, damit das was wird, samtpfötig und geschmeidig. Darum hat er sich einen deutschen Wetterfleck aus orangenem Plastik übergeworfen und ein Geschirrtuch von der Roswitha um den Schädel gewickelt, das er mit der gelbfarbenen Carrera-Schibrille fixiert, die er bei einem Preisausschreiben von der Raiffeisenkassa anlässlich vom Olympiasieg der Pröll 1980 gewonnen hat. Wie eine komplett aus dem Ruder gelaufene Muselmanin auf Schiurlaub in Lech am Arlberg schaut er jetzt aus, bravo! Aber beschweren darf er sich darüber nicht. Die Wege zum Ruhm rechtfertigen schließlich jedes Mittel, sogar die perfekte Wandlung zum Chamäleon.

Und los geht's!

Operation „Chamäleon": Zeitwegdiagramm samt Observierungsprotokoll des verdächtigen Mao (wie MaoAm-Kaugummi-Klumpert!) Tse (wie Tsedern des Libanon!) Tung (wie Dung!) nicht verwandt nicht verschwägert.

Im Hirn festgehalten vom E. E. Biermösel, in seiner Gesamtheit.

Ziel: Überführung des mutmaßlichen Scheinsylanten durch überraschenden Zugriff, vermittels dem diesem der Besitz von einem Beweisstück (Hundefleisch, Hundeknochen. Gebraten, gebacken, geselcht – wurscht!) zur Last gelegt werden kann. Aufgabe schwierig bis sehr schwierig. Als Chamäleon aber lösbar.

08.00 Uhr: Nach furchtbarer Nacht nur sehr schwer aufgekommen, sehr sehr schwer. Furchtbare Nächte häufen sich.

Vorboten? Wenn ja, wofür? Ruft das Siechenheim mit leiser Stimme nach ihm?

Observierungsort: Möglichst in der Nähe des Mao, gleich in der Nähe vom Kampfhundezwinger, gleich hinter dem Wirtshaus vom Seebachwirten, von wo aus durch Fenster Blick hinein in Küche und folglich auf Mao erheischbar.

Chamäleon hinter Holzstoß (Fichte) versteckt. Dabei feststellen müssen: Das Holz ist wegen der dauernden Wetterkapriolen auch über den Sommer (Sommer?) nicht ordentlich getrocknet. Conclusio: So lange kann der Mensch in dieser Gegend einen Fichtenholzstoß gar nicht stehen lassen, als dass er irgendwann trocknen täte. Er persönlich zieht aber sowieso Buchenscheiterholz vor, er und die Roswitha haben ja genug.

08.02 Uhr: Kurzzeitig Grund für Hier-Sein wegen Abschweifung über Holzproblematik vergessen.

08.03 Uhr: Wetterbericht: Furchtbar, ganz furchtbar. Über den deutschen Wetterfleck lässt sich im Prinzip nach drei Minuten reiner Observierungszeit schon sagen, dass man ihn wegschmeißen und verbrennen kann. Die dabei gewonnene Hitze wird das Wärmste daran sein.

Observierungsbeginn nach allen notwendigen Vorbereitungen wie Unterleiberl schön tief in die Unterhose stecken (nicht vergessen: beides auch wieder einmal wechseln!) und so weiter: 8.04 Uhr.

Früherer Beginn nicht zwingend notwendig, weil Mutmaßung dahingehend gerechtfertigt, dass Sylant bei Sauwetter tiefen Schlaf im warmen Bett auf fauler Haut früher Arbeit in kalter Luft vorzieht. Einschätzung allerdings nach Erstbeobachtung durch Küchenfenster bereits um 8.05 Uhr vorbehaltlich falsch und revidierungsbedürftig. Mao vielmehr mutmaßlich bereits seit 4 Uhr früh auf krummen Säbelbeinen. Zeitliche Einschätzung = Resultat der Erspähung von vier Kübeln geschälter Zwiebeln zu seinen Füßen. Rechnung wie folgt: 1 Kübel Zwiebeln = 1 Stunde Arbeit (Beobachtungswert der geleisteten Arbeit der Roswitha im Auerhahn). Also mutmaßliche Auferstehungszeit des Mao: 4.00 Uhr früh maximal plus minus x, noch vor dem Hahn!

Frage an Doktor Krisper: Kann es sich ein bloßfüßig in der Gasthausküche herumlaufender chinesischer Scheinsylant in der dauernden Waschküche vom Ausseerland auch unten herum komplett vertun, aber komplett? Wenn ja: Sind die Menschenkinder letztlich doch gleicher als sie scheinen? Sprich: Ausseer = Chinese *nach innen hin,* obwohl wie Schwein und Hund *nach außen hin?* Sprich: Mao bienenfleißig nach *außen hin.* Wie es in einem Menschen nach *innen hin* ausschaut, bleibt meistens im Verborgenen.

Frage: Was verfolgt er mit der tränentreibenden Erdenknolle, die er schält und schneidet, für einen Plan? Bereitet er damit die Sauce zu, in der er den Hund dünstet? Und noch einmal die Frage: Wie schmeckt so ein Hund? Wahrscheinlich – und hier wiederholt er sich gerne – gar nicht einmal schlecht! Beherrschung jetzt notwendig, um Glock nicht gegen Hund in Zwinger zu richten, den Hundekadaver nicht in Küche zu schleppen und den Mao nicht zur Zubereitung von Hundebraterl zu zwingen. Beherrschung im Leben überhaupt sehr sehr wichtig, Kreuzkruzifixnocheinmal!

08.30 Uhr: Eintreffen von nächster eklatanter Regenwand. Tropfen sehr nass und sehr schwer, selbst für Chamäleon ungewöhnlich. Ziel, Frühpension lebend zu erreichen, zu jetzigem Zeitpunkt komplett unrealistisch.

12.03 Uhr: Von Müdigkeit übermannt. Eigener Wille vom eigenen Fleisch besiegt. Innerlich wie äußerlich in Mittagsschlaf verfallen. Vergleichbare Fähigkeit weltweit bisher nur noch bei Wildpferden in Texas und Eseln in Albanien festgestellt.

14.10 Uhr: Bei Aufschrecken aus Tiefschlaf leider Feststellung unausweichlich: Schon wieder Kampfhund aus Zwinger verschwunden, so ein Blödsinn! Verdachtslage gegen Mao erhärtet. Schlinge um Hals des Verdächtigen zieht sich zügig zusammen, Zeit wird's! Beweisführung allerdings problematisch, weil Zeugenaussage von eigener Person unmöglich, da Mittagsschlaf anheim gefallen. Leider, leider!

14.30 Uhr: Heißhunger löst Kälteschauer ab und vicus versus. Lage sekündlich dramatischer! Lage schon SOS!

Zusätzliches Gefahrenmoment aufgetaucht. Gruppe von Rotzbuben und Rotzmäderln aus Volksschule schart sich um Chamäleon. Da nicht als Exekutivorgan erkennbar und also nicht furchteinflößend, Dauerbombardement mit Drecksgeschossen ausgesetzt. Zerstäubung von Horde nur durch ruckartiges Ziehen von Glock erzwingbar. Lage umgehend beruhigt, Kindern wichtige Lektion erteilt. Deutscher Wetterfleck erweist sich gegen Drecksgeschosse als gar nicht einmal so schlecht. Geschirrtuch am Schädel nach Bombardement allerdings Fall für Hauptwaschgang.

15.54 Uhr:

Dramatische Wendung. Mayday, Mayday, Mayday!

Ausbruch von Sylant aus sicherem Verhau.

Frage: Flucht?

Zusatzfrage: Wohin?

Mao auf einmal außerhalb von Gasthaus unterwegs. Durch abgetragenen Steireranzug und Tragen von Hut samt Gamsbart als Chamäleon II getarnt, sehr gefinkelt. Verdächtiger schleppt zwei Kübel Zwiebeln an langem Besenstiel mit sich, Besenstiel über Schulter gelegt, Gewicht gleichmäßig links und rechts verteilt, alles gut ausbalanciert, wie beim Chinesen üblich. Einmalig!

15.54 Uhr: Aufregung und Dynamik! Hast und Unruh! Verdächtiger flüchtet Richtung Schule.

Aufnehmen von Verfolgung sowie Observierungsaufrechterhaltung Gebot von Stunde! Sylant auf säbelbeinigen Wandersfüßen fast schneller unterwegs als Chamäleon auf Triumph in Aerodynamik! Einbremsen von Triumph vor Schule gewagtes Manöver, weil weit und breit kein Buchenscheiterstoß vorhanden! Jedoch sowieso keine Zeit für Feinheiten von Abbremsung, daher Fips intuitiv gegen Hausmauer gesteuert und mit Schädel abgefedert. Dann unter Fenster geparkt (wie John Wayne den Bronco vor Saloon)!

15.59 Uhr: Erspähung von Mao in Stiegenhaus von Volksschule. Fortgesetzte Entziehung von Zugriff durch Gesetz. Mao schleppt Zwiebelkübel in 2. Stock hinauf.

Frage: Mao = Kopf von Schlepperbande?

Wenn ja, warum?

16.00 Uhr: Überschlagende Ereignisse!

Auftauchen von weiterer höchst verdächtigter Person in geheimer Mission in Schulgebäude:

Schwarzer Neger mutmaßlich aus Afrika. Mit Sicherheit Drogenkurier (lt. Richtlinie Innenministerium VI-09/03: Schwarzer Neger = ungeschaut Drogenkurier!). Situation spitzt sich zu. Sowohl schwarzer Neger als auch gelber Mao verschwinden in Klassenzimmer. Zuspitzung spitzt sich zu, weil:

Auffällige Muselmanin (nicht er!) in langem Rock samt Kopftuch samt Sehschlitz taucht auf und verschwindet ebenfalls in Klassenzimmer. Innerliche Frage nach erwünschtem Ruf nach Verstärkung durch Grasmuck wie folgt beantwortet:

Erwünscht, ja! Möglich, nein, weil schlicht und einfach keine Zeit mehr für so was!

16.01 Uhr, punktgenau: Unter strikter Aufrechterhaltung von eigener Tarnung Einmarsch von eigener Person in Klassenzimmer. Erste Rundum-Adler-Observierung ergibt folgendes beängstigendes Bild:

Nach außen hin Klassenzimmer, wenn auch gegenüber früher nicht mehr wiederzuerkennen. Keine Holztische, alles aus Plastik (Plastik! Plastik! Gibt es denn heute überhaupt nichts anderes mehr als überall immer nur Plastik?)

Nach innen hin mutmaßlicher Treff von kriminellem Verbund. Tafel an Wand mit verdächtigen Zahlenreihen beschrieben. Vermutung: Abrechnung von Einnahmen aus krimineller

Tätigkeit. Zusätzlich Landkarte an Wand mit Salzkammergut samt kleinem deutschem Eck darauf angebracht.

Vermutung: Aufteilung von Revier von Kriminalverbund.

16.03 Uhr: Möglichst (!) unauffällig und aus der gewissen Gewohnheit heraus in der hintersten Eselsbank hinter orangenem Plastikvorhang Platz genommen. Auflistung von Anwesenden nach erster Ad-hoc-Momentaufnahme wie folgt:

1 x Bundespräsident Klestil als Foto an der Wand. Schlecht schaut er aus, sehr schlecht! Gattin Margot aber sowieso wünschenswerter, weil rassiger und mit dramatischer Mähne ausgestattet.

1 x Mao (gelb)

1 x Neger (schwarz)

1 x Muselmanin (Nicht er! Die andere!)

1 x schwer feststellbar: Geruch lässt Mutmaßung Richtung Haschbruder aus karibischem Raum zu. Bunte Pudelhaube deutet aber eher auf Kitzbüheler Gegend hin. Lange Zottelhaare darunter wiederum eher auf Frau als auf Mann. Bart im Gesicht wieder eher auf Mann als auf Frau.

Sehr sehr schwer feststellbar.

1 x Blondine, ins Platinblonde gehend, vermutlich aus Schweden. Nach außen hin Voraussetzung für Beruf als Amme gegeben. Kalkweiß in Gesicht. Magenverstimmung nicht ausschließbar. Ursache für Magenverstimmung unbekannt.

Obwohl nicht sein Typ, weil nicht rassig, Heirat mit ihr erwünscht. Allerdings jetzt keine Zeit für so was (leider!). Berufliche Karriere augenblicklich wichtiger, privates Glück hinten anstellen!

1 x rundes Tellergesicht, weiblich, mit brauner Lederhaut und glatten, wie mit Schweinsschmalz eingeschmierten, kohlpechrabenschwarzen Schnittlauchhaaren, sehr sehr rassig! Art Norwegerpulli übergeworfen, aber schlecht gestrickte Ärmel, weil nicht vorhanden. Person in Gesamtheit *nach außen hin*

sehr ähnlich Tischlermeister Rodriguez, daher vielleicht: Nachfahrin der Mayrs aus Peru?

16.05 Uhr: Mao packt Jause aus Staniolpapier aus! Zeitpunkt von Zugriff auf mutmaßliches Beweisstück (Hundefleischstück, Hundeknochen) jetzt günstig wie nie! Erster Blick auf Jause von Mao bestätigt: Fleisch mit Knochen!

Also Zugriff! Jetzt, schnell, sofort!

Auf einmal tumultartige Zwischenfälle! Auch Haschbruder will Zugriff auf Hundefleisch. Haschbruder nur durch Ziehen von Glock in Schranken zu weisen. Erwünschter Biss in Fleisch muss Haschbruder trotz mehrmaliger Aufforderung „Biss, Mann! Hey, Biss, Mann!“ rigoros verweigert werden, da Beweisstück.

Mao wirft Zwiebel durch Gegend. Platinblonde verliert Kampf gegen Übelkeit. Ursache für Magenverstimmung liegt nun auf Tisch: Würstel-Allerlei.

16.06 Uhr: Der Mallinger taucht auf. Frage: Was will denn der da?

16.07 Uhr: Sicherstellung von Beweisstück einzig durch Sprung aus Fenster im 2. Stock möglich!

Kaum gedacht, schon vollbracht!

Intuitiv Fips zuvor richtig geparkt! Mit gespreizten Beinen Landung auf Sattel Gebot der Stunde! Folgen von Landung allerdings für unten herum so schmerzhaft wie Deutschprüfung für Schreibschwächling oder Karfreitag für Christenheit:

„Aaaaaaaaauuuuuuuuuuuaaaaaaa!“

16.08 Uhr: Abbruch von „Operation Chamäleon“. Befreiungsschlag trotz furchtbarer Schmerzen Erfolg auf ganzer Linie, da Beweisstück sichergestellt und Anklage des Mao durch Justitia nur noch reine Formsache.

Fips Erste, Zweite, Dritte, Vierte, dann Aerodynamik!

Ziel: Schweinsbraten im Auerhahn.

Aber dalli!

Ende Gedächtnisprotokoll E. E. Biermösel

Liebesnacht

Nun weiß keiner besser als der Schlevsky, dass unverhofft oft kommt und dass auch schon Kaiser gestorben sind, Puffkaiser zumal. Also ermahnt er sich:

Ab jetzt bitte keine Fehler mehr!

Der Tiger legt sich also mächtig ins Zeug, um die Risse zu kitten und die Verwerfungen zu bügeln, die sich zwischen ihm und der widerspenstigen kleinen Russin leider aufgetan haben, seit auf dem Tingeltangel oben in Strudelwasser an der Oder alles so hoffnungsvoll begonnen hat. Nun heißt es, das Feuer der zwischenzeitlich eingefrorenen Beziehungen wieder anzufachen. Schließlich hat er sie gestern Nacht zur Strafe in den Heizkeller gesperrt. Da muss er nun ganz tief in die Mottenkiste der Verführung greifen und ein paar Geheimwaffen auspacken, als da wären:

Das romantische Candlelight-Dinner gerade vorhin war ein gelungener Auftakt (wenn es auch vielleicht ein Fehler war, die Reste des Würstelallerleis aus Nang-Pu nur durch die Mikrowelle gejagt und nicht ordentlich im Rohr aufgewärmt zu haben). Dazu ein Tröpfchen aus Andaluz, in dem die Cleopatra gebadet hätte – typischer Tempranillo, preiselbeersüß und erdig, reichlich Sattelleder, wilde Nase, tolle Balance, elegant und verführerisch. Eine gelungene Ergänzung, perfekt für den romantischen Abend zu zweit.

Aus seiner streng limitierten Hi-Fi-Anlage mit den 4-x-8000-Watt-Bassboxen trällert der gute alte Shubidu Jack auf Dauer-Repeat mit Samtesstimme seinen romantischen Welthit „Shabadab Shabadab Shabadab dab dab“ – ein Klassiker der erotischen Anbahnung, wem es gefällt!

Er selbst liegt entspannt auf dem Serengeti, dessen Hydraulik er erst voriges Jahr aus Anlass seiner 20-jährigen Ehe mit der Jocy generalüberholen und also wieder auf Hochtouren bringen ließ (was sinnlos war, da sie ohnehin nicht mehr mit ihm nach Aussee kommen wollte), sodass es sich nun wieder um eine wirklich anspruchsvolle Spielwiese handelt.

Er liegt darauf in bequemer Rückenlage, in der linken Hand die Cohiba, in der rechten den Rémy-Martin-Schwenker, und wartet auf die Ivana, der es aber dem Vernehmen nach gar nicht gut geht.

„Ivana?"

Der Ivana imponierte es dann trotz aller Anlaufschwierigkeiten bei der gestrigen Herfahrt und trotz dem ganzen Chaos heute Nachmittag im Deutschkurs für Ausländer schon *sehr* beim feinen Herrn in dessen Neubauflachdachvilla:

Das riesige Tigerfellbezugbett Marke Serengeti; die elegante übrige Möbelage; die gut bestückte Bar; die Gmundner Keramik in den antiken Stellagen; die herrliche Aussicht durch die riesige Glasfront auf den herrlichen See hinunter (wenn mal keine Wolkendecke herinnen hängt!) sowie die weißen Teppichböden Marke „Flauschi", auf denen sie in den 17-Zentimeter-Stilettos wandelt wie auf einer Landschaft aus Zuckerwatte – summa summarum doch etwas ganz anderes als die stählerne Kälte auf dem atombetriebenen U-Boot der Nordmeerflotte nahe Nowaja Semlja, auf dem sie aufgewachsen ist. Alles in allem trotz Verständigungsschwierigkeiten und kleiner atmosphärischer Störungen auf dem Weg hierher keine schlechten Vorzeichen für ein gelungenes Beisammensein mit dem alternden Herrn Doktor.

Allerdings! Ein *solches* Candlelight-Dinner hat sie dann selbst in den Chaostagen des Postkommunismus nie erleben müssen – Würste, Würste, allerlei Würste!

Jetzt sitzt sie seit einer Stunde auf dem Klo und kämpft gegen den starken Brechreiz an. Vergeblich. Schon schießt es wieder aus ihr heraus wie die gewaltigen Wasserfontänen aus den Schleusen der Staumauer nahe Rostow am Don.

„Wuaaarrgh!"

Um sich ihr gleich in seiner ganzen Pracht darzustellen, hat sich der Schlevsky für diese eine entscheidende Liebesnacht einen Tigertanga übergestreift, er kann es sich noch leisten. Seine Schenkel sind trainiert und schlank, und sein Popotschiarschi ist immer noch knackig wie ein frisch gepflückter Apfel. Der Bauch ist gänzlich ohne Falten, dafür ist die Brust voller Haare. Kann sein, dass die Waden ein wenig schmal geraten sind, aber das ist Geschmackssache. Seit er nach der lebensbedrohlichen Venenoperation infolge seines Besuchs in Bayreuth Stützstrümpfe tragen muss, fällt das ohnehin keiner mehr auf.

Gott sei's gedankt hat er gestern doch noch die Reserve-Beißerchen im Nachtkästchen gefunden (neben dem Konsalik). Diese sitzen zwar im Biss ein wenig locker, weil er während der letzten Tage des Wandels ziemlich abgenommen hat. Aber sie werden den Mindestanforderungen genügen und ihm heiße Küsse mit der Ivana bescheren, sobald die blonde Versuchung mit der im Tigermuster gehaltenen Combinaige an ihrem perfekten Körper, die sowohl schnitt- als auch stoffmäßig alle Stücke spielt, hoffentlich recht bald aus den Nassräumen hereingeschneit kommen wird.

Herrgott, wo bleibt die denn?

Generalfickwedel (hihi) Schlevsky steht jedenfalls Gewehr bei Fuß und wartet auf seine ganz persönliche Ost-Offensive. Er hält seine mächtige Panzerfaust im Anschlag, und die zwei gut gefüllten Kanonenkugeln im Gehänge darunter warten nur darauf zu explodieren.

Damit er seinen Angriff nicht schon nach dem ersten Treffer beenden muss, hat er sich als besonderes Zuckerl gerade vorhin noch den Zauberstab mit der geruchslosen und (wichtig!) geschmacksneutralen durchblutungsfördernden Venensalbe des Doktor Krisper gut einmassiert, Hölle auch! Als Idee sicher nicht schlecht, wenn man gleich mit einer unersättlichen 17-jährigen Sexgöttin in den Ring steigen wird und selbst nicht mehr der Jüngste ist. Allerdings kann es sein, dass er an der

Salbe nicht gespart hat. Schön langsam wird es nämlich ein bisschen sehr heiß da unten herum, und der Schlevsky beginnt sich unrund auf dem Serengeti hin und her zu wälzen.

War es ein Fehler?, fragt er sich bange.

„Zu wenig und zu viel ist des Narren Ziel“, hat er jedenfalls mal irgendwo gelesen (er glaubt beim Konsalik), und jetzt hat er irgendwie das sehr schmerzhafte Gefühl, dass dieser Lehrsatz auf ihn gemünzt sein könnte, denn – heiliges Kanonenrohr! – ein atomarer Brennstab ist ein Eiszapfen gegen das, was dem Tiger nun zwischen den sehnigen Schenkeln hängt.

Geänderte Rahmenbedingungen erfordern nun nichts weniger als eine geänderte Strategie. Nicht mehr der schnelle Endsieg kann jetzt sein Ziel sein. Vielmehr wird er auf Zeit spielen und warten müssen, bis die Feuersbrunst über seinen Gockel hinweggezogen sein wird. Am liebsten würde er sich freilich mit der brennenden Lunte Arsch voran in den bereit stehenden Sektkübel setzen, du heilige Scheiße, aber da hört er schon die Klospülung, und gleich wird der Russe seine schärfste Trägerrakete zünden und diese zu ihm ins Serengeti gehüpft kommen, die Ivana, sein Schicksal. Und ausgerechnet jetzt weiß er Extremtrottel nicht, wie er ihr seinen rot glühenden *cazzo di ferro* verpassen soll! Der brennt wie der Dornbusch in der Bibel, und er fühlt sich mittlerweile an, als hätte ihm ein Esel einen geblasen, Hölle auch!

Mit extrem niedrigem Blutdruck und kaltem Schweiß auf ihrer Pfirsichhaut gesellt sich schließlich die Ivana zu ihm. Doch unter diesen für beide prekären Umständen will der Tiger zunächst lieber den einfühlsamen Liebhaber geben und sich in der ersten Runde des nun eingeläuteten Liebesgerangels mit zärtlichem bis wildem Küssen begnügen.

Mit routinierter Hand tastet er sich langsam in die Gegend vor, wo ihre wilde und ungestüme Lustgrotte liegt. Und als er seine Hand an ihrem Schritt platziert, ihr die Combinaige vom Leibe reißen und den Vorstoß wagen möchte, weiß er, dass dies trotz allem seine Nacht werden wird, denn: Er ertastet keine Binde an ihrem Wolga-Delta, was seine Ur-Angst ist, wenn er mit den Weibern ins Bett geht. Und als er weiter vorstößt, lauert dort auch kein Tampon, was sein Ur-Horror ist.

(Seltsam, denkt er sich. Irgendwie konnte er sich nie vorstellen, dass eine Russin auch die Regel hat. Da ist die Russin anders, war er sich immer sicher. Anders als die Jocelyn jedenfalls, die praktisch nonstop die Tage gehabt hat. Teils natürlich vorgeschützt, so blöd ist er auch wieder nicht, dass er das nicht gemerkt hätte. Teils aber schon auch tatsächlich. Jedenfalls sehr oft, wie er sich jetzt mit leiser Irritation erinnert. Heiliger Scheiß-Vollmond, die Jocy hatte eigentlich *immer* die Regel!)

Ein fürchterlicher Verdacht nagt plötzlich in ihm und raubt ihm die Konzentration auf die Ivana, von der er jetzt ohnehin nicht sagen könnte, ob sie sich schreiend seiner hektischen Umarmung entwinden oder ihn näher an sich heran holen will:

Kann es denn sein, fragt er sich, dass die Jocelyn den Geschlechtsverkehr mit ihm ... äh, ... *gemieden* hat, weil sie ihn äh ... nie *genossen* hat?

Um die Selbstzweifel zu vertreiben, rammt er ihr als kleine Vorhut drei Finger in die Lustgrotte und stellt die Hydraulik des Serengeti auf „Rodeo", sodass es sie beide darauf hin und her wirft wie auf einem mittelverrückten Bronco irgendwo in Texas.

Die Ivana aber schreit dabei so laut und windet sich so heftig unter ihm, dass der Schlevsky darüber kurzfristig die Sicherheit im Liebesspiel verliert, die ihn sonst so auszeichnet, und er fragt sich: Ist es tatsächlich Lust, was sie gar so in Wallung bringt und gar so laut schreien lässt?

Weil aber auch bei ihm von „ruhig Blut!" nach wie vor keine Rede sein kann, heißt es weiter auf Zeit spielen. Und so wechselt er Routinier kurzerhand vom Fingerspiel zum Zungenspiel. Er nähert sich gerade ihrem Puderdöschen, wo er sie mit seiner weithin gepriesenen Turbo-Zunge verwöhnen will, als er dort

– jetzt aber doch! – ein einzelnes rotes Haar entdeckt, das sie vergessen hat zu entfernen.

Zutiefst angewidert bricht der Schlevsky die Offensive ab und wälzt sich beleidigt zur Seite. Er fragt sich:

Kann es sein, dass auch sie schummelt und keine *wirkliche* Platinblonde ist? Zusatzfrage: Kann es weiters sein, dass er doch nicht im Besitz der unumstößlichen Alleinwahrheit ist, die Frauen betreffend? Und schließlich die Abschlussfrage: Kann es vielleicht überhaupt sein, dass er Weiberheld sein ganzes Leben lang das Opfer einer furchtbaren Selbstlüge war, seinen Umgang mit dem anderen Geschlecht betreffend?

Um solch düstere Gedanken erst gar nicht aufkommen zu lassen und um das Nützliche mit dem Angenehmen zu verbinden, schiebt er der Ivana eine Hand voll Eiswürfel in den Mund, auf dass sie ihm damit genau dort gleichermaßen Freude wie Kühlung verschaffen soll, wo die Durchblutungscreme noch immer auf Vollgas arbeitet und der Motor auf Hochtouren läuft, tak tak tak tak!

Doch konnte der Schlevsky nicht damit rechnen, dass die Ivana als Erste überhaupt in seiner langen Karriere Widerstand leistet wie der Scheiß-Russe in Stalingrad und sie dieses rotglühende Geschenk der Natur einfach nicht und nicht in ihren kühlenden Mund aufnehmen will.

Erschwerend kommt hinzu, dass sie das Gleichgewicht auf dem außer Kontrolle geratenen und immer heftiger rotierenden Serengeti bald nicht mehr halten kann. Plötzlich wird sie wieder weiß im Gesicht wie ein sibirischer Eisbär, und sie ringt mit dem Schlevsky gleichermaßen wie nach Luft, während er versucht, ihr die Perücke vom Kopf zu reißen, mit der sie zu verheimlichen sucht, dass sie in Wahrheit keine Blonde ist, sondern eine Rote durch und durch! Und als sie ihm als Reaktion darauf eine weitere Ladung des aufgewärmten Würstel-Allerleis samt Tempranillo in den Tigertanga hineinkotzt, fragt sich der Schlevsky abermals:

Muss denn wirklich *alles* schief gehen?

Erst jetzt – zu spät freilich! – läuft sie wieder wie der geölte Blitz auf die Toilette zurück, wo sie – in der Rückschau! – besser überhaupt geblieben wäre.

Gut, weiß nun auch der Schlevsky, den Abend kann er vergessen. Das Serengeti ist – anders, als er es geplant hatte – zu seinem ganz persönlichen Stalingrad geworden, und er wird sich wohl überlegen müssen, wie das mit ihm und der Ivana weitergehen soll.

Zunächst aber wohnt jedem Ende auch ein Anfang inne, und der Tiger ist letztlich ganz froh darüber, dass ihm der Mageninhalt der Ivana in seinem Tigertanga endlich die ersehnte Kühlung verschafft. Und er ist weiters froh darüber, dass er jetzt, da die Russin sich zurückgezogen hat, endlich auch keine Rücksicht mehr auf die gewisse Atmosphäre nehmen muss.

Als Erstes will er daher diesen verdammten Shubidu Jack entsorgen und für immer aus dem Fenster werfen, der ihm mit seiner öligen Sauce und diesem ständigen „Shubidu Shabada Shibidu" ohnehin schon seit Jahrzehnten auf den Sack geht. Jedes Mal, wenn er es mit den Weibern im Bett zu tun hatte, musste er sich diese Zuckerscheiße anhören. Da will er nun lieber „Es fährt ein Zug nach Nirgendwo" auflegen, was seine eigentliche Lieblingsnummer ist.

Auf die Don Kosaken aber, die er sich kurzfristig auch zugelegt hatte, weil er der Ivana musiktechnisch eine Freude machen und ihr während des Liebesspiels ein Gefühl von Heimat vermitteln wollte, auf die scheißt er. Wie er überhaupt mittlerweile auf alles Russische scheißt.

Herrgott, es nützt einfach nichts!

Das Russische war und ist das Grundproblem mit der Ivana, die Achillesferse seines Planes. Wenn das mit ihnen beiden noch ein halbwegs harmonisches Zusammensein im Lebensabend werden soll, denkt er jetzt, als er sich endlich doch mit dem Arsch voran in den Sektkübel setzt, dann muss er die Widerspenstige endlich zähmen. Und der Mallinger wird ihr neben dem vorgeschriebenen Deutschkurs auch noch ein wenig Extra-Unterricht erteilen müssen, möglichst im Fach „Benimm"!

Wenn das aber alles nichts nützt, dann kann er sich eigentlich auch nicht mehr vorstellen, dass sein Lebenszug irgendwo anders hinfahren wird als nach Nirgendwo.

Mit ihm allein als Passagier.

Mehr, Biermösel! Mehr, mehr, mehr!

„Kommst du dann?", schreit die Roswitha im Auerhahn schon ein bisserl verzweifelt von oben in die Gaststube herunter. „Kommst du dann und schmierst mich ein?"

Aber der Biermösel kommt einfach nicht und schmiert sie auch nicht ein, weil er in der Gaststube herunten auf seinem Schafwollposterl im Winkerl eingebüselt ist.

Wie er endlich aus dem Schlaf hochfährt, schaut er deppert auf die Pendeluhr, die über der Ausschank hängt. Und dort sieht er, dass auch schon wieder zwei Stunden von einem neuen Tag vorüber sind, der erste Tag vom neuen Monat. Diesmal ist es der September, wieder einmal. Und es ist endgültig Herbst geworden.

Der Biermösel reibt sich den Schlaf aus den Augen und streckt sich ordentlich durch. Er weiß natürlich, warum die Roswitha heute gar so drängend nach ihm schreit. Am Ersten von einem jeden Monat holt sie sich immer die frisch angerührte Salbe vom Doktor Krisper, die ihr immer so gut tut, so gut tut ihr die. Die frisch angerührte Salbe lindert das Brennen und hemmt das Nässende auf ihrer Haut, immer an den Tagen nach dem Ersten geht es der Roswitha so gut.

Der Biermösel tunkt noch ein Stück Brot in die Pfanne. Dann zieht er es langsam und sorgfältig um die Ränder herum, sodass ihm das Fett von den gewaltigen Wurstlfingern tropft. Bevor er jetzt aber lange herumscheißt und das Brot zuerst isst und sich dann vielleicht die Finger abschleckt, schiebt er sich das ganze Zeug mitsamt den Fingern in den Mund hinein, und dann hat er endlich alles brav aufgetunkt und kann getrost hinaufgehen zur Roswitha in ihre Kammer, die dort oben geduldig auf ihn wartet.

Die Roswitha! Sie ist natürlich kein Teenagertraum mehr, das weiß der Biermösel auch. Das war sie nie, und das wird sie auch nicht mehr werden. Genau genommen ist sie eigentlich nicht zum Anschauen, stellt er sich bildlich vor, was ihn gleich erwarten wird, wenn er in ihre Kammer tritt. Einen Arsch hat sie wie ein Brauereipferd, ein Gesicht wie ein Mondkalb, und ihre Gehwerkzeuge gleichen denen von Flusspferden.

Jedoch die inneren Werte! So einen guten Menschen findet man heute kein zweites Mal auf der ganzen Welt, nicht von Aussee bis nach Tschibutti, nicht von Goisern bis Isfahan. Wenn die Roswitha nur halbwegs so eine gute Haut hätte wie sie eine gute Haut ist, denkt sich der Biermösel oft, dann bräuchte sich der Doktor Krisper um ihren Ausschlag keine Sorgen mehr zu machen. Und er selbst bräuchte ihr das Hintergestell nicht mehr dauernd einschmieren von oben bis unten, von Ost nach West, das fällt auch ihm mit zunehmendem Alter immer schwerer.

Aber es läuft ja eh im Staatsfunk auch heute wieder nur ein Blödsinn, und seine Hände sind eh schon schön schmierig vom vielen Bratlfett. Also schaut er halt jetzt hinein zu ihr in die Kammer und erbarmt er sich halt ihrer.

Wie er eintritt, liegt die Roswitha schon bäuchlings auf ihrem Bett. In Erwartung seines Kommens hat sie sich einen Polster untergeschoben, sodass der Steiß ansprechend in die Höhe ragt. Die Unterhose hat sie sich auch schon ausgezogen, die Decke schon zur Seite geschoben, nackt und bereit liegt sie vor ihm.

Na gut, denkt sich der Biermösel und setzt sich zu ihr ans Bett. Dann greift er halt nach dem frischen Salbentegel, der auf dem Nachttisch steht, und dann fährt er halt mit den Fingern tief hinein und fängt er halt an, ihr eine schöne Portion von der Politur großflächig aufzutragen, das nötige Handwerkszeug dazu hat er ja.

Die Roswitha ist dabei immer wieder überrascht, wie feinfühlig der Biermösel die Salbe zu verteilen imstande ist, rücksichtsvoll und einfühlsam wie eine Sterbebegleiterin schmiert er an ihr herum. Zunächst weitläufig an den Rändern vom gewaltigen Arsch, dann immer weiter zum Zentrum hin.

Und wie er sie dann wie jedes Mal fragt, ob ihr das eh passt, wie er an ihr herumschmiert, und wie er sie weiters fragt, ob er ihrer Meinung nach eh genug Salbe aufträgt, oder ob sie mehr davon haben will, und wie er dann endlich mit seinen dicken Fingern schon sehr nahe beim Zentrum von ihrem Arsch herum schmiert, da spürt die Roswitha wieder dieses ungestillte Verlangen und so eine immense Wut in ihrer Fut, dass sie ihren Arsch unter dem Biermösel seinem einfühlsamen Einschmieren hin und her wiegt und auf einmal ganz fürchterlich zum Seufzen und zum Stöhnen anfängt, bevor sie dann überhaupt flehentlich in die tiefe finstere Nacht hinausschreit:

„Mehr, Biermösel! Mehr! Mehr! Mehr!“

Jammertal

Davon hat natürlich bei der Anni nicht die Rede sein können, dass sie heute Nacht von irgendetwas außer Geld noch mehr gebraucht hätte, schon gar nicht von ihrem körperlichen Elend.

Gerade von ihrem letzten Auftrag bei den Ramzis nach Hause gekommen, wo sie der seit gestern elffachen Mutter ein wenig unter die Arme gegriffen hat, will sie sich nur noch halbwegs aufrecht bis zum Sofa schleppen, ohne dass sie umfällt wie ein Sack und am Genickbruch stirbt, es ist zum Jammern. Ihre Hände sind rissig und tun ihr weh von der scharfen Lauge; das Kreuz schmerzt vom dauernden Bücken; die Knie sind geschwollen wie eine Extrawurst in einer zu engen Haut; die Augen sind entzunden vom feinen Staub und der ätzenden Luft, der sie auf den Scheißhäusern beständig ausgesetzt ist; und heute tun ihr sogar die Zähne wieder weh und der gesamte Kiefer – das werden die Spätfolgen sein von den vielen Nebenjobs, die sie zusätzlich noch verrichten muss. Dass sich jetzt auch noch die Hämorrhoiden melden, als sie sich endlich auf das weiche Sofa fallen lässt, das macht dann auch keinen Unterschied mehr. Wenn sie jetzt von einem Felsen in ein Tal hinunterspringen täte, dann käme dabei das Jammertal heraus, weil sich genau der Jammer und das Tal dort unten treffen täten.

Dazu die ewigen Sorgen mit der Manuela und der Jennifer!

Alle zwei drüben in der Hotelfachschule mit Lernschwierigkeiten wie früher der Biermösel in der Gendarmerieschule, obwohl beide hoch begabt. Die Schulpsychologin Magister Fichtner hätte die Anni gern einmal gesprochen, schreibt sie in einer Schulmitteilung, die die Anni jetzt auf dem Tisch liegend vorfindet. Aber als Magisterin verdient die sicher das Hundertfache von der Anni und arbeitet bestimmt nicht ein Zehntel von ihr, also kann die leicht mit wem reden wollen, die Anni hat zum Reden einfach wirklich keine Zeit. Jetzt ist es schon halb drei, und sie ist gerade erst nach Hause gekommen. Um halb vier hat sie schon wieder den ersten Termin (das Bahnhofsklo!). Da vergeht einem das Reden, sie weiß wirklich nicht mehr, wo ihr der Schädel steht.

Wohin die Reise ihrer zwei Töchter geht, das weiß sie auch nicht mehr. Von oben hört sie nur laute Musik. Früher haben sie Ausseer Tracht getragen und Blockflöte gespielt, und um halb acht waren sie im Bett. Heute spielen sie nur noch diese Rockmusik, und vor halb zwei Uhr in der Früh ist nie eine Ruhe.

Die Anni zieht sich die Strumpfhose aus und sieht die Laufmasche, wie sie die Füße für ein paar Minuten hochlagern will. Da kommt die Manuela herunter ins Wohnzimmer und fragt, ob sie eine o.b. mini hat, weil es bei der Jennifer das erste Mal so weit ist.

Kalkweiß ist die Manu, muss die Anni feststellen. Und aus dem Mund riecht sie nach Erbrochenem!

„Bist du vielleicht Ecstasy-süchtig?“, fragt die Anni ihre Tochter. Und die sagt:

„Geh Mama! Ich doch nicht!“

Wie die Anni dann endlich ein o.b. für die Manu aus ihrer Handtasche kramt, fällt ihr ein, dass bei ihr die Regel auch schon längst überfällig ist, und sie denkt sich: Du heiliger Eisprung! Wenn der Mallinger nichts damit zu tun hat, wer dann? Ist es mit dem Biermösel neulich bei ihm auf dem Posten im Marillenschnapstaumel doch zum Äußersten gekommen? Oder war es gar der Pfarrer neulich im Messweintaumel?

Das würde der Anni zu dem ganzen Jammer dazu gerade noch fehlen! Lieber erhängt sie sich an ihrer eigenen Strumpfhose, bevor sie einen kleinen Biermösel austrägt! Und eher wirft sie sich vor den Bierwagen vom Ramzi, bevor sie einem kleinen Geistlichen das Leben schenkt!

Go, go Hobo! Hobo, go, go!

Konfuzius sagt: „Lausche stets aufmerksam den Geräuschen deiner Umgebung, während du auf dem Weg zu deinem Ziel bist. Sie verraten dir deine Bestimmung." Das sagt Konfuzius.

Vor zwei Jahren hörte er das laute Hupen eines Reisebusses des Rosenkranzsühnekreuzzuges, das Quietschen der Reifen, den Schrei des Fahrers, der ihn dann doch über den Haufen fuhr, so knapp vor seinem Ziel Deutschland. In der Folge war es ihm wohl von der Vorsehung bestimmt, in diesem Aussee zu verweilen. Das will er gerne hinnehmen in aller Demut. Aber jetzt ist Schluss mit Unlustig. Was er heute hört, das macht ihn froh. Was er jetzt riecht, das macht ihn trunken! Er ist wieder unterwegs, und frohen Mutes singt er in die Nacht hinaus:

„Go, go Hobo! Hobo, go, go!"

Aaaaaaaah! Dieser meterlange orangene Funkenflug, der sich wie ein Komet von den Rädern löst! Dieser wunderbare Duft alter hölzerner Schwellen, die er unter sich vorbeirasen sieht! Herrlich, das monotone Rattern der Räder über die Schienen, tatak tatak tatak, und das brutale und gefährliche Zittern, wenn seine Garnitur über eine Weiche rast! Wie sehr hat er ihn vermisst, den heftigen und lebensgefährlichen Windstoß, wenn ein Gegenzug an ihm vorbeirast! „Go, go Hobo! Hobo, go, go!", singt er. „Auf in den Süden!" Er, Mao Tse Tung nicht verwandt nicht verschwägert, ist wieder unterwegs. Nur dieser beständige feine Nebel von Pisse und – Pflatsch, Pflatsch, Pflatsch! – dieses Geräusch von dicht an ihm vorbeifliegender Scheiße verleidet ihm ein wenig die Reise.

Wieder ein paar Argumente mehr, dass diese Reise seine endgültig letzte sein soll!

Nur Zentimeter neben den messerscharfen Rädern des Erste-Klasse-Waggons hat er es sich den Umständen entsprechend relativ bequem eingerichtet, danke, er kann nicht klagen. Er reist ohne gültige Fahrkarte in diesem Schacht unterhalb des Waggonscheißhauses, in dem normalerweise der Auffangbehälter hängen sollte. Den musste er aber leider entfernen, als er am Bahnhof in Nang-Pu seine Reise antrat. Aber für einen erfahrenen *Refugee in permanence* heißt überleben ohnehin improvisieren. Und Gott sei Dank ist er auch mit seinen 45 Jahren noch immer fit wie Genosse Deng Xiao Ping als junger Hüpfer. Seine steinharte Bauch- und Rückenmuskulatur lässt ihn locker und auch über weiteste Strecken die notwendige Körperspannung halten, während er Hinterkopf und Fersensporn auf den Längsverstrebungen jeweils auf münzgroßen Flächen gebettet hat. Sein Restkörper schwebt dabei parallel zur Radachse nur einen halben Meter über dem Abgrund, wie eine Hängebrücke über den gelben Fluss. Jetzt schlägt er sogar noch lässig die Beine übereinander, das linke über das rechte, und entspannt verschränkt er den linken Arm hinter seinem Kopf. Mit der rechten Hand hält er ein Streichholz gegen das Waggonrad und zündet sich damit eine selbst gedrehte getrocknete Zwiebelschale an, die er neuerdings raucht, seit er sich keine Zigaretten mehr leisten kann. Dann zieht er den Express-Brief seines Bruders aus der Hosentasche heraus, der ihn noch knapp vor seiner Abreise erreicht hat und den er jetzt endlich im Schein der Glut seiner Zwiebelschale Zeit und Muse findet zu lesen:

LotKleuz-Notragel Stluderwassel a.d. Odel.
Deutschrand in Helbst 2003

Riebel Riebel Bludel Mao Tse Tung, eng velwandt, nicht velschwägelt!

Bin sehr taurig. Das Leben in der Fremde bricht mir das Herz. Habe ich dir im Sommer geschrieben, dass ich habe gefunden Schwarzarbeit in Schiessbudenbranche? Schon wieder verloren! Und viele viele Zähne auch, zusammen fünf, dazu Nasenbein drei Zentimetel in Hirn geschoben, furchtbar!

Schlimme schlimme Mann mit weiße Anzug mich schlagen halbtot, Sau depperte. Und vorher er mir ausspannt affaire! Ich mich hängen an schlimme Mann wie Bruce Lee, um zu retten was zu retten ist, aber er mich mit sehr schneller links-rechts-Drehbewegung schießen in Schießbude, schlimm! Bürgerkriegsähnliche Zustände in Osten von Deutschland. Du besser bleiben in Aussee, gute Luft, gute Menü, sehr sauber, hier viel viel Blutbad dauernd.

Denke immer an Mutti in Shezuan, gute Mutti immer gut kochen Hund mit Reis. Viel arm in Shezuan, aber glücklich, nicht wahr?

Danke für Hund „Möse" du mir schicken express, viele viele danke! Essen hier furchtbar, immer nur Currywurscht. Aber Fleisch von die „Möse" sehr gut, sehr saftig. Hund immer viel viel gut, wenn mit Reis und Ketchup. Aber ich wieder zurück wollen nach Shezuan zu Mutti! Oder zu dir nach Aussee? Aussee gut?

Eigentlich wollte er diesen Brief schon gestern in der ersten Stunde des verpflichtenden Deutschkurses für Ausländer lesen. Doch auch dorthin gab ihm dieser verrückte Seebachwirt zwei Kübel mit Zwiebeln mit, die er schälen und schneiden sollte, bald fällt ihm wirklich die Hand ab! Aber wie es jetzt unter dem Waggon hängend aussieht, wo ihm schon wieder ein schönes Stück Scheiße um die Ohren pfeift, hat er das Pech ohnehin gepachtet.

Heute, als Flüchtling in den besten Jahren, kann er zusammenfassend sagen, dass er es zu Hause in Shezuan wohl auch nicht schlechter erwischt hätte als in der Fremde und insbesondere in diesem scheißkalten Aussee, wo er während der letzten zwei Jahre als Illegaler für diese kulturlosen Schweinefresser tonnenweise Zwiebeln schälen musste. Dabei war es zunächst der Reis, der seinen Alltag als Flüchtling prägte, seit er vor bald fünfzehn Jahren an einen total überforderten Nebenerwerbsschlepper geraten war, der ihn zunächst in die genau verkehrte Richtung von Shezuan in die Innere Mongolei hinauf gebracht hatte (wo er zwei Jahre in der Yak-Branche als Illegaler Reis für die Hirten aufkochen durfte), danke herzlich! Aus der Mongolei schaffte er es auf abenteuerlichen Schleichwegen schließlich doch wieder retour nach China und dann wenigstens in die *halbwegs* westliche Richtung über Kasachstan, Kirgisien, Georgien, Usbekistan (wo er jeweils ein Jahr in der Kantine eines Erdölmultis als Illegaler Reis aufkochen musste, was denn sonst!) endlich in die Türkei und so zumindest in die Nähe von Europa, wo er vier Jahre in einer Kebab-Bude hinter dem Ofen stand und sich um die – genau! – Reisbeilagen kümmern durfte!

Weil er sprachbegabt war, saugte er dabei die jeweiligen Landessprachen auf wie der Reis das Wasser. Wenn sie nächstes Jahr den UNO-Generalsekretär wählen, dann wäre wohl keiner besser dafür geeignet als er. In seinem Lebenslauf würde dann noch zu lesen sein, dass er von der Türkei zwar relativ flott hinauf nach Bulgarien flüchten konnte (ein Jahr in der Werkskantine eines Rüstungskonzerns – erraten! – Reis aufgekocht), von wo es aber über Mazedonien, Serbien, Kroatien und Slowenien (wenn diese Mückenschisse auf der Landkarte zusammengeblieben wären, hätte er sich auch ein paar Jahre erspart! Aber natürlich: Jeweils ein Jahr in der Cevapcici-Branche fürs Reisaufkochen zuständig, so verrinnt die Lebenszeit) relativ zäh nach Ungarn ging (ein Jahr in einer Gulaschbude), wo er nach dreizehnjähriger würdeloser Odyssee endlich an den in Flüchtlingskreisen berühmt-berüchtigten „Sepp Schlepp the depp" geraten war, der ihn letztendlich entgegen der Vereinbarung anstatt nach Deutschland hinauf zu seinem Bruder hinüber zu diesen Bauern nach Österreich brachte und am Ende einer abenteuerlichen Fahrt auf der Autobahn bei Salzburg aus dem Ford Transit warf.

Dort stand er dann halb verhungert mit den anderen drei Überlebenden der Reisegruppe (von ehedem 88, die sie gemeinsam die Flucht angetreten hatten), wo ihnen der Betrüger

„Small German Corner! Small German Corner!" zurief und mit seinen Armen in die Richtung deutete, in die sie laufen sollten.

Weil er mittlerweile mit allen Sprachen gewaschen war, wusste der Mao sofort, dass sie am kleinen deutschen Eck angelangt waren, und er malte sich bereits in familiärer Vorfreude aus, dass es nicht mehr weit sein konnte bis zu seinem Bruder nach Strudelwasser an der Oder hinauf, in der Relation natürlich.

Als sie verbliebene Viererbande in ihrem erbärmlich schwachen, ausgetrockneten Zustand aber anfingen zu laufen, da fuhr ihn Schoßkind des Pechs natürlich dieser Autobus des Rosenkranz Sühnekreuzzugs über den Haufen, bis oben hin angefüllt mit fröhlich singenden polnischen Nonnen. Und seither weiß keiner besser als er, was Konfuzius meinte, als er sagte: „Wer Pech hat, der hat Glück auch keines." Sagte Konfuzius.

Nach zweijähriger Rekonvaleszenz oben im Krankenhaus in Linz, während der es ihm infolge einer schweren posttraumatischen Störung die ehedem seidigen Spaghettihaare zu widerlich borstigen Locken aufzwirbelte, und nachdem sie ihm endlich doch noch das nie gewechselte und lästig juckende Ganzkörpergipskorsett abnahmen, in dem schon mehr Läuse wohnten als Schlitzaugen in China, da war er überzeugt, dass es in einem Menschenleben eigentlich nicht mehr blöder zugehen könnte als in seinem. Doch weit gefehlt!

Wer hätte schließlich gedacht, dass ihn als Autostopper ausgerechnet ein verrückter Wirt aus Aussee auflesen würde, der ihn halb Erfrorenen in einen Steireranzug steckte und ihm eine illegale Lebensstellung als – Überraschung! – Zwiebelschäler anbot? Da kann er nur sagen, dass der verfickte Konfuzius verdammt Recht hatte, als er auch sagte:

„Manchmal ist das Leben dämlicher als Scheiße!"

Sagte Konfuzius auch.

(Doch halt! Gestern Nachmittag, als er in dem völlig aus dem Ruder gelaufenen Deutschkurs für Ausländer dieses kleine platinblonde Luder in der Bank hinter sich sitzen und sich die Fingernägel lackieren sah, da dachte er plötzlich, dass sich das Blatt doch noch zu seinen Gunsten wenden könnte! Diese süße kleine Torte sah wirklich zu nahrhaft und saftig aus – wie der Hund „Möse“ –, aber hallo!

Jedoch wurde ihm schlagartig gerade durch ihren Anblick die ganze Aussichtslosigkeit seiner Lage in diesem Land bewusst, denn: In der ganzen Hektik seiner Tagesplanung war es ihm natürlich abermals nicht gelungen, sich nach all den Monaten voller 20-Stunden-Tage im Sklavenjob endlich wieder mal zu waschen! Erschwerend für einen vielversprechenden Flirt kam hinzu, dass er wie immer keine Schuhe trug, weil er sein einziges Paar schon vor vielen Jahren irgendwo verlegt hatte – er glaubt in Mazedonien – und ihn unter seinen Achseln seit Anbeginn der Flucht das Salz der Schweißränder in seinem nie gewechselten T-Shirt ganz fürchterlich kratzte. Da war auch ihm klar, dass er mit seinem speckigen Steireranzug, der ihm am sehnigen Leib flattert wie die rote Fahne im Wind, und mit seinem hartnäckig bakteriellen Körpergeruch, der das Kainsmal eines jeden Flüchtlings ist – der Stress! Die Angst! Die Hektik! Die ungesunde Ernäherung! –, selbst als Ex-Gigolo die blonde Sexbombe nicht mehr in die Kiste kriegen und flach-legen würde, das war das *eine* Problem. Das *andere* Problem war, dass er gar keine Kiste hatte, sondern bei diesem Wirten in der 100-x-100-cm-Nirosta-Abwaschanlage der Gasthausküche schlafen musste! Und dort im kalten Stahlbad wäre selbst dann keine Stimmung aufgekommen, wenn er die heißen Flammen am Gasherd hätte lodern lassen und der blonden Schönheit – eine Dänin? – den Landstreicher-Welthit von diesem Shubidu Jack vorgesungen hätte!)

„Go, go Hobo! Hobo, go, go!“, singt er nun also entspannt und alleine unter dem 1.-Klasse-Waggon vor sich hin, begleitet nur von der Musik der donnernden Eisenräder. Er zündet sich noch eine getrocknete Zwiebelschale an. Doch in diesen frühen

Morgenstunden, da es überall auf der Welt immer am kältesten wird, wärmt auch der tief inhalierte Rauch nicht mehr, und er zittert wie ein einzelnes Reiskorn im Wok. Schnell macht er ein paar Dehn- und Streckübungen, während der Zug mit vermutlich weit über 180 Sachen dahindonnert. Dann dreht er sich wieder auf die linke Seite und verteilt dadurch sein Gewicht vorübergehend auf linken Fußknöchel und linken Ellenbogen. Fröhlich singt er, weil jetzt alles vorbei ist und er Aussee endlich hinter sich lassen kann.

Wer weiß schon, meditiert er nun beinahe versöhnt über sein Leben, wozu es letztlich gut war, wie alles gekommen ist? Fernöstlicher Mystiker, der er ist, mag er im Nachhinein sogar dankbar sein, dass er sich eine Affäre mit dieser Blonden im Deutschkurs erspart hat und weiter das Lied der Freiheit und der Ungebundenheit singen darf. Denn nun liest er im Schein der Glut seiner Zigarette den Brief seines Bruders zu Ende, und soviel er diesem entnehmen kann, sind die blonden Frauen Europas schlimmer als fünfzig Jahre Kulturrevolution!

Ach mein Bruder! Liebeskummer ich habe auch so viel. Kurzzeitaffäre mit viel blonde Sexgöttin aus Russland ist aus schluss vorbei. War heisse Kiste mit heisse Rakete Ivana, aber sie sich nach Blutbad letztendlich für schlimme schlimme Mann in weisse Anzug und rote Ferrari entschieden, vielleicht aus wirtschaftlichen Überlegungen heraus, vielleicht deswegen. Blonde Frauen immer nur sehen Geld Geld Geld! Gibt es in Westen nichts Wichtigeres als Geld, Geld, Geld? Bin sehr traurig, muss immer viel weinen, immer weinen. Will wieder zurück zu Mutti. Hab ich schon geschrieben, dass Essen hier ganz schlecht?

Freundschaft!

Dein Bruder Tschu En Lei, eng verwandt nicht verschwägert.

Da ist er letztlich mehr als froh, dass er die Hände von dem blonden Gift gelassen hat! Liebeskummer kann er sich in seiner Situation wahrlich nicht leisten. Hätte er sich verliebt, wer weiß, ob er dann gestern diesem durchgedrehten Volkspolizisten in Muselmanin-Verkleidung entkommen wäre, der ihm plötzlich und aus dem Hinterhalt heraus kommend das beste Stück seines gebratenen Hundes aus der Hand gerissen hat.

So aber kann er jetzt in aller Ruhe und ohne lästigen Anhang den Befreiungsschlag wagen. Deutschland als Ziel hat er abgehakt, jetzt will er nur noch in den Süden. Der EC Marco Polo von Nang-Pu nach Afrika soll planmäßig in vier Tagen um 15.34 Uhr in Tripolis ankommen. Schon freut er sich auf ein paar unbeschwerte Tage am Strand. Er war schließlich immer der „Das-Glas-ist-halb-voll-Typ“, und aufgeben tut ein Flüchtling höchstens einen Brief in die Heimat!

Darum will der Mao jetzt nicht mehr ausschließen, dass nach all dem Zirkus in der westlichen Welt dort unten bei den Unterentwickelten doch noch eine Karrierechance für ihn bereitliegen könnte. Er wird sich, so ist sein Plan, noch einmal umschulen lassen und von Zwiebelschäler auf Menschenschmuggler umsatteln. Im Menschenschmuggel soll das ganz große Geld auf der Straße liegen, hat er gehört, und mit seiner Erfahrung und seinen Sprachkenntnissen müsste es für ihn ein Leichtes sein, sich dort unten endlich ein sicheres Standbein aufzubauen. Bald ist es nämlich höchste Eisenbahn, dass auch er sich ein paar Scheinchen zur Seite legt und sich endlich ein solides Finanzpölsterchen schafft. Trotz seiner in den letzten Jahren beinahe zum Hass gesteigerten Abneigung gegen den westlichen Revolver-Kapitalismus wird auch er mit seinen 45 Lebensjahren nicht mehr umhin kommen, für seinen Lebensabend private Vorsorge zu treffen. Pensionsjahre im viel gerühmten Drei-Säulen-Modell des Westens konnte er als Reisaufkocher und Zwiebelschäler über all die Jahre nämlich keine sammeln. Da wäre er sogar in der Volksrepublik mit ihrer grundsoliden Basisversorgung heute besser dran!

War es vielleicht überhaupt ein Fehler, dass er vor 15 Jahren den langen Marsch angetreten hat, fragt er sich nun, als er die Zwiebelschalen ausdämpft und sich wieder auf die andere Seite dreht, um ein wenig zu schlafen.

Eine unendliche Müdigkeit übermannt ihn plötzlich nach all den Jahren der sinnlosen Reisen, und die Nacht senkt sich bleischwer auf seine Lider, als die Stationen seiner Flucht noch einmal an seinem inneren Auge vorbeiziehen, in rasendem Tempo, wie die Schwellen des Gleiskörpers unter ihm.

Aber was ist denn nun schon wieder, was muss er hören?

Das dumpfe Dröhnen des Signalhorns, das der Zugführer in die dunkle Nacht hinaus bläst, reißt ihn plötzlich aus seiner Erinnerungen, und die glühenden Funken der nun blockierenden Räder verbrennen ihm das Gesicht.

„Höre stets auf die Geräusche deiner Umgebung", erinnert sich der Mao wieder der Lehren des Konfuzius. „Sie verraten dir deine Bestimmung.

Und er fragt sich:

„Nähere ich mich denn schon wieder einer Gefa…

Aaaaaaaaaaaaaahhhhhrr!!"

Triumph des Wartens

Dass die Leute nicht aufpassen können, das versteht er einfach nicht! Kann denn der Volltrottel im Lokomotivführerhaus nicht hupen, sodass ihn der andere Volltrottel im Autobusführerhaus hören und er rechtzeitig abbremsen kann? Ist denn wirklich nicht mehr genug Platz auf der Welt, dass sich alle gegenseitig über den Haufen fahren müssen, immer und überall?

Das hat dem Biermösel jetzt fast ein bisserl die morgendliche Sitzung verleidet, weil es immer so blöd zugehen muss auf der Welt, aber wirklich so blöd! Weil ihm jetzt aber auch nach der Rückkehr vom Klo noch ganz schön die Zeit lang ist, schaut er sich am Schreibtisch sitzend immer wieder die schrecklichen Bilder in der Zeitung an, die er sich gerade vorhin beim Klausner Otto unten in der Trafik gekauft hat. Und auch wenn die Fotos natürlich in ihrer Blutopernhaftigkeit mehr als grauslich sind, so muss er doch sagen: Man schaut sich so was dann schon immer wieder gerne an! Vor allem, wenn es weit weg passiert ist und das alles nichts mit einem selbst zu tun hat.

Soweit er also jetzt den Fotos und ein wenig auch den Bildtexten entnehmen kann, muss es ganz ordentlich gestaubt und gekracht haben, wie gestern unten in Kärnten kurz vor der Grenze nach Italien und kurz vor Sonnenaufgang ein Autobus voll mit einem Haufen polnischer Rosenkranzbeterinnen in den IC Marco Polo voll mit einem Haufen braver österreichischer Touristen gerast ist, beziehungsweise umgekehrt.

Da wäre der Biermösel natürlich froh gewesen, wenn er auch den ausführlichen Bericht dazu ohne Kopfweh und bis Mittag hätte durchackern können. Aber was er bildlich sehen kann, sagt ihm eigentlich eh alles. Ein Bild in der Zeitung sagt ja meist sowieso mehr als tausend Buchstaben. Und die sehr ansprechenden Bilder heute sagen, dass es ein furchtbarer Unfall gewesen sein muss, aber ein ganz ein furchtbarer!

So ein Gemetzel auf der Landstraße erinnert den Biermösel dann leider auch immer wieder schmerzhaft an die eigene Fehlbarkeit. Jawohl, auch er ist fehlbar! Anstatt nämlich gestern seinen Triumph der Ermittlung als Chamäleon einfach nach Hause zu fahren, hat er das Beweisstück vom Mao Tse sofort vernichtet, sprich:

Weil er wegen der ganzen Observationsoperation so einen gewaltigen Hunger zusammengekriegt hat, hat er den gebratenen Hund einfach gegessen.

Also wird er den Fall „Mao T. T. n. v. n. v." jetzt einfach zu den Akten legen und Gras darüber wachsen lassen. Zu der ganzen leidigen Hundeproblematik daher von ihm abschließend nur noch zwei Worte:

„Mir wurscht!"

Wenn der Mao die restlichen Bellos vom Seebachwirten auch noch fressen will – bitte, seinen Segen hat er! Man sieht ja eh jeden Tag in der Zeitung, wie schnell so ein Menschenleben zu Ende gehen kann, da will er dem Mao diese kleine Freude nicht vergällen.

Ihm ist jetzt wichtiger, dass er sich ermittlungstechnisch ganz auf die Sache mit den Handtaschen konzentrieren und nebenher vielleicht ein bisserl anfangen kann, auf sich selbst zu schauen und das Leben zu genießen. Also steht er in der gewissen entspannten Genießerhaltung beim Fenster auf seinem Gendarmerieposten in Aussee und vergönnt sich ein paar dick beschmierte Schmalzbrote. Er zischt ein paar gut gekühlte Biere dazu und schaut deppert beim Fenster hinaus, wie er jetzt schon zwei Tage nicht mehr beim Fenster hinausgeschaut hat, weil es sich schlicht und einfach hinten und vorne nicht ausgegangen ist. Er schaut dabei dem Regen zu, wie der in alter Gewohnheit gegen das Fenster peitscht. Und als Musikberieselung für die gewisse entspannte Atmosphäre vom Klo her hat er sich natürlich wieder die Radinger Spitzbuben ausgesucht, wen denn sonst? Und die singen wieder, dass es so eine Freude ist:

Xund xund xund xund xund schaun wir aus!
Das liegt sicher am Bauernschmaus!
Und ein bisserl am Schweinsbraten!
Dass wir alle so xund aussehen!

Na ja, ein Welthit halt, seufzt der Biermösel zufrieden und reißt sich ein paar Nasenhaare aus. Dann steht und schaut und wartet er wieder entspannt darauf, dass die Saat von seiner Pädagogik aufgehen wird und die Väter mit ihren jeweiligen Rotzbuben einzeln oder im Verbund eintrudeln und den Handtascherlraub gestehen.

Er wartet auf seinen Triumph des Wartens.

Auch wenn sich bis jetzt noch nicht viel getan hat (außer, dass er sich vorne auf der Hose ganz schön angepatzt hat mit dem Schmalz von den Broten, Herrgottnocheinmal!) und die Lage ruhig ist wie in einem Pharaonengrab – er kann warten. Hat er nämlich bis gestern warten können, dass sich endlich ein Fall zu seiner vollsten Zufriedenheit löst, wird er auch noch bis heute zwölf Uhr mittags warten können, dass dieser Fall eintritt, da ist er ganz Gary Cooper.

Es weiß schließlich keiner besser als die Gendarmerie, dass letztlich doch immer die Gerechtigkeit über das Verbrechen obsiegt. Und aus der gewissen Erfahrung heraus weiß keiner besser als er, dass der Herrgott gegen die Sünde die Hölle gestellt hat, gegen die Wetterkapriolen den Wetterfleck, und gegen das Verbrechen ihn selbst, den Biermösel.

Da erkennt ein Blinder den Plan dahinter!

Zwar will er sich jetzt nicht eins zu eins mit Gott vergleichen, weil der ist ein anderes Kaliber als er, und der hat andere Mittel. Aber auch er hat ein Kaliber (eine Glock 0.9 mm), und auch er hat seine Mittel, um einen Täter dingfest zu machen. Und das vernünftigste von den ganzen depperten Mitteln ist halt immer noch das Warten.

Na ja, seufzt der Biermösel. Naja, halt ja.

Nur unglücklich ist er ja nicht, denkt er sich jetzt beim Warten, dass er bald aus der Verantwortung der Täter-Ausforschung und -Dingfestmachung entlassen wird. Der Druck von der Verbrecherseite her ist heutzutage schon sehr gewaltig. Die meisten Leute, kann er aus der gewissen Erfahrung heraus berichten, leben ja neuerdings nach der Devise: „Es gibt keine Guten, außer sie bluten."

In den modernen Chaostagen von unserer Zeit scheinen ja die Verbrecher mittlerweile schon die größte Berufsgruppe überhaupt auszumachen. Er jedenfalls kann über „Verbrechen, aufgeteilt nach Berufsgruppen" berichten, dass es dabei ungefähr so ausschaut:

Sehr sehr brav bis sehr brav sind meistens noch die wenigen übrig gebliebenen Schichtarbeiter in den Industriegebieten im Allgemeinen. Gut möglich, dass die vom harten Arbeiten einfach zu müde sind, als dass sie nach der Sirene noch Leute abstechen oder Banken ausräumen könnten. Vielleicht ist es aber auch so, dass die Banken immer schon zu haben, wenn ein Schichtarbeiter sie ausräumen will, er weiß es nicht genau.

Sehr brav bis brav sind auch noch die Polarforscher, weil die sich sehr weit vom Schuss weg aufhalten, gefolgt von den Kosmonauten, weil detto.

Schon weniger brav sind die Wirten (löbliche Ausnahme: die Roswitha!). Und über die Hotellerie will er sich schon gar nicht mehr weiter auslassen, da geht ihm nämlich die Hutschnur auf, wenn er an die ganzen Probleme in der Hotellerie denkt.

Die Pfarrer schließlich, naja, da sind schon auch ganz schöne Falotten darunter, nicht alle Pfarrer sind brav. Und über die Restbevölkerung kann er im Prinzip sagen, dass er grosso modo jedem alles zutraut, so und nicht anders schaut es in der Restbevölkerung leider aus.

Kein Wunder also, dass der Biermösel am liebsten im Mittelalter Streifenpolizist gewesen wäre (wenn auch lieber Bierfahrer!). Vielleicht, denkt er sich oft, dass das Mittelalter die beste Zeit überhaupt für die Gendarmerie gewesen ist. Wie soll denn die Exekutive heute noch einen Respekt genießen, fragt er sich beizeiten, wie soll sie heute leisten, was früher Streckbänke und Kellerverliese geleistet haben? Vorbei die seligen Zeiten, als glühende Kohlen auf die Fußsohlen von den Tätern sie noch davon abgehalten haben, den falschen Weg einzuschlagen.

Na gut, denkt sich der Biermösel weiter, der Rechtsstaat mit seinem ganzen Paragraphendschungel – als Idee vielleicht nicht schlecht! Aber wer hätte denn schon einmal einen Paragraphen so warnend in die Welt vom Verbrechen hinüberleuchten gesehen wie früher den lodernden Scheiterhaufen? Und was bitte kann denn heute der Strafprozess leisten, was früher der kurze Prozess nicht auch hat leisten können?

Naja, denkt sich der Biermösel und reißt sich noch ein paar Nasenhaare aus. Er kann jedenfalls warten, bis die Rotzbuben auftauchen. Er hat – trotz der Raucherlunge – den langen Atem.

Wie er sich jetzt das Hemd und alles miteinander schön in die Hose steckt, und wie er sich dann auf die Couch legen will, die neben dem wärmenden Holzofen steht, und wie er sich schon darauf freut, dass er einen gemütlichen Vormittag verschlafen wird, weil bei dem Sauwetter sogar den Verbrechern die Freude am Verbrechen vergeht, da ist der Bürgermeister der Letzte, mit dem der Biermösel rechnen täte, aber such es dir aus!

Wie der Sünder beim Himmelstor, der weiß, dass er um einen Arschtritt vom Petrus nicht herumkommen wird, rutscht der auf einmal auf seinen Knien bei der Tür herein. Von der Größe her täte er somit das Täterprofil hinsichtlich Rotzbub erfüllen, erwacht im Biermösel augenblicklich wieder der Ermittler. Aber er ist es trotzdem nicht, schließt er die Ermittlung gleich wieder ab, das ist einfach ausgeschlossen.

Warum aber, fragt sich der Biermösel und schlüpft in seine Bergschuhe, warum mischt sich der Volkstribun heute schon so früh unters gemeine Volk, wie er das noch nie getan hat? Vielleicht, weil demnächst ein neuer Volksentscheid ins Haus steht und der Bürgermeister zittert wie seine Alkoholikerhand, dass er infolge seiner komplett aus dem Ruder gelaufenen Flächenwidmungen die Absolute verlieren wird? Zuzutrauen ist es ihm, dass er deswegen bei jedem vom Volk einzeln und auf Knien vorstellig wird und unterm Teppich um die Hand von der Stimme anhält, ein Mensch von unterstem Niveau ist das. Wenn der Bürgermeister eine Wohnung wäre, sucht der Biermösel nach einem passenden Vergleich, dann könnte man über ihm ein Kellerloch vermieten, so ein tiefes Niveau hat der, ein Mensch gänzlich ohne Würde ist das.

Nur schwer kann sich der Biermösel beruhigen, wenn er diesen in der Knolle gefärbten Säufer sieht! Auf hundert Meter Entfernung leuchtet seine Nase wie das Bremslicht von seiner Fips. Ein Trinkspecht ist das, wie der Mallinger früher einer war und der Biermösel selbst noch heute einer ist. Das, bitte, wäre aber schon die einzige Gemeinsamkeit, die den Dorfkaiser, den Biermösel und den Mallinger verbindet, der Alkohol und der jeweilige Umgang damit. Und vielleicht noch, dass sie alle drei die einzigen Junggesellen mit einem gewissen Ruf sowie einer diesbezüglich unterschiedlichen Erfolgsgeschichte im Ort sind.

Aber anstatt dass der Bürgermeister sich seinem Alter gemäß in Würde damit abzufinden täte, dass er übrig bleiben wird, wie das der Biermösel schön langsam, aber sicher und der Mallinger mit Abstrichen tun, bildet sich der immer noch ein, dass er das Zeug zum Star hat! Mit seinem Angeber-Allrad tuscht er jeden Tag mit weit überhöhter Geschwindigkeit hinüber nach Goisern und zieht eine elende Schleimspur vor der gachblonden Discowirtin, die an ihre Disco „Blondi“ und ihr Puff „La blonde Vlies“ angeschlossen auch noch das Tagescafé „Chez la blonde“ betreibt, wo sich die Hautevollee von den Autoverkäufern und den Versicherungsvertretern gegenseitig auf die Goiserer steigt. Und dort passt er auch hin, der Bürgermeister, weiß der Biermösel auch ohne die gewisse Erfahrung im Umgang mit den ganzen Tagedieben, die sich ihre grauslichen Schnauzbärte tönen und ihre blonden Haare föhnen! Dorthin, wo die Luft schwanger ist vom Sir Irisch Moos, meine Güte, er könnte sich Tag und Nacht nur anspeiben, wenn er an die ganzen Tagediebe denkt!

Der Biermösel traut dem Bürgermeister Daumen mal Pi alles in allem alles zu, was Gott verboten hat, weil die wahren Meister vom Bösen sich letztlich immer in der Politik finden. Schau dir den Pontius und den Pilatus an, fällt dem Biermösel gleich ein Beispiel ein, die unseren Herrn Jesus Christus blindlings erschossen beziehungsweise abgestochen haben (genau weiß er es nicht mehr)! Oder denk an den Nero, der ohne Not und mir nichts dir nichts eine Feuersbrunst nach der anderen entfacht hat! Beziehungsweise schweif nicht ab, sondern bleib im eigenen Land und erinnere dich an den Hitler, die depperte Sau (nur schwer kann er sich beruhigen, wenn er an den Hitler, die depperte Drecksau, denkt. Nur sehr schwer).

Bind den Politikern so wie sie sind einen Mühlstein um den Hals und wirf sie alle miteinander in die Gosau, wäre dem Biermösel seine Medizin gegen die Krankheit der Politik. Der Politik kann er nämlich beim besten Willen keine gute Prognose stellen, für die Politik im Allgemeinen sieht er einfach sehr sehr schwarz.

Mit einer immens reduzierten John-Wayne-Bewegung winkt der Biermösel den Bürgermeister schließlich nach langem Warten, während dem diesem schon sicht- und hörbar die Knie ganz gewaltig wehtun, zu sich her. Gebeugt wie der Quasimodo nähert sich der Tribun seinem Schreibtisch. Der Biermösel aber lässt ihn trotz vernehmbarer Höllenqualen in seinen zwei Kniescheiben noch immer nicht aufstehen oder gar niedersetzen. Der soll ruhig auf den Knien bleiben, denkt sich der Biermösel, und zwar genau wegen der vernehmbaren Höllenqualen! Er selbst macht es sich derweilen an seinem Schreibtisch gemütlich und kombiniert langsam und ohne unnötige Hast: Der Bürgermeister war auch im Auerhahn neulich, wie er pädagogisch geworden ist. Und er macht heute ganz den Eindruck, wie wenn er seine Pädagogik nach Punkt und Beistrich verstanden hätte. So gewaltig schwitzen tut er wegen seiner Nervosität, und so immens zittern wegen seiner Gewissensbisse (und der Höllenqualen in den Knien!), dass der Biermösel seine Vorurteile gegen die Politik gleich wieder bestätigt findet.

Aber er hat keine zwei Rotzbuben zu Hause im Stall stehen! Und bei der Kinderlosigkeit wird es auch bleiben, wie ein jeder weiß, der sich ein bisserl mit der Politik beschäftigt, weil er seit einer nie näher bekannt gewordenen, jedenfalls verlorenen Wette mit dem Schlevsky drüben im Sündentempel von der Gachblonden komplett zeugungsunfähig ist, aber wirklich komplett. Was also will er dann von ihm?

Da fixiert der Biermösel den Bürgermeister aus seinen gewissen Augenwinkeln heraus und schweigt. Er legt die Füße auf den Schreibtisch und lehnt sich im Sessel zurück und hört nicht auf zu schweigen. Er dreht die Flasche mit dem Marillenen am Schreibtisch langsam nach links, dann dreht er sie wieder langsam nach rechts, all das tut er schweigend. Er schraubt den Verschluss von der Flasche auf, dann schraubt er ihn wieder zu, und dabei schweigt er.

Bald merkt er, wie seine bewährte Foltermethode zu wirken anfängt, weil der Tribun die Flasche nicht mehr aus den Augen lassen kann. Seine Pupillen weiten sich gefährlich, und seine untere Kinnlade verliert jeden Halt, sodass der Biermösel erste Reihe fußfrei mit ansehen muss, wie dem Bürgermeister das Wasser im Mund zusammenläuft, ein wirklich grauslicher Anblick. Da wendet er den Blick lieber ab und schaut schweigend auf die Uhr, und auf der sieht er, dass es gleich zwölf Uhr mittags ist, aber die Rotzbuben noch immer nicht da sind.

Da stürzt der Bürgermeister nach vor und schnappt nach der Flasche wie der Ertrinkende nach dem rettenden Ast. Aber mit nichts anderem hat der Biermösel gerechnet als genau mit dieser verzweifelten Handlung, und wie die Kugel aus dem Colt schießt seine Hand nach vor. Er zieht die Flasche immens schnell zu sich her, greift sie am Hals und haut sie dem Bürgermeister mitsamt seiner Pranke und mit voller Wucht über den Schädel. Dabei schweigt er. Dann beugt er sich ruckartig nach vor zu ihm, greift den Falotten am Kragen und fixiert ihn mit seinen messerscharfen Adleraugen.

„Was?!“, schreien diese Augen den Bürgermeister an. Er selbst schweigt.

„Ich war es!“, hält es der Bürgermeister nicht mehr länger aus, und er bricht innerlich zusammen, sodass es aus ihm herausbricht. Genau so, wie es die Biermösel'sche Pädagogik im Plan vorsieht.

Er war es, jammert der Bürgermeister, der vor vier Tagen stockbesoffen aus Goisern heimgefahren ist und dabei den Sankt Christophorus über den Haufen gefahren hat. Ein frevelhaftes Vergehen, wie er einräumt, das er jetzt aber sehr bedauert und gerne gestehen möchte.

Du meine Güte!, denkt sich der Biermösel, der gerne über das Sexuelle spottet in Situationen, in denen er die Glock in der Oberhand hält. Das frevelhafte Vergehen wird mit Sicherheit schon vorher bei der gachblonden Discowirtin im Puff passiert sein! Aber darüber will er sich jetzt gar nicht weiter auslassen. Lieber freut er sich auf einen sehr schönen Biermösel'schen Tatausgleich, der gleich ins Haus steht, weil der Bürgermeister sofort fragt, ob er denn wegen so einer Lappalie ein Protokoll aufnehmen wird?

Das glaubt er eher nicht, der Biermösel!

Und noch bevor er dem Bürgermeister die Bedingungen diktiert hat, unter denen sich das Verbrechen aus der Verbrechenskartei tilgen lässt, noch bevor es dort überhaupt hinein schlüpfen kann wie die Maus in ihr Loch, dreht sich dieser schon zur Tür und klatscht in die Hände wie eine Ballettlehrerin, und sofort kommt sein Schoßhund, der Seebachwirt, mit zwei schönen Kisten Marillenschnaps hereingestolpert, die er dem Biermösel auf den Tisch stellt, eine jede Kiste gut gefüllt mit zehn Flaschen vom allerfeinsten, danke herzlich.

Das, liebe Freunde, wird ihm aber in diesem Fall nicht genügen!, lässt der Biermösel den Bürgermeister mit stoischer Ruhe spüren. Schließlich muss auch er endlich anfangen, an den Lebensabend zu denken und sich ein bisserl was anderes als Schnapsflaschen auf die Seite zu legen. Eine gewisse Summe, deutet er mit der gewissen reduzierten Gestik an, eine gewisse ansprechende Summe hätte er heute schon noch gerne dafür, dass er schweigen und das Landesgericht nicht darüber informieren wird, was für ein Verbrecher der Bürgermeister ist. Und dann noch eine gewisse Summe extra dafür, dass er auch die Parteizentrale vom Bürgermeister nicht darüber in Kenntnis setzt, dass ihr Bezirksobmann ein größerer Schluckspecht ist als weiland der Figl. Und nein, lässt er den Bürgermeister mit seinem Angebot einer bargeldlosen Regelung eiskalt abblitzen, einen auf ihn überschriebenen Baugrund akzeptiert er nicht, auf den scheißt er nämlich!

Wie sich der Bürgermeister und der Seebachwirt dann nach Übergabe der gewissen Summe schon in der gebückten Haltung, in der sie hereingekommen sind, langsam wieder zur Tür hin bewegen und der Biermösel schon an der ersten Flasche schnuppert, dreht sich der Seebachwirt noch einmal zu ihm um und fragt leise, ob er auch was sagen darf. Und ein kaum wahrnehmbares Nicken vom Biermösel, das in seiner Güte vollkommen ist, ermutigt ihn dazu.

„Der Mao ist abgängig“, hört der Biermösel den Seebachwirt flüstern.

Der Mao ist also abgängig!, rekapituliert der Biermösel gedanklich an seinem Schreibtisch sitzend mit einem tiefen innerlichen sowie äußerlichen Seufzer. Er könnte im Augenblick gar nicht sagen, was ihm mehr wurscht ist, als dass der Mao abgängig ist.

Der Seebachwirt aber geht ihm schon so auf die Nerven mit seinen dauernden Verlustanzeigen. Erst verschwinden in seinem Dunstkreis die Hunde, dann auch die Hundefresser. Sagen möchte der Biermösel dazu aber trotzdem nichts, weil er mit dem Trottel nichts reden will. Dabei könnte er ihm durchaus einiges darüber erzählen, was er aus der gewissen Erfahrung heraus (und nach der Observation als Chamäleon) über den Chinesen als solchen, abgängig oder anwesend, zu sagen hat:

Dass er nämlich gerade vorhin am Klo in der Zeitung gelesen hat, dass sich zwischen all den fürchterlich zugerichteten Leichen vom Rosenkranz-Sühnekreuzzug aus Polen und den Touristen aus der Heimat unten am Bahnübergang in Kärnten auch ein mehrfach zerschnittener, komplett in Exkrementen und Urin eingeweichter Chinese befunden hat. Ein polnischer Chinese mit eingezwirbelten Schnittlauchhaaren in einem Steireranzug unten in Kärnten, stell dir das vor, Seebachwirt! Aber das braucht dich nicht weiter zu überraschen, würde er ihm sagen, wenn er mit ihm reden täte, weil so ist er halt, der Chinese. Er ist überall und nirgends, er ist geheimnisvoll und unergründlich. Mal ist er da, weiß keiner besser als der Biermösel, dann ist er fort, und manchmal ist er auch abgängig. Heute noch kocht er in Aussee Reis zum Schnitzel (nur sehr schwer kann er sich beruhigen, wenn er an ein Schnitzel mit Reis denkt!), morgen schon sitzt er in einem Reisebus aus Polen. Er lässt sich einfach nicht fassen, der Chinese.

Es ist ja nicht einmal ihm gelungen!

Falsche Adresse

Die Anni hat es sich in der Badewanne vom Stararchitekten Wollatz zusammen mit ihm selbst recht gemütlich eingerichtet. Nach all den Schweinereien, die sie während der Woche in den Nassräumen ihrer übrigen Klientel erleiden muss, ist der zweiwöchentliche Termin bei einem so kultivierten Herrn wie dem Wollatz für sie so befreiend wie das tiefe Durchatmen für den Asthmakranken im Kiefernwald.

Die Wanne, so viel darf sie verraten, ist so groß, dass sogar der Hirsch darin Platz hätte, von dem der passionierte Jäger das Geweih über dem Spiegel im Badezimmer angebracht hat. Ein Haufen frischer Fichtenzweige sorgt für das nötige Ambiente und den entsprechend angenehmen Duft. Und eine Seife hat er auch.

Das weiche Kissen in ihrem Nacken schließlich rundet die Sache beinahe zum Wellness-Erlebnis ab und sorgt für die gewünschte Entspannung, während sie geduldig warten. Vor zwei Stunden schon hat ihm die Anni die Stimulanz verabreicht, und jetzt hoffen sie beide (er gewiss ein bisschen mehr als sie!), dass sie endlich zu wirken beginnt und ihm das Blut in sein Bärli schießt.

Bis jetzt vergeblich!

Also lässt die Anni sich einstweilen von dem 96-jährigen Parkinson-Patienten mit dem Ladyshave die Beinhaare bis hinauf zur Bikinizone rasieren, der steht halt drauf, was soll sie denn machen? Seit sich ihr der Mallinger entsagt, weil er neuerdings einem total unrealistischen Frauenbild nachhängt (Stichwort: Boxenluder!), und seit sie auch den Biermösel als möglichen Lebensabendpartner vergessen kann (Stichwort: Dammbruch!), brennt bei ihr gewaltig der Putzfetzen.

Da will sie gerne in Kauf nehmen, dass ihr der Stararchitekt bald die Füße abschneidet, wenn er so weitertut. Solange er sie aber in seinem Testament erwähnt, will sie auf ihre Füße gerne verzichten.

Als die Anni jetzt den dritten Martini kippt und ihr dadurch die Krampfadern gehörig anschwellen, als ihr deswegen der Zittergreis Wollatz immer öfter und immer tiefer mit dem Ladyshave in die Beine hinein säbelt und sich das Wasser schon tiefrot färbt, da läutet in ihrer Handtasche draußen im Vorzimmer das Diensthandy, und ganz unglücklich ist sie nun nicht darüber. Sie fragt:

„Bringst du mir bitte das Handy herein, Benito, bist du so gut?"

„Certo", antwortet der Stararchitekt, noch immer mehr alter Triestiner Cavaliere denn neuer Ausseer Geldadel. „Certo bring ich dir das cellulare."

Mit letzter Kraft quält der Wollatz seinen schmalen und zittrigen Körper aus der Wanne. Und augenblicklich ergießt sich das Wasser aus jeder Falte seiner runzeligen Haut auf den Fliesenboden, den die Anni gerade vorhin herausgewischt hat. Wie ein begossener Pudel latscht er vom Badezimmer hinaus ins Vorzimmer und macht gleich wieder überall so eine Sauerei auf den frisch gewienerten Böden, dass sich die Anni am liebsten mit dem Ladyshave den Kopf abschneiden möchte.

„Gibt's denn so was, du Schwein im Training?", schreit sie dem Wollatz nach, während sie sich die Verheerungen ansieht, die er an ihren Beinen angerichtet hat.

Als sie das Handy entgegennimmt, ist sie aber gleich wieder halbwegs versöhnt, weil er ihr einen weiteren Martini einschenkt. Und als er ihr das Handy reicht, sieht sie auf dem Display eine 0049-Nummer leuchten.

„Deutschland ruft", schnurrt ihr der Wollatz sogleich mit rollendem „Rrrrrr" ins Ohr, und er setzt sich zu ihr an den Wannenrand.

„Braucht dich denn der Schröder auch schon, damit du bei ihm endlich aufräumst?"

„Schön wär's!", seufzt die Anni. Mit dem feschen Kerl würde sie gerne die Pension teilen. *Seine* Pension natürlich, sie selbst wird ja nie eine kriegen.

Es ist dann aber doch nicht der Schröder am Apparat, als die Anni abhebt, sondern ihre Tochter Jennifer. Und die sagt, dass die Mama schnell nach Hause kommen soll, weil die Manu hat was gefressen, und jetzt geht es ihr gar nicht gut.

„Du meine Güte!", schreit die Anni.

Schnell, schnell hüpft sie aus der Wanne und trocknet sich und den Wollatz ab. Sie steckt ihn in seinen Pyjama und bringt ihn zum Bett. Sie legt ihn hinein und deckt ihn bis oben hin zu. Sie macht ihm ein Kreuz auf die Stirn, damit er mit Gottes Segen einschlafen mag. Und sie bekreuzigt sich selbst, auf dass sie die Barschaft erben möge, falls er morgen früh nicht mehr aufwacht. Dann dreht sie die Lichter ab und verlässt in großer Sorge den Bungalow, wo sie jetzt trotz allem gerne geblieben wäre, um an der Schulter vom Wollatz endlich zehn Minuten Ruhe zu finden. Aber kaum hat sie die eine Ecke herausgewischt, ist schon wieder die andere dreckig! Die Probleme hören in ihrem Leben einfach nie auf.

Als die Anni zu Hause ankommt, muss sie sich zu allem Überdruss eingestehen, dass sie in den letzten Monaten und Jahren einfach wirklich zu wenig Zeit für die Erziehung ihrer beiden Töchter gehabt hat. Andererseits wüsste sie beim besten Willen nicht, wie sie das Geld für die Messersets verdienen soll, die ihre Zwillinge für die Schule drüben in Ischl brauchen, wenn nicht durch noch einmal 45 Wochenstunden mehr!

Heute freilich würde sie sich mit dem Messerset am liebsten selbst abstechen, weil sie so blind war und die Not ihrer Töchter einfach nicht gesehen und den Hilfeschrei einfach nicht gehört hat. Wie aber soll sie denn ihre Hilfeschreie verstehen, fragt sich die Anni, wo heutzutage schon alles auf Englisch sein muss, sogar die Hilfeschreie!

Live fast, die young, steht auf dem Leiberl von der Jennifer, das sie schon seit Wochen trägt. Und nie ist dieser Hilfeschrei der Anni aufgefallen, weil sie in der Früh halt auch immer schwerer die Augen aufkriegt. Jetzt sieht sie auch zum ersten Mal den Ring, den sich die Jennifer in die Nase gehängt hat wie eine Kuh, und all die Stifte, mit denen sie ihre Ohren durchbohrt. Sie sieht, dass die Jenny die roten Marlboro auf Lunge raucht, und dass sie sich die Haare grün färbt. Sie sieht die zerrissene gelbe Strumpfhose und die schweren schwarzen Stiefel ohne Schuhbänder, in denen sie herumlatscht.

„Mein Gott“, schreit die Anni jetzt beim Anblick ihrer Tochter, „du bist ja ein richtiger No-Futon-Typ geworden!“ Sie glaubt jedenfalls, dass das so heißt.

„Die Manu liegt oben im Zimmer und stirbt“, sagt die Jennifer jetzt leise.

„Was muss denn noch alles passieren?“, schreit die Anni. „Muss ich ein Kind auch noch verlieren?“

Wie die Anni ins Kinderzimmer gelaufen kommt, sieht sie die Manuela in ihrem Bett liegen, und da treten ihr schon die Augen hervor. Sie hat sich in einen rotgesichtigen Blasebalg verwandelt, der aus dem letzten Loch pfeift. Und sie atmet wie ein Kessel, dem gleich der Deckel wegfliegt.

„Ja was ist denn mit ihr passiert?“, schreit die Anni die Jennifer an. „Was hat sie denn getan?“

„Sie hat was gefressen“, sagt die Jennifer und zeigt der Mama eine Tablettenschachtel. Und sie gesteht, dass die Manu doch Ecstasy-süchtig ist und sie halt geglaubt hat, dass da in der Schachtel welche drin sind.

„Aber das sind ja gar keine Ecstasy!“, schimpft die Anni. „Das sind ja Viagra! Wo habt ihr denn die wieder her?“

„Die haben wir gefladert“, gesteht die Jenny und deutet auf zwei Handtaschen, die auf dem Tisch liegen.

Da fängt die Anni an zu schluchzen und fällt wie ein Sack zur Manu hinein ins Bett. Sie schließt ihre Tochter fest in die

Arme und weint verzweifelte Tränen. Die Jennifer setzt sich dazu und streichelt der Mama sanft über den Kopf.

„Warum habt ihr mich denn belogen?", schluchzt die Anni. „Warum? Warum? Warum?"

„Die sagen Hurenkinder zu uns", antwortet die Jenny. „Und Missis Propper."

Weil ihn der Doktor Krisper natürlich immer sofort verständigt, sobald er selbst zu einem außergewöhnlichen Krankheitsfall mit möglicherweise kriminellem Hintergrund gerufen wird, wirft sich der Biermösel sofort den Wetterfleck über, kaum dass ihn im Auerhahn drüben der entsprechende Anruf ereilt hat.

Nach kurzer Fahrt im strikten Regen stößt er als Ermittler zu dem ganzen Theater bei der Anni dazu, da graut schon wieder der Morgen. Am meisten aber graut ihm bei der Vorstellung, was alles hätte passieren können, wenn die Manuela noch zwei oder drei Viagra mehr gefressen hätte. Da hätte er sich nämlich um eine auf der Olivetti getippte Todesmeldung nicht mehr herumschwindeln können!

Nach einer ersten Ad-hoc-Analyse vom Sachverhalt war auch dem Biermösel als erfahrenem Ermittler sofort klar, dass die Jennifer und die Manuela die zwei mutmaßlichen Rotzbuben sind, nach denen er während der letzten Tage in mühsamer Detailarbeit und ohne die geringste Mühe zu scheuen Ausschau gehalten hat. Bravo!

Ganz glücklich kann er darüber natürlich nicht sein, weil er mit seinen Vermutungen und Mutmaßungen davor wieder einmal ein bisserl sehr danebengelegen ist, aber ein bisserl sehr sehr! Wie er aber die Viagra auf dem Tisch sieht und die Handtascherln daneben, kann er sich wenigstens damit trösten, dass er in Hinblick auf den Verdacht „Sexroboter", als die er die zwei deutschen Schweinderln mittlerweile bezeichnen muss, mehr als richtig gelegen ist. Also will er sich über die Fehleinschätzung hinsichtlich Geschlecht der Täter nicht weiter ärgern, genügt eh, dass die Anni mit den Nerven komplett am Ende ist, warum also sollte er sich da auch noch ärgern.

„Ich hab Töchter herangezogen“, wirft sich die arme Anni in einer Art Selbstgeißelung vor, „die Touristen überfallen und den ganzen Ort in Angst und Schrecken versetzt haben!“

Sie ist darüber so parterre, dass sie sich gleich in allen Punkten schuldig bekennt und sich bereit erklärt, noch einen Kredit (noch einen!) aufzunehmen, um den entstandenen Schaden zu begleichen. Sie will sich auch gar nicht dagegen wehren, wenn der Biermösel in Ausübung seiner Pflicht jetzt gleich die Behörden verständigt und diese ihr die Zwillinge noch heute Nacht wegnehmen werden.

„Aber schau, dass sie in ein gutes Heim kommen!“, fleht sie den Biermösel an, „sie sind ja im Grunde keine schlechten Menschen!“ Dann streckt sie dem Biermösel die Arme entgegen, damit er ihr die Handschellen anlegt. Und schließlich hält sie ihm überhaupt die Schläfe hin, damit er die Glock zieht und sie erschießt. Aber der Biermösel sagt nur:

„Geh red nicht so blöd daher, Anni. Red doch bitte nicht so blöd daher.“

Dem Biermösel zerreißt es fast das Herz, wie er die Anni Rotz und Wasser weinen sieht. Er weiß, dass sie härter arbeitet als jeder andere im Ort. Und er weiß auch, dass sie ihren zwei Mäderln trotzdem nicht jeden zweiten Tag ein neues Handy oder irgendeinen Dreck vom Elektromarkt drüben in Gmunden kaufen kann, wie das sonst alle mit ihren verzogenen Rotzbuben und Rotzmädeln tun. Und ganz sicher wird sie sich auch diesen Herbst wieder keinen neuen Wetterfleck vom Trippischowski drüben in Ischl leisten können, das wird trotz ihrer gewaltigen Anstrengungen einfach wieder nicht drinnen sein.

Da lässt der Biermösel die Glock lieber im Halfter stecken und zieht stattdessen das Kuvert mit den 10.000 Euro aus dem Wetterfleck, die er vom Bürgermeister und vom Seebachwirten im Zuge vom Biermösel´schen Tatausgleich als kleinen Baustein für seinen Lebensabend erpresst hat. Er legt der Anni das Geld in die Hände und umschließt diese sanft mit seinen riesigen Pranken. Er schaut ihr tief in die verweinten Augen und sagt noch einmal:

„Ich bitt dich, Anni, red doch nicht so blöd daher.“

Und weil die Manuela mit dem auf Hochtouren arbeitenden Blutdruck in ihrem Körper sowieso schon Strafe genug erleidet, bittet der Biermösel die Anni nur noch, dass sie ihm die zwei Handtascherln aushändigen und in Zukunft einfach den Mund halten soll, falls noch einmal wer davon redet.

Da hat auch der Doktor Krisper endlich den gröberen Überdruck aus dem Körper von der Manuela abgelassen und beziffert ihre Überlebenschancen mittlerweile mit knapp 100 Prozent (weil sie jung und im Grunde gesund und stark ist). Und als herbeigezogener neutraler Schnellrichter stimmt er dem Vorschlag vom Biermösel zu, dass sie alle miteinander die ganze depperte Geschichte einfach vergessen sollen.

Nur: Er kann als eingetragenes Parteimitglied und aus der gewissen Verantwortung heraus natürlich beim besten Willen nicht das Haus verlassen, ohne dass er den mahnenden Zeigefinger erhebt und den beiden Heranwachsenden im Auftrag der Frau Unterrichtsministerin eine Broschüre zum Thema Drogen und Doping auf den Nachttisch legt, sein Leibthema. Und in dieser Broschüre, erklärt er jetzt der Jennifer mit eindringlichen Worten, schreibt die Frau Ministerin sehr übersichtlich, dass der junge Mensch vom Haschisch und vom Extacy besser die Finger lassen und lieber brav sein und die Blockflöte spielen soll. Ja, fährt der Doktor Krisper fort, die Frau Ministerin bittet die Jenny und die Manu vermittels dieser Broschüre einfach inständigst, dass sie zu den ganzen blöden Drogen in Zukunft einfach überhaupt „Nein“ sagen sollen, „Nein, Nein und noch einmal Nein! Okay?“

„Okay.“

Da ertrinkt die Anni fast im Tränenmeer!

Von so einer großzügigen und verständnisvollen Seite hat sie einen Mann auch noch nie kennen lernen dürfen, geschweige denn zwei. Und sie schämt sich auf einmal so, dass sie in letzter Zeit nicht nur gut über den Biermösel gedacht hat. Sie weiß jetzt, dass der wirklich nicht geizig ist und mit nichts zurückhält, auch nicht mit seinem Geld.

Da fällt die Anni dem Biermösel um den Hals und busselt ihn von oben bis unten ab, und das tut ihm gut.

Weil der Biermösel aber nahe am Wasser gebaut ist und ihm dermaßen gefühlsdurchtränkte Situationen immer sehr zusetzten, muss er dringend einen Ausweg suchen, der den Übergang zur Tagesordnung erlaubt oder ihn zumindest einen entsprechenden Eindruck vermitteln lässt.

Und weil jetzt die Manuela einerseits eine sehr ansprechend gestaltete Broschüre von der Frau Bundesministerin in Händen hält und die Anni andererseits eine sehr ansprechende Summe von ihm, die Jennifer aber ihrerseits gar nichts, greift er in seiner Not nach der Mon Chéri, die er immer noch im Wetterfleck mit sich herumträgt, und hält sie ihr hin, damit auch sie nach dem ganzen Schlamassel eine kleine Freude hat.

Wie ihn die Jennifer aber aus ihren schwarz umränderten Augen heraus anschaut, und wie ihn die Anni aus ihren geröteten und verweinten Augen heraus anschaut, und wie ihn der Doktor Krisper (der Barzahler!) über seine Doktorbrille hinweg mitleidig anschaut und vorwurfsvoll den Kopf schüttelt, da weiß auch er:

Falsche Adresse, Biermösel! Aber komplett falsche Adresse!

Heimkehr

Brrr! Brrrr!! Brrrrr!!!

Damit musste die Ivana wohl rechnen, dass der Tiger sie gereizt bis auf die Knochen aus seinem Bau expediert und gleich wieder heruntersperrt in das Tiefkühlkellerloch, wo seine Jägertracht über dem Heizkessel hängt. Nach seinem ganz persönlichen Waterloo im Serengeti musste er einfach den Starken markieren, damit er sich vor ihr nicht vollends zum Idioten macht. Darum hat er ihr auch gleich die Heizung im Heimwerkerraum abgedreht, Strafe muss schließlich sein. Na gut, sieht auch die Ivana ein: *Das* hat keiner gerne, wenn ihm eine in den Tigertanga kotzt.

Eine Atmosphäre klirrender Kälte herrscht hier herunten, und die Ivana muss zu Recht fürchten, dass sie es sich unten herum schnell und komplett vertun wird, auch und gerade weil sie jung ist. Sie neigt ja leider zur Unvernunft und trägt trotz der Minusgrade nichts weiter als die hauchdünne Combinaige an der glatten Pfirsichhaut, die ihr der Schlevsky eigentlich vom Leibe reißen wollte, bevor dann aber wieder alles ganz anders gekommen ist. Dazu läuft sie barfuß über den Betonboden, weil er ihre Stilettos zusammen mit dem Shubidu Jack aus dem Fenster geworfen hat. Und so träumt sie nun bei sibirischen Temperaturen von der langen Kamelhaarunterhose, die sie in seiner Herrenhandtasche gefunden hatte, als sie nach Zigaretten stöberte.

Die wäre jetzt genau das Richtige für sie!

Allerdings: Besser – und jetzt träumt sich die Ivana in eine längst vergangene Zeit und Welt –, besser noch wäre die sechzehnfachgewalkte Lodenhose vom Pavel, mit der dieser den Heizungsausfällen auf dem Atom-U-Boot getrotzt hat, damals, als sie noch alle glücklich waren zu Hause in Nowaja Semlja.

Ach Pavel, oh Pavel!, flüstert die Ivana nun auf Russisch. Liebst du mich denn noch, dort oben im Himmel? Siehst du mich, dein kleines süßes Reh? Siehst du, wie ich mir einen roten Pavianarsch friere, weil es hier herunten so verdammt kalt ist, kälter als in Sibirien. Pavel, ist es wenigstens warm da oben im Himmel? Ist es schöner als hier in Aussee?

Ach, ich will ja gar nicht jammern, sucht die Ivana ihren Optimismus wieder und spricht weiter in die Dunkelheit hinein mit ihrem Pavel. Hast du mich vielleicht jemals jammern gehört oder fragen, wozu das alles gut gewesen sein soll, dass mich das Schicksal hierher verschlagen hat? Noch lebe ich ja, und du bist tot. Und der Tod, der richtige Tod im Bärengehege, das weißt du, Pavel, besser als ich, der ist bei weitem schlimmer als der langsame Tod, den ich mir bald in diesen Wetterkatastrophen holen werde, wenn ich nicht schnell von hier wegkomme. Denn es ist grausam hier, Pavel, nass und kalt. Ganz anders kalt als zu Hause in Nowaja Semlja, wo die Ivana ihre 24 Geschwister zurückgelassen hat.

Jetzt, in ihrer einsamsten Nacht, denkt sie ständig an sie, zumindest an jene, an deren Namen sie sich noch erinnert. Am meisten aber denkt sie in dieser ausweglosen Situation an ihr geliebtes Mütterchen, die Wladimira, die sich immer noch den Buckel krummrackert auf den Atom-U-Booten der Nordmeerflotte und vielleicht die bekannteste Heldin der Arbeit, Neigungsgruppe Rauswischen, der Sowjetunion überhaupt war. Allein unter Genosse Breschnew, erinnert sich die Ivana nicht ohne Stolz, wurden ihrem Mütterchen bis heute unerreichte 17 Verdienstklobesen in Bronze und neun Verdienstputzkübel in Silber überreicht. Dazu wurden ihr 23 Verdienstklopapierblätter in reinem Gold zwar zugesagt, jedoch nie feierlich überreicht, weil das Reich des Bären natürlich in diesen Zeiten weit und breit kein Gold lagernd hat, woher auch nehmen, wenn nicht stehlen!

Dafür muss sich ihr Mütterchen heute mit umgerechnet vielleicht 34 Cent auf die Hand begnügen, im Monat natürlich, Essensmarken exklusive, die hat ihr der Putin neuerdings auch gestrichen.

Kein Wunder, denkt die Ivana nur positiv über ihr Mütterchen, kein Wunder, dass sie nebenher eine Lustige hat werden müssen. Allerdings, und jetzt muss die Ivana erstmals weinen, mit Sicherheit die traurigste Lustige der gesamten Sowjetrepubliken. Denn da müsste ihr Mütterchen schon einen ganzen Kübel Klebstoff schnüffeln, um sich an eine einzige lustige Minute in ihrem Leben zu erinnern, so unsagbar traurig verlief das Leben von ihrem Mütterchen.

Mütterchen!, ruft die Ivana. Warum sind sie so weit weg, die Tage der Kindheit, als ich mich an dich, Mütterchen, schmiegen konnte, wenn du am Abend wie tot von der Arbeit am Atom-U-Boot nach Hause gekommen bist? Warum sind sie so schnell vergangen, die Tage, da ich Kind sein und an deinem Rockzipf hängen durfte? Gewiss, wir hatten nichts, Mütterchen, aber wir hatten uns, und du warst bei mir. Warum also sind sie so unwiederbringlich verloren, die Tage der langen Winter, an denen wir alle 25 Kinder 24 Stunden am Tag schlafen konnten, in unserem Bettchen mit den dicken Sibirientigerfellbezügen (den echten!), die ganz anders waren als die von diesem Mann da oben, der mich hierher gebracht hat. Längst vergangen auch der Tag, an dem du mir den ersten Wodka eingeflößt hast, oh Mütterchen, wie warm war es mir da plötzlich, wie warm in diesen bitterkalten Nächten auf Nowaja Semlja, wie wohlig warm war es mir nach diesem Wodka! Mütterchen, ich vermisse dich so sehr. Ich weine um dich, mein Mütterchen, bitte halte mich fest, bitte wärme mich, wenn ich bald wieder heimkommen werde zu dir. Ich werde bestimmt noch einmal heimkommen, Mütterchen, das werde ich bestimmt, irgendwie und irgendwann werde ich – *heimkehren.* Warum soll das denn nicht sein? Das ist doch alles möglich. Und das ist nicht bloß möglich, das ist sogar gewiss!

Die Ivana spürt mittlerweile ganz gehörig den Klebstoff, den sie hier im Heimwerkerkeller des Tigers ertastet hat und der sie nun wie in einem Nazi-Propagandafilm stottern lässt. Sie schnüffelt den Klebstoff gegen die Kälte (sinnlos) und gegen die Angst (geht so). Sie macht sich Hoffnung mit dem Klebstoff (bald wird sie mehr brauchen) und verscheucht damit ihre depressiven Gedanken, die sie verfolgen seit jenen seltsamen Ereignissen oben in Strudelwasser a.d.O.

Warum soll sie also, wenn sie erst den ganzen Klebstoff geschnüffelt hat, nicht wirklich noch einmal heimkehren dürfen, fragt sie sich. Denk doch bloß, Ivana, feuert sie sich an, wie das sein wird, wenn um dich herum wieder lauter Russen sein werden. Denk doch bloß, dass dann alle um dich herum keine Außerirdischen mehr sein werden, die ausseeerisch reden und sich diese komischen grünen Decken umhängen und Hüte mit komischen Bärten obendrauf tragen! Denk doch bloß, wie das sein wird, wenn alle wieder Breschnew-Mützen tragen, und zwar die echten!

Allmählich schießt ihr auch leichtes Fieber in das hübsche Köpfchen und reicht dort oben dem Klebstoff die Hand. Bald wird das Zittern ihres perfekten Körpers zu einem Beben. Wie die kleine Matroschka auf einer der 8000-Watt-Bassboxen vom Schlevsky hüpft sie im finsteren Kellerraum auf und ab. Wenn sie so weiterhüpft, denkt sie, kann es gut sein, dass sie bald zum Pavel hinaufhüpfen wird in den Himmel, der für die Ivana weiß Gott nicht immer voller Geigen hing.

Pavel!, fantasiert die Ivana, als sie endlich den Lichtschalter ertastet und die Lodentracht des Schlevsky über dem Heizkessel entdeckt, Pavel, rette mich!

Sie kann nun nicht mehr aufhören, an ihre große Liebe Pavel Romanowitsch zu denken! Dieses herrliche Bild von einem Mann von einem Taucher auf einem Atom-U-Boot der russischen Nordmeerflotte. 1994 Spartakiadesieger im „Rückenschwimmen über 1000 Kilometer" durch die bitterkalte Nordsee bei minus 2 Grad ohne Gummianzug! Weiters Jahrgangsbester auf der Akademie unten in Rostow am Don im „Schnell-im-Taucheranzug-Atombomben-am-feindlichen-Objekt montieren" (ein Praxiskurs)! Dazu unerreicht im Kursus „Auslöschen-sämtlicher-Lebensformen-zum-Wohle-der-Sowjetrepublik-im-Umkreis-von-300.000-Quadratkilometern" (ein Theoriekurs, glaubt sie jedenfalls. Früher aber lebten mehr Menschen auf Nowaja Semlja, darauf würde sie ihren süßen Arsch verwetten). Und dann natürlich diese Uniform und diese riesige Kappe auf seinem Kopf, die im Durchmesser größer war als der Schreibtisch vom Obersten Sowjet! Summa summarum und grosso modo war der Pavel nicht nur ihre große Liebe damals, sondern auch eine erstklassige Partie mit Pensionsanspruch schon in zwei Jahren. Ihre gemeinsame Hochzeit war nur noch eine Frage des gesetzlichen Alters. Bei ihm wäre es ja gegangen, er war ja schon 40 damals. Doch sie war erst vierzehn. Und das war sogar in den Chaostagen des Postkommunismus und in den Herrschaftsjahren des Verbrechens zu jung, um heiraten zu können, trotz ehrlicher und aufrechter Liebe.

Pavel!

Wer weiß denn schon, fragt sie sich jetzt in der Rückschau und mit der zweiten Tube Klebstoff in der Hand, wer weiß denn, fragt sie sich, als ihr schon Frostbeulen an den Zehen wachsen, wer weiß, fragt sie sich abermals und weiß plötzlich nicht mehr, was sie sich eigentlich fragen wollte. (Ein bisschen blond kommt sie sich mit ihrer Perücke schon manchmal vor. Dabei ist sie doch in Wahrheit rot wie das kommunistische Manifest.)

Ah, fällt ihr jetzt wieder ein, was sie sich fragen wollte: Wer weiß denn schon, wie alles gekommen wäre, wenn der Pavel ihr nicht zu ihrem 14. Geburtstag etwas *ganz Besonderes* schenken wollte?

Plötzlich hat er den Druck der Jugend gespürt und gemeint, er könne sich seiner Ivana nicht mehr ganz sicher sein (der Ivan! Der Sergej! Der Wolodja! Der Wladimir! Der Sergej II, der Leonid, der Romantsew! Okay, ein paar Episoden hatte sie schon, wenn er wochenlang am Atom-U-Boot Dienst schob, aber nie etwas Ernstes!). Und er wollte ihr nicht wieder nur einen Gutschein für zehn Kilo Fischstäbchen schenken, wie all die Jahre zuvor. Zu ihrem 14. Geburtstag, nahm er sich fest vor, sollte es nichts weniger als ein Pelzmantel werden!

Doch woher nehmen, wenn nicht einen Tiger stehlen und anschließend häuten?

Oh Pavel!, weint die Ivana nun. Idee gut, Ausführung schlecht, weil tödlich! Den Erlebnispark samt Zoo unten in Workuta hatte er sich als Ziel ausgesucht und war dort mit seiner Kalaschnikow im Anschlag und mit dem Todstecher in der Hand sowie mit einem exakt aufgezeichneten Plan eingedrungen, jedoch leider ohne Hirn im Schädel, wie das die Art der Männer ist. Im Gehege des Zoos wollte er die gesamte versammelte Tigerfamilie ins Blutbad schicken, und aus dem Fell der Frau Tigermama wollte er seiner Ivana von der Schwiegermutti einen ansehnlichen Mantel schneidern lassen, einen gekauften hätte er sich ja trotz all seiner Verdienste und Auszeichnungen bei diesem Gehalt in hundert Jahren nicht leisten können!

Oh Pavel, besoffener, mutiger Pavel, warum warst du so dumm dumm dumm? Du hättest doch wissen müssen, dass ein russischer Zoo in einer russischen Winternacht kein teuer ausgeleuchteter Gucci-Laden unten in Milano ist! Und du hättest sofort weglaufen müssen, als du gemerkt hast, dass du an der falschen Tür geläutet hast.

Plötzlich stand der Pavel nämlich im Schlafzimmer der Frau russischer Bär, und die war ein anderes Kaliber als der sibirische Tiger: vier Meter 50 groß war sie, und 8000 Kilo schwer, also pass auf, oh Pavel, so pass doch auf!

Doch zu spät. Die Frau Bär hat ihrem Pavel mit dem rechten Zeigefinger einen Scheitel gezogen bis hinunter zum Schambein, sodass sie ihn in zwei schöne Hälften geteilt hat. Und weil auch die Tiere in den russischen Zoos nicht jeden Tag frisches Fleisch zum Fressen bekommen, war die Bärin natürlich hungrig (wie ein Bär) und hat den Pavel traschiert, in seinem eigenen Blut aufgetunkt und ihn bis auf die Knochen verspeist.

So jedenfalls stand es damals geschrieben in der „Prawda", und die schreibt die Wahrheit.

Mütterchen, oh Mütterchen!, ruft die Ivana. Grüß mir meine Babuschka unten in Rostow am Don. Sag ihr, die platinblonde Perücke made in Chekoslovakia, die sie mir zu ihrem 114. Geburtstag vermacht hat, sie tut es immer noch, sie muss es tun! Grüß mir weiters mein Schwesterchen Ninotschka, die die Jüngste, die Hübscheste, die Anmutigste von uns allen ist, die einzig wirklich Blonde. Grüß mir meine beiden Brüder Wladimir und Illjitsch unten in Tschetschenien und sag ihnen, sie sollen endlich aufhören, sich die Schädel einzuschlagen, oh Mütterchen, der Krieg bringt doch nur die Leute um!

Grüß mir vor allem aber auch das Meer, Mütterchen, die ungestüme und wilde Nordsee, sie ist wie mein Schatzkästchen, die ungestüme und wilde Nordsee, immer ungestüm und wild.

Und – Mütterchen! Mir ist so kalt! – grüß mir unsere Heimaterde, die gute alte Neue Erde.

Irgendwann werde ich wieder in einem russischen Bett schlafen, träumt die Ivana in dieser fremden und feindlichen Gegend vor sich hin. Und in der Nacht, wenn ich aufwache, wird mein Herz in einem süßen Schrecken plötzlich wissen, dass ich ja mitten in der Neuen Erde schlafe, daheim und zu Hause. Und ringsum, da schlafen Millionen russische Herzen und pochen in einem fort leise: Daheim bist du, Ivana, daheim bei den deinen!

So wird es kommen, ist die Ivana überzeugt. Und es wird mir ganz warm ums Herz werden, dass die Krume des Ackers und das Stück Lehm und der Feldstein und das Zittergras (Uiiiii! So kalt ist mir!!) und der schwankende Halm der Haselnussstaude und die Fichten und die Bäche, dass das alles russisch sein wird, wie ich selber zugehörig zu mir, weil es ja gewachsen ist aus Millionen Herzen der Russen, die eingegangen sind in die Erde und zu russischer Erde geworden sind, denn – Nastrowje! – wir leben nicht nur ein russisches Leben, wir sterben auch einen russischen Tod. Jawoll, so und nicht anders ist es!

Mütterchen!, beruhigt sich die Ivana langsam wieder. Da hängt ja einer dieser grünen Fetzen über dem Heizkessel, wie sie ihn hier alle tragen, sogar der Staatssicherheitsdienst. So ein Wetterfleck ist kein sibirischer Tigermantel, Mütterchen, er ist hässlich und unförmig. Aber uiii!, ruft die Ivana plötzlich begeistert, hier sind ja auch warme Socken und feste Schuhe! Und uiii, da ist ja auch ein Fenster, Mütterchen, das mach ich jetzt auf! Und da draußen ist Erde, hurra, denn es ist ein Kellerfenster, so ein Glück, da steig ich gleich hinaus!

In dreitausend Tagen kann ich wieder bei dir sein, Mütterchen, wenn ich mich gleich auf die warmen Socken mache, denkt die Ivana.

Was aber ist es für ein Land, in dem dieses Aussee liegt? Ist es Libyen? Ist es Disneyland? Uruguay?

Nordschleife

Manche meinen ja, sein fürchterlicher Crash damals wäre vorhersehbar gewesen, weil sie auch meinen, dass er überhaupt nicht Auto fahren kann. Andere meinen, er würde seine Verehrung für den Niki Nazionale vielleicht ein kleines bisschen zu weit treiben, weil er sich vor einem halben Jahr mit der rechten Gesichtshälfte auf die heiße Herdplatte gelegt und sich das halbe Gesicht sowie das ganze rechte Ohr weggeschmort hat. Der Biermösel wiederum meint, ein katholischer Deutschlehrer ohne Führerschein und eine wilde Rennsau mit Perspektive – das geht nie im Leben zusammen! Und die Anni meint, er solle sich zusammen mit seiner schönen Lehrerfrühpension lieber um sie und ihre Zwillinge kümmern und seine so genannten „Spinnereien" hintanstellen.
Aber was weiß die Anni? Was wissen die anderen? Und was weiß denn schon der Biermösel?

Er selbst ist überzeugt, dass ihm – gemessen an seinen fahrerischen Fähigkeiten – sehr wohl ein Boxenluder als Gefährtin im Lebensabend zusteht anstatt einer Putzfrau. Er ist weiters davon überzeugt, dass er sehr wohl der legitime Nachfolger vom Niki sein kann, auch als katholischer Deutschlehrer, und dass unter all den Kurvenakrobaten und Schönwetterfahrern nur er imstande sein wird, die Kurve an der Abzweigung nach Goisern doch noch im Vollgasrausch zu bezwingen. Ja, er ist heute mehr denn je davon überzeugt, dass sich der Höllenritt im Audi Quattro *damals* sehr wohl ausgegangen wäre, wenn er nur ein etwas renntauglicheres Chassis mit einem in Nuancen stabileren Fahrwerk und härteren Stoßdämpfern zur Verfügung gehabt hätte – einen feuerroten Ferrari F50 mit Sport-Life-M811-Stahlgürtelreifen von Semperit zum Beispiel, der selbst in den dramatischsten Kurven auf der Straße klebt wie ein

Kaugummi an der Schuhsohle, und der heute Nacht ungenutzt oben beim Schlevsky in dessen Garage steht.

„Beweise?", richtet sich der Mallinger in einer imaginierten Pressekonferenz an die fragende und seiner Meinung nach zu Unrecht skeptische Reportermeute.

„Könnt ihr gerne haben, Freunde! Noch heute Nacht!"

Schon rast er als kleines Warm-up im Autodromo Enzo e Dino Ferrari mit über 300 Sachen auf die Piratelle-Kurve zu, bremst sich vor der schwer einsehbaren Schikane Aque Minerali in weniger als zwei Sekunden auf unter 50 herunter, vierter Gang, zweiter, und gleich beschleunigt er im königlichen Park von Imola wieder hinaus auf die lange Gerade, die ihn vorbei an Start und Ziel und an den jubelnden Massen endlich hinauf zur gefürchteten Tamburella-Kurve bringt, da zittert die Tachonadel schon wieder bei 230, zu schnell, Mallinger, zu schnell! Und dann, nach der zweiten Zwischenzeitnehmung, als er sich an seine persönliche Bestzeit heranzutasten beginnt – wird ihm Imola schon wieder zu langweilig!

Seine Aufmerksamkeitsschwelle ist die eines kleines Kindes, sein Konzentrationsvermögen schwerst gestört infolge der damals beim Crash erlittenen Kopfverletzungen. „Dieser italienische Bambinokurs", wie er sich immer über den Grand Prix von San Marino ärgern muss, fordert seine enormen Fahrkünste einfach nicht entsprechend heraus!

Der Mallinger richtet sich auf und macht ein paar schnelle Rumpfbeugen und entspannende Beckenkreisel. Er reißt die Arme weit in die Höhe (als würde er einen Pokal stemmen!) und stimuliert seinen Kreislauf mit rhythmischen Pumpbewegungen der Hände.

„Das kannst du besser!", feuert er sich an.

Er zwängt sich wieder in seinen Ferrari-Schalensitz vor dem 200-x-300-Flachbildschirm an der Wand und wechselt im Menü seiner Playstation auf den Nürburgring, dessen berühmt-berüchtigte Nordschleife nicht erst seit und nicht nur wegen dem fürchterlichen und beinahe tödlichen Feuerunfall vom Niki im Jahre 1976 seine absoluten Lieblingsstrecke im gesamten Rennzirkus ist.

Auch die delikaten Witterungs- und Streckenverhältnisse in der Eifel machen diese Strecke zu einer perfekten Blaupause für seine Pläne: Die unverhofft einfallenden Nebelbänke dort; der kurzerhand einsetzende Flutregen; das stets diffuse Licht – all das erinnert ihn nur zu gut und mit wohligem Schaudern an die Wetterverhältnisse während seiner stets mehr als gewagten Fahrten über die nassen Bundesstraßen des Ausseerlandes hinüber nach Goisern, und er bekommt sofort eine Gänsehaut, wenn er an die wenigen Minuten seines Lebens denkt, während der er sich als richtiger Mann fühlen durfte, stark und mutig und verwegen.

Doch nicht nur vom Wetter, auch vom Streckenprofil her, von der Kurvenbeschaffenheit und dem wechselnden Rhythmus der Beschleunigungs- und Bremszonen hat die alte Arvus-Strecke die größte Ähnlichkeit mit seinen früheren Höllenritten hinüber nach Goisern – die Hohenrain-Schikane, die Döttinger Höhe, das Kesselchen und die Fuchsröhre! Streckenabschnitte, die höchste Konzentration und Fahrkunst verlangen und deren Namen jedem Kurvenartisten auf der Zunge zergehen.

Und dann natürlich die Nordkurve! Sobald er diesen Namen nur hört, schießen dem Mallinger sofort die Glückshormone in den gedrungenen Körper. Die Nordkurve des Nürburgringes ist die mit Abstand gefährlichste Kurve im ganzen Rennzirkus überhaupt, die ungekrönte Königin der Kurven. Sie ist schwerer zu durchfahren und kann mit mehr tödlichen Unfällen aufwarten als all die anderen Kurven auf all den anderen Rennstrecken der Welt (oder all die anderen Babykurven, wie er sie abschätzig nennt: die Lesmo und die Parabolika auf der *so genannten* Hochgeschwindigkeitsstrecke von Monza; die Eau Rouge in der *so genannten* Hölle der Ardennen – allesamt nur: lächerliche Babykurven!).

Ganz anders die Nordkurve des Nürburgringes! Wer sie mit Vollgas zu nehmen versucht, wie dies der Niki damals tat, als sein Wagen nach rechts ausbrach und er beinahe im Feuer umkam, der spürt den Atem des Todes (sagt der Heinz Prüller). Vor allem aber: Die Nordkurve hat – welch glückliche Fügung! – genau dasselbe Profil und die gleichen Radien wie seine ewige Herausforderung, wie der schmerzhafte Stachel in seinem Fleisch, wie der Ort seiner bittersten Niederlage und seines für die Hertha und den kleinen Niki letztendlich tödlichen Scheiterns. Die Nordkurve des Nürburgrings ist wie die Abzweigung nach Goisern.

Es ist still in seinem Einfamilienhaus, und es umhüllt ihn die tiefe einsame Nacht, sobald der Mallinger den Dolby-surround-Ton seiner Playstation abschaltet und er nur noch Konzentration und höchste Anspannung ist. Die Nordkurve des Nürburgrings ist so gefährlich, dass er sich nun sogar ein Sankt-Christophorus-Medaillon an die Playstation klebt, bevor er den Wagen über die alte, 25 Kilometer lange Strecke jagt. Kaum, dass er nach einer lockeren Aufwärmrunde Start und Ziel passiert hat, fliegt er schon mit 240 Sachen Richtung Norden, und er imaginiert sich das heftige Rütteln und Schütteln zwischen Döttinger Höhe und Antoniusbuche während der über vier Minuten dauernden Fahrt Richtung Nordkurve über das endlose Waschbrett der holprigen Straße mit ihren unzähligen Bodenwellen. Schon fängt er wieder an zu zittern, und vor Aufregung verliert er die Kontrolle über seinen Speichel, der ihm aus den Mundwinkeln auf seinen Pyjama hinuntertropft. Die Bodenmarkierungen ziehen rasend schnell an ihm vorbei, als er den Motor auf 19.000 Umdrehungen hochtreibt, da hat er schon wieder 300 Sachen drauf, zu schnell, Mallinger, zu schnell! Im schnellen Linksbogen fliegt er Richtung Tiergartenschikane und erreicht die erste Zwischenzeitnehmung im Karussell, sehr schöne Fahrt, alles kein Problem, alles mit Vollgas.

Dann – Vorsicht! – ein beinahe zu scharfer Kurvenanschnitt bei Breischeid, wo er mit den linken Rädern auf die Grasnarbe gerät – ist das aufregend! – und es ihn beinahe zerbröselt, zu schnell, Mallinger, zu schnell! Nun erahnt er nur noch die Strecke vor sich, weil er im Menü seiner Playstation auf „Sauwetter" gewechselt ist. Er rast im Blindflug durch die Gischt, die sich vor ihm auftürmt. Er ist ganz Konzentration, als er mit akrobatischen Lenkmanövern und mit Vollgas den Fliehkräften trotzt, die an ihm zerren. Und er ist ganz Niki, als er auf dem gefährlich glatten Terrain endlich den Eingang zur Nordkurve erreicht, mit Vollgas natürlich, und selbstverständlich bereits im Geschwindigkeitsrausch. Mit ungeheurer Kraft drückt es ihn in seinen Schalensitz hinein, es presst ihm das Kinn gegen die Brust, und kurz wird ihm sogar schwarz vor Augen, als er den Boliden endlich in die Kurve hineinlenkt, zu schnell, Mallinger, zu schnell! Doch er geht nicht vom Gas, er bremst nicht, der Mallinger bremst niemals. So wie er auch damals nicht vom Gas gegangen ist und nicht gebremst hat, als er den Audi Quattro über eine Bodenwelle peitschte und dieser für endlose Sekunden *off ground* war, bevor er sich schließlich aus der Kurve an der Abzweigung nach Goisern endgültig Richtung Mischwald verabschiedet hat – Christophorus, oh Treuer, behüt uns am Steuer!

Es ist still, als der Mallinger realisiert, dass es ihn schon wieder in der Nordkurve zerbröselt hat. Wütend springt er aus seinem Ferrari-Schalensitz. Wütender und gedemütigter beinahe als der Niki 1977 nach seinem verlorenen WM-Titel in der Regenschlacht von Fuji. Kurz fragt er sich, wie das nun wieder passieren konnte, wo er sich doch dem Heiligen überantwortet hatte und sein Medaillon am Bildschirm klebte.

Nach einer kurzen Schrecksekunde und einer schnellen kalten Dusche aber, und nach einem langen Blick zum Bildnis der Heiligen Jungfrau Maria beruhigt sich der Mallinger wieder, und als er das Medaillon des Heiligen vom Fernseher nimmt, kommt wieder seine Zuversicht zurück.

Soll er sich denn wegen dieser ein klein wenig missglückten virtuellen Generalprobe am Simulator von seinem Plan *in realo* abhalten lassen?

Sicher nicht! Alleine der Gedanke, morgen als gefeierter Star in den Deutschunterricht für Ausländer zu kommen, als derjenige, der die Kurve nach Goisern endlich *trotz allem was dagegen sprach* als Erster und Einziger im Geschwindigkeitsvollrausch genommen haben wird, zerstreut jeden Zweifel an seiner Mission. Und die Vorstellung, dass die kleine Blondine mit dem unruhigen Magen aus der ersten Reihe sehr bald wissen wird, dass er *kein* stotternder, auf Sicherheit bedachter Deutschlehrer mit einer sehr schönen Frühpension ist, sondern eine rasende, keine Gefahr scheuende Rennsau (und der Schlevsky mit seiner vergleichsweise dezenten und defensiven Fahrweise ein alter Schlauch gegen ihn!), diese Vorstellung ist einfach zu süß und letztlich jedes Risiko wert.

Da greift der Mallinger in seinen Einbauschrank und nimmt den vor drei Jahren ersteigerten und seither unter einer Plastikplane mottensicher verstauten roten Original-Weltmeister-Overall vom Niki mit dem gelben Agip-Emblem auf der Brust, das ihm immer so gut gefallen hat, heraus. Als er sich das Teil vor den durch die zahlreichen Kniebeugen und Beckenkreisel vermeintlich immer noch recht ansehnlichen Lehrerkörper hält und schließlich hineinschlüpft, trübt allerdings das in den letzten Monaten der Sinnleere und Langeweile gewachsene und doch sehr vorlaute Frühpensionswohlstandsbäuchlein den ansonsten tadellosen Gesamteindruck.

Du lieber Himmel, der Zippverschluss klemmt! Und im Schritt und am Arsch zwickt es ihn nun doch ganz gehörig!

Wie die gepellte Wurst fühlt sich der Mallinger, als er sich bückt, um in seine Nike-Rennschuhe zu schlüpfen – Poing! Da reißt auch schon die erste Naht am Arsch. Dann steckt er seine Rennhandschuhe in den Vollvisierhelm mit der rot-weiß-roten Bemalung und dreht im ganzen Haus die Lichter ab. Entschlossen tritt er hinaus in die eiskalte Nacht.

„Wawarumm!“, feuert sich der Mallinger an, als er die ersten Regentropfen spürt. „Meine Zeit wird sehr bald kommen!“

Und als er die Türe zusperrt, hält er es auch gar nicht mehr für übertrieben, dass er erst vor ein paar Tagen sein Namensschild ausgetauscht hat, aus Angst vor allzu forschen Fans und Autogrammjägern, die sehr bald sein Einfamilienhaus belagern werden.

Blutbad, unvermeidliches

Als hätte er nicht immer gewusst, dass ihm die lange Unterhose noch gewaltige Probleme bereiten würde! Kaum, dass er drüben im Himmelreich angekommen ist, zeigt die Runde der versammelten Nachtclubkönige an ihrem Pokertisch unter Vorsitz von Tony „Die Zunge“ Stompanato aus Köln auch schon mit dem nackten Finger auf ihn, weil ihm das heiße Teil halb beim Arsch hinunterhängt.

Um die eigenartige Spannung ein wenig zu lösen, fragt der Schlevsky:

„Tony, du hier? Was hat denn dich gefällt?“

„Die Sommergrippe“, sagt der Tony nur, und schon lachen sie wieder alle.

Die lange Unterhose ist nämlich bei weitem das Schlimmste, was die harten Jungs hier seit langem zu sehen bekommen. Exakt, seit der Idi Amin Dada aus Uganda zum Pol Pot aus Kambodscha in den Hängekäfig über den glühenden Kohlen gezogen ist, wo die beiden seither gut gelaunt „Mensch ärgere dich nicht“ spielen und fortwährend und akzentfrei „Hoch auf dem Gelben Wagen“ singen – es ist einfach die Hölle!

In einem solchen Klima kann und will sich der Schlevsky die lange Unterhose unmöglich leisten. Also muss er unbedingt noch einmal zurück ins Leben, um sie für immer im Herrenhandtäschen zu bunkern, noch einmal zurück ins Leben! Hin und her, und her und hin, Rushhour im Schattenreich. Schon trifft er jemanden, den er zu kennen glaubt:

„Jocy? Bist du das?“

Uff! Geschafft!

Seine Seele ist wieder in seinem Körper gelandet. Als blutiger Klumpen Fleisch liegt er auf dem ehedem schönen Tigerfellbezugbett und betrachtet röchelnd die Sauerei um sich herum. Jetzt aber schnell aus der langen Unterhose raus und in den Brioni geschlüpft, bevor er sich endgültig aus diesem Leben verabschiedet. Doch ist das in seinem Zustand leichter gesagt als getan.

Und schon wird ihm wieder schwarz vor Augen!

Dass ausgerechnet er es sein würde, der das Blutbad nimmt, damit hätte er noch vor einer Stunde nicht gerechnet. Und dass es ausgerechnet dieser nachgemachte Affe Mallinger sein würde, der ihm das Blutbad einlässt, das nimmt er nun beinahe persönlich.

Eher hätte er damit gerechnet, dass dieser verrückte Bulle mit seinem Schießgewehr heraufkommt und ein paar ausstehende Strafmandate per Genickschuss eintreibt. Oder auch, dass der Kofi Annan samt einer Abordnung von Amnesty International auf einem Radpanzer zu ihm herunter ins Exil geritten kommt und ihm aus dem großen Buch der Genfer Flüchtlingskonvention vorträgt, nur weil er neulich auf dem Tingeltangel in Strudelwasser an der Oder einen Scheinasylanten ein wenig gröber angefasst hat.

Aber nein! Stattdessen steht plötzlich der Mallinger in einem roten Ferrari-Rennoverall mit lässig unter den Arm geklemmtem Vollvisierhelm bei ihm im Schlafzimmer und fordert die Schlüssel für seinen F50, weil er, wie er wörtlich sagte, endlich die Kompression an der Abzweigung nach Goisern mit Vollgas durchfahren und die Schmach tilgen muss. „Sonst glauben immer alle, ich kann nicht Auto fahren!"

Hat er schon jemals so eine gequirlte Scheiße gehört?

Für einen kurzen Moment lang vermeinte er in ihm einen berühmten Schifahrer zu erkennen: die unglaublichen Hasenzähne und das verbrannte Ohr samt schütterem Haar auf der Schädeldecke. Dazu die kleine Wohlstandswampe und keinen Meter sechzig groß.

Erinnerte er ihn an den Klammer? Oder war es der Maier? Außer ein paar Schifahrer gibt es ja in diesem Österreich niemanden, der berühmt wäre. Aber letztlich wollte es ihm doch nicht mehr einfallen, an wen er ihn erinnerte. Vielleicht lag es auch daran, dass der Mallinger sogar ein wenig sexy aussah in seiner Verkleidung, dass er ungewohnt ambitioniert und zielgerichtet wirkte, voller Optimismus und Entschlossenheit, bevor er ihn mit einem letzten „Wawarumm!" und einem fürchterlichen Schlag mit dem Helm in die Bewusstlosigkeit schickte.

Herrgott!, flucht der Schlevsky nun vor sich hin, hilf- und kraftlos in seinem Zustand des Hinüberdämmerns, während er sich auch der Unterhose nicht und nicht entledigen kann. Herrgott, warum muss denn ausgerechnet ich die Hauptrolle in dieser Scheiß-Seifenoper spielen? Hätte mir dieser Idiot nicht einfach die Elefantenbüchse an die markante Stirn setzen und das Hirn wegblasen können? Dieser verdammte Deutschlehrer in seiner Extremrage, extrem unstoisch, wie ein randalierender Chinese? Stattdessen drosch er wie ein Berserker mit seinem Vollvisierhelm auf ihn ein und klopfte ihn weich wie ein Wiener Schnitzel, als er ihm die Schlüssel nicht sofort und freiwillig aushändigen wollte.

Warum ich?, schreit der Schlevsky immer wieder und hadert mit seinem Schicksal. Doch nur noch ein paar Hirschkühe draußen im finsteren Wald hören sein Klagen. Und mit der gewissen Einsicht, die der nahende Tod stets als Werbegeschenk mit sich führt, wenn er einen für sich gewinnen will, in der Gnade dieser Einsicht sagt er sich nun sogar:

Ich hab es nicht anders verdient. Also nehm' ich meinen Hut und sag Adieu.

„Jocy?"

Immer kälter wird es dem Schlevsky von den Zehen herauf, weil ihm der Mallinger mit einem furchtbaren Helmtreffer wohl auch die Schlagader am Schenkel zerfetzt hat.

Aber ist es nur der innere Verlust des warmem Blutes, der ihn gar so zittern lässt, oder zieht es da auch ganz gehörig vom Keller herauf?

„Ivana?", schreit er. „Ivana!"

Mehr fällt ihm augenblicklich nicht mehr ein auf Russisch. Und sie hat es umgekehrt auch nicht viel weiter gebracht mit ihren Deutschkenntnissen.

Warum, hadert der Schlevsky mit sich, hat er diesen verdammten *Saint Hermain* überhaupt angerufen und ihn mit einbezogen in die Planung seines kurzfristig angebrochenen Lebensabends? Hätte er ihn doch einfach am Bahnhof oben in Nang-Pu erschossen, als es ohnehin zu eng geworden war in seinem F50!

„Ivan…mmpf..a!"

Hölle auch, was ist denn nun schon wieder? Fallen ihm jetzt die Reservezähne auch noch heraus?

Aber natürlich! Total zerbrochen, kotzt er die zweite Garnitur Beißerchen in sein Bett, und als er sich an die Schädeldecke fasst, um sich wenigstens das Haar zu richten, bevor er hinüber geht, spürt er einen tiefen Riss in seiner Kopfhaut. Da erinnert er sich, dass ihm der Mallinger ja auch noch den ausgestopften Wildsauschädel aufgesetzt hat, quasi als Dankeschön dafür, dass er ihm letztlich und schweren Herzens doch den Schlüssel für seinen F50 ausgehändigt hatte.

„Ivana!"

Aber auch die hört ihn nicht mehr. Auch die ist mit Sicherheit lange weg, entschlüpft durch das Kellerfenster, durch das jetzt die kalte Luft heraufzieht. Und er selbst wird auch nicht mehr lange hier sein. Stirbt er nämlich nicht an den Verletzungen, so wird er halt an der Kälte zugrunde gehen.

Der Schlevsky beobachtet, wie sein Blut langsam über die Kautschukunterlage (auch er war nicht mehr ganz sicher während der Nacht!) auf den herrlichen Bettvorleger läuft und schließlich dem ehemals stolzen und blutrünstigen, heute ausgestopften Tiger aus der Walachei in sein weit aufgerissenes Maul hineintropft. Der eine Tiger, weiß der Schlevsky, ist nun beinahe so tot wie der andere. Bald werden sie beide vereint sein in den Himmeln der Ewigkeit.

„Ivana!“

Nichts.

„Herrgott Ivana! Hilf mir wenigstens aus der Scheiß-Unterhose heraus!!!“

Nichts.

„Du rote Sau!“

Nichts. Nicht einmal ein leises höhnisches Kichern aus irgendeiner Ecke hört er, von wo aus sie sein unwürdiges Verenden beobachten würde. Dann halt:

„Jocelyn!“

Wieder nichts.

Traurig klingt der Schrei des Tigers, und voller Wehmut erstickt er. Dass er so einsam sterben muss im eigenen Blutbad! Keine Hand weit und breit, welche die seine halten könnte. Keine zärtlichen Finger, die ihm das Haar aus der Stirn streichen. Keine Augen, die ihn tröstend anlächeln würden. Und am schlimmsten: Keine warme Stimme, die ihm versichert, dass er nicht alles falsch gemacht hat in seinem Leben, alles nicht.

Vielleicht, überlegt er nun, da ihm die Tränen der Erinnerung in die Augen steigen, vielleicht ist ihm sein größter Fehler überhaupt schon viel früher passiert, damals, als er weggegangen ist aus Furzenbüttel?

Und in der Stunde seines Todes denkt er plötzlich an die Frau, die ihm letztlich von allen am nächsten gestanden war, und aus dem Meer seiner Erinnerungen taucht noch einmal der Ort seiner wunderbaren Kindheit auf. Er sieht den Frisiersalon seiner Mutti in der Hamburger Erhardstraße, und als er sich zur Seite dreht und die Augen schließt, atmet er plötzlich die unvergleichlichen Düfte ihres Ladens, den Geruch des Haarwassers, des Rasierwassers, der Haarsprays, und in Gedanken schmiegt er sein Gesicht noch einmal in den gestärkten

Friseurmantel seiner Mutti, während er sich an ihr Bein klammert und unter ihrem Mantel Schutz sucht. Dann hört er noch einmal den hellen Klang des Türglöckchens, und er sieht die alten Männer, die immer zum Gruß ihren Hut hoben, sobald sie eintraten.

„'Tach Frau Schlevsky", sagten sie. Und dann zu ihm:

„Na Rudi, du kleiner Hosenscheißer, alles klar bei dir?"

Dann beugten sie sich zu ihm herunter, zogen ihn launig am Ohr und steckten ihm einen Pfennig zu oder zwei.

Als der Schlevsky an das satte, einfallende Sonnenlicht denkt, das sich während der warmen Sommertage stets im Glas der Eingangstür brach, kann er beinahe noch einmal die feinen Haare sehen, die der Windhauch durch den Laden wehte, wenn ein neuer Kunde ihn betrat. Und dann hört er leider auch wieder diese Scheiß-Operettenmusik, die seine Mutti immer spielte und ohne die er vielleicht wirklich Friseur geworden wäre und sich das alles hier erspart hätte:

„Wiener Bluuuuuhhht Wiener Bluuuuhhhhut! Dadadadam dadadam dadam dadam!"

Diese schwulen Operetten! Er wäre nie fortgegangen aus Furzenbüttel, wenn er nicht immer diese Zuckerscheiße hätte hören müssen und seine Mutti …

„Mutti?"

Nach all den Jahren, während der er keinen Furz lang an sie gedacht hat, hegt er plötzlich zärtliche und warme Gefühle für seine Mutti, und er ist ihr trotz allem dankbar, dass sie ihm das Leben geschenkt hat. Denn auch wenn er jetzt mitten in der Zielkurve zu verrecken droht, so war es doch ein wunderschönes und erfülltes Leben. Und jetzt, da es nicht mehr lange dauern wird und sich schon die Glasglocke der ewigen Ruhe über ihn stülpt, jetzt tröstet ihn die Erinnerung daran, wie wunderbar friedlich es immer war in ihrer Straße nach dem getanen Werk des Tages, wenn ganz Furzenbüttel zu Hause vor dem Fernseher saß und auch er mit seiner Mutti die „Wünsch

Dir Was!“-Show schauen durfte. Er denkt an die Männer, die vor ihren Häusern standen, HB rauchten und Bier tranken und sich über den HSV unterhielten. Keine Operettenmusik war mehr zu hören, wenn die Nacht sich über Furzenbüttel legte und Mutti zu ihm an sein Bettchen trat. Sie beugte sich über ihn und zog ihm die Pyjamahose an. Dann zog sie ihm das Deckchen herauf bis zum Kinn und zeichnete ihm mit dem Daumen ein Kreuz auf die Stirn, das ihm Mut machen sollte, wenn die Angst vor der dunklen Nacht ihn übermannte.

Sie sagte: „Die Nacht ist gar nicht schwarz und finster, mein kleiner Liebling, sieh doch, dort oben am Himmelszelt leuchtet der Mond und passt auf dich auf.“ Und dann sang sie für ihn, so schön und warm und weich, wie wirklich nur seine Mutti es konnte:

„Turaluraluralu“ – Himmelarsch! Jetzt muss er aber wirklich weinen! – „Turaluraluralu, nur der Mann im Mond schaut zu.“ Und er schloss die Augen und schlief friedlich und ohne Angst ein.

Er schloss die Augen und schlief friedlich und ohne Angst ein. Herrgott! Wie sehr wünscht er sich, dass er das jetzt könnte! Augen zu und durch. Aber er scheißt sich so an vor dem Sterben, der Schlevsky mit seiner Ummantelung aus Stahl um seine Seele, die ihm nun wegschmilzt wie die Eiszapfen an seinem Flachdach, wenn dann im Sommer in dieser Scheißgegend doch einmal für ein paar Tage die Sonne durchkam. Und solcherart gänzlich ungeschützt gegen all die Gefühle der Angst und Einsamkeit wünscht er sich nichts mehr, als dass seine Mutti jetzt bei ihm sein und ihm die Hand halten und sie noch einmal, ein letztes Mal „Turaluralu“ für ihn singen könnte.

„Mutti! Mutti!“, schluchzt er leise vor sich hin.

„Warum hab ich dich verlassen?“

Abschied

Eine Spur mehr Leben noch ist im Biermösel, obwohl auch der schon fast erfriert, wie er in dieser mehr als kühlen Nacht, die ihm aber durch die Begegnung mit der Anni und ihren Zwillingen auch das Herz gewärmt hat, mit seiner Fips um den See herumtuscht, in der Zweiten, obwohl die Bodenbeschaffenheit und die nächtlichen Sichtverhältnisse praktisch eine Einladung zum Blutbad sind. Kaum ist der Sommer vorbei, ärgert sich der Biermösel, grüßt auch schon wieder der böse Geselle Winter vom Berghang herunter und vereist mit seinem kalten Atem alle Verkehrswege in dieser Gegend, was denn sonst!

Aber das ficht ihn heute nicht an. Er schaltet in die Dritte und ist zufrieden mit sich und der Welt, weil jetzt endlich alles vorbei ist. In der Sache mit den verschwundenen Kampfhunden ist überraschend und ohne sein Zutun Ruhe eingekehrt. Und die leidige Sache mit den Handtaschen hat er sogar richtig aufgeklärt. Auch wenn ihn die speziellen Umstände der Aufklärung leider leider auch in diesem Fall daran hindern werden, als Star den Weg in die Hauptnachrichten zu finden, so ist er jetzt doch sehr froh, dass er den ganzen Ballast endlich abwerfen und die „Causa Handtaschen“ zusammen mit der „Causa Kampfbellos“ endgültig ad acta legen kann, bravo.

Weil er aber nach dem heute Nacht Erlebten in einer gewissen innerlichen Vorweihnachtsstimmung ist, jetzt im September, will er wenigstens das Glück von der Anni perfekt machen und gleich anschließend, noch bevor er heimfährt zur Roswitha in den Auerhahn, hinauf zum Schlevsky fahren und den Unruheherd in einem ernsten Gespräch ersuchen, den Mallinger mit seiner bekannten Charakterschwäche nicht wieder zu allem möglichen Blödsinn zu verführen, insbesondere nicht zum Alkoholmissbrauch und zum Bleifußtreten, damit er sich nicht ruiniert und stattdessen der Anni mit seiner schönen Pension den Lebensabend versüßen kann.

Er selbst wird sich von einer erträumten Zukunft mit der Anni wohl oder übel endgültig verabschieden müssen und ihr eine letzte Träne nachweinen. Aber es nützt halt alles nichts: Der Mallinger hat letztlich einfach die viel schönere Pension (auch wenn er nicht Moped fahren kann!)

Innerliche Vorweihnachtsstimmung freilich übermannt den Biermösel auch deshalb, weil über Nacht natürlich schon wieder der erste Schnee gefallen ist und er sich vom kurzen Sommer verabschieden kann. Bald wird wieder das Christkind kommen und ihm wieder nichts bringen, denkt sich der Biermösel, wie er in die Dritte schaltet und mit einigem Lustgewinn noch immer um den See herum fährt. Bald wird er mit der Roswitha wieder in der Wirtsstube im Auerhahn sitzen und mit ihr alleine und ohne Kinder und Enkelkinder „Stille Nacht, Heilige Nacht“ singen und „Süßer die Glocken nie klingen“. Wer weiß denn schon, fragt er sich auf einmal, vielleicht werden das ja meine letzten Weihnachten als Gendarmerie sein? Und wer weiß, hört er nicht auf zu fragen, vielleicht werden es auch seine letzten Weihnachten im Auerhahn sein, bevor er sich aus seinen vier Wänden oben in der Kammer verabschieden muss und drüben in Goisern im Siechenheim die Kerzen am Gemeinschaftschristbaum anzünden darf und von der Heimleitung vielleicht eine Mon Chéri als Geschenk bekommt, eine abgelaufene? Und wer weiß, geht er noch einen Schritt weiter beim Wissen-Wollen, vielleicht werden es ja seine letzten Weihnachten überhaupt sein?

Er weiß es nicht.

Trotz der gewaltigen Waschküche, durch die er reitet, nimmt er dann wieder die forciert aerodynamische Haltung ein, schaltet in die Vierte und gibt ordentlich Gas. Er will die ungeplante Nachtschicht schleunigst hinter sich bringen und nach dem Gespräch mit dem Schlevsky endlich ein verdientes Frühstück bei der Roswitha zu sich nehmen. Er hofft wirklich inständigst, dass sie sich an die Kost-Logis-Abmachung zwischen ihnen beiden hält und sie nicht das ganze Bratlfett selbst gegessen hat, das hofft er bei dem Hunger, den er mittlerweile beisammen hat, wirklich sehr sehr inständig. Am liebsten täte er jetzt auf der Stelle eine halbe Sau essen, selbstverständlich eine tote und gebratene, mit einem schönen Krusterl drumherum.

Aber zuerst müssen die zwei Handtascherln entsorgt werden, bevor sie vielleicht wieder ein Rotzbub stehlen könnte oder – noch schlimmer! – ihn irgendwer mit ihnen sieht. Da täte er am Ende noch in den Geruch falscher sexueller Ausrichtung kommen, wenn ihn einer mit zwei Handtascherln sehen täte, und das braucht er jetzt im fortgeschrittenen Alter auch nicht mehr, nicht das Kainsmal falscher sexueller Ausrichtung! Genügt eh, wenn alle „Nur Bier, nie Möse!" über ihn sagen, genügt eh, dass er auch diesmal wieder nicht bei der Anni hat landen können.

Also bremst er sich jetzt ganz hinten beim See abrupt ein. Genau da im See sollen die Handtaschen ihre ewige Ruhe finden, hat er entschieden. Genau da wird er sich von den Werkzeugen des Bösen verabschieden, den Auslösern von der ganzen blöden Geschichte, die er sich wirklich gerne erspart hätte.

Aber, muss er sich jetzt selbst ein bisserl den Wind aus den Segeln nehmen und die Kirche im Dorf lassen:

Gott sei Dank ist ja nichts wirklich Horrendes passiert!

So ein Handtascherlraub ist ja im Vergleich zur Verbrechensexplosion in anderen Regionen vom Bundesgebiet ein Komantschenpfiff im Wald. Da kann Aussee ja wirklich von Glück reden, dass es nicht zuletzt dank seiner Umsicht und dank seiner gewissen Erfahrung weder Chicago geworden noch zu einem Wintersportgebiet verkommen ist, in dem sich dauernd alle Besoffenen nur die Schädel einhauen und sie ein Blutbad nach dem anderen einlassen. Da kann Aussee wirklich von Glück reden, dass die Blutbäder als solches praktisch keine Rolle mehr spielen, seit die Biermösels hier den Sheriffstern tragen.

Weil die Pflicht als Gendarmerie ihn aber zwingt, in eine Handtasche hineinzuschauen, bevor er sie wegwirft, holt er jetzt doch den Ausweis aus dem Damenhandtascherl heraus und liest ihn mit der gewissen Routine der erfahrenen Gendarmerie von unten nach oben, weil die interessanten Sachen in einem Ausweis natürlich immer unten stehen, und von unten nach oben steht da:

Ausweisnummer: 9993Jddsle909

Sozialversicherungsnummer: OEsJF3949SVR

Erlernter Beruf: Frisöse

Wohnort: Furzenbüttel (Anmerkung Biermösel: Haha! Hihi!)

geb. 1922

Augenfarbe: blau

Haarfarbe: blond (Anmerkung Biermösel: Lüge)

Größe: 161 cm

Name: Maria *Schlevsky* (Anmerkung Biermösel: Da schau her!)

Sind die zwei eventuell sogar verwandt, fragt sich der Biermösel jetzt, der Schlevsky oben am Gebirgshang, und die Schlevsky herunten in ihrer deutschen Regenhaut? Dazu vielleicht von ihm nur zwei Worte: „Mir wurscht!“

Er wird sich jetzt nicht noch eine zusätzliche Aufgabe um den Hals hängen und vielleicht eine Verwandtschaftszusammenführungen auch noch organisiert, er nicht!

Nichtsdestotrotz wird dem Biermösel das ganze persönliche Drama dieser weiblichen Sexbestie, als die er sie mittlerweile bezeichnen muss, augenblicklich klar. Und sofort nach Studium von ihrem Ausweis erschließt sich ihm der ganze Kosmos der verzweifelten Ausschweifungen, in dem die Dame als Trägerin von diesem Namen automatisch gefangen sein muss, und er ermisst die gesamte Tragik ihrer sinnleeren Existenz.

Ist es möglich, fragt sich der Biermösel jetzt im Angesicht von dieser Erkenntnis, während er einen ordentlichen Schluck aus der Flasche nimmt, ist es möglich, dass die schlichte Namensgleichheit zwei Menschen zu Gefangenen von ein und derselben Krankheit macht, obwohl das eine Sexmonster laut Ausweis aus Furzenbüttel stammt, der andere Sexsüchtige aus Berlin?

Sex! Sex! Sex!, schreit der Biermösel abermals innerlich aus sich heraus. Gibt es denn wirklich nichts anderes mehr als immer nur Sex?

Kopfschüttelnd schaut der Biermösel noch einmal deppert zum See hinaus und driftet ein wenig ins Sinnierende ab. Sind vielleicht alle Schlevskys besessen vom Sex und gehen solcherart am Leben vorbei, fragt er sich, weil es letztlich doch der Name ist, der die Menschen gleich macht? Sollte es also möglich sein, dass dann alle Biermösels gute Triumph-Fips-Fahrer sind, wirklich alle? Sind alle Teresas Mütter und kann jeder Wolfi gut Cello spielen, wenigstens das? Und – Kruzifix! – sind letztlich alle Ramzis fehlgeleitete Bierfahrer ohne jede Berufung? (Nur schwer kann er sich beruhigen, wenn er an fehlgeleitete Bierfahrer ohne jede Berufung denkt!)

Vielleicht, schließt der Biermösel den Ausflug ins Sinnierende ab, vielleicht ist es ja wirklich so. Aber wenn ja, warum? Und seit wann? Kann jedenfalls gut sein, dass er darüber einmal mit dem Doktor Krisper redet, wenn er in die Pension hinübergeglitten sein wird und dann für die Roswitha (Haben alle Roswithas einen Ausschlag?) die Ringelblumensalbe holt. Der Doktor Krisper kennt sich ja mit dem Menschengeschlecht ebenso gut aus wie er selbst. Mit dem wird er die Fragen erörtern.

Dann schweift der Blick vom Biermösel vom See hinauf zum Flachdachneubau, der den Gebirgskamm ziert wie früher das Indianerzelt den Wildwestfilm.

Der Schlevsky selbst wird am besten wissen, wenn eine Verwandtschaft von ihm Urlaub in Aussee macht, dem wird er also nicht extra davon erzählen müssen. Darum steckt er den Ausweis von der Schlevsky jetzt einfach wieder zurück in die Handtasche und wirft alles miteinander weit in den See hinaus.

Dann wischt er mit der gewissen Routine den Sitz von der Fips mit seinen dicken Fäustlingen ab, die er Gott sei Dank immer im Wetterfleck mit sich führt, auch jetzt im Spätsommer, und er muss sagen:

Ärgern tut ihn das jetzt im fortgeschrittenen Alter natürlich nicht mehr, weil er ja mittlerweile die gewisse innerliche Ruhe gewonnen hat. Aber Kruzifixnocheinmal! Kaum stehst in dieser Gegend einmal fünf Minuten deppert herum, schneit es dir schon wieder die Fips bis obenhin zu!

Das wird ihm jetzt wieder gar nicht gut tun, weiß der Biermösel, wenn er auf dem feuchten und kalten Mopedsitz die Fahrt hinauf zum Schlevsky in Angriff nehmen muss. Da werden wieder alle schimpfen mit ihm, wenn sie dann mit den fürchterlichen Konsequenzen konfrontiert sein werden!

Und Vollgas!

Blutsuppe

Dem Biermösel ist nun keine Blutsuppe, wurscht welcher Blutgruppe, fremd. Er denkt nur:

Gemetzel an den beiden Linienrichtergattinnen anno 1978 (Cordoba!) infolge einiger fragwürdiger Abseitsentscheidungen beim Derby. Da hat es auch ausgeschaut wie im Sauschlachthof, und die Anni hat vier Tage geputzt und einen 25-Liter-Kanister Meister Propper gebraucht, bis man die Mannschaftskabine wieder hat betreten können.

Er denkt nur: Die erste Gattin vom Seebachwirt, die sich am Tag nach der mit allem Pomp zelebrierten Trachtenhochzeit sofort selbst mitsamt ihrer Goldhaube in den Kampfhundezwinger geworfen hat, weil ihr schlagartig (durch einen extremen Schlag vom Seebachwirten in der Hochzeitsnacht!) klar geworden ist, dass die Eheschließung mit diesem Seelenkrüppel ein gewaltiger Fehltritt gewesen ist. Ein relativ schnelles Einsehen zwar, jedoch trotzdem zu spät. Die Kampfhunde haben ganze Arbeit geleistet, eine selbst gebastelte Höllenmaschine leistet nicht halb so eine ganze Arbeit wie diese Kampfhunde. Nur die Goldhaube haben sie wieder ausgespuckt, die war einfach nicht zum Fressen.

Er denkt nur: Der Chef von der Forstverwaltung, der nach einem dreiwöchigen All-inclusive-Urlaub in Bangkok mit 36 Kilogramm Plus auf seinen ohnehin schon stattlichen 130 Kilogramm Körpergewicht zurückgekommen ist. Wie er am darauf folgenden Montag mit der ganzen Lebensfreude von einem gut Erholten ins Büro gekommen ist und sich mit dem ganzen Fett von einem dramatisch Übergewichtigen auf den gasgefederten Schreibtischsessel gesetzt hat, war die Explosion infolge Gaskompression natürlich unausweichlich und in ihren Auswirkungen rektal fatal. Aber ohne Blutoper geht es anscheinend sowieso nicht mehr im Leben, davon ist er nach 35 Jahren im Dienst vollends überzeugt.

Oder er denkt nur, wie er jetzt die Fips zum Flachdachneubau des Schlevsky hinlenkt: Bei dem Sauwetter lässt aber auch kein normaler Mensch das Fenster offen stehen!

Ein offenes Fenster herunten im Keller ist meist schon der Bote vom Ungeheuerlichen, das gleich kommen wird. Keiner lässt bei diesen frühwinterlichen Kapriolen das Fenster aus Jux und Tollerei offen stehen!

Dazu lässt die tapsige Fußspur im jungfräulichen Schnee, die vom Kellerfenster wegführt, den Biermösel messerscharf schließen, dass hier einer keinen Schlüssel gehabt haben und durch das Kellerfenster ausgestiegen sein wird.

Als Frage notiert er im Hirn: Wer?

Als Zusatzfrage: Warum?

Als Fleißaufgabe: Wann?

Der Biermösel steuert die Triumph weiter um das Architekturerlebnis herum nach hinten zum Eingang, und was er dort vorfindet, lässt ihn gleich noch ein Spur mehr erschaudern:

Die Flachdachneubauhaustür steht auch sperrangelweit offen, und was soll das anderes bedeuten, als dass wieder etwas Immenses passiert sein muss, was denn sonst!

Darauf deuten nicht zuletzt die Reifenspuren hin, die sich da tief in den Schotter eingegraben haben, das können nur die durchdrehenden Reifen von einem Flachdachfluchtauto gewesen sein! Der Adler im Biermösel schaut einmal genauer hin und weiß sofort, dass es ein roter Ferrari mit schwachem Überdruck in den Sport-Life-M811-Stahlgürtelreifen von Semperit gewesen sein muss, soll ihm einer das Gegenteil beweisen.

Dass auch das Garagentor geöffnet ist und der besagte Ferrari vom Schlevsky fehlt, untermauert seine Theorie.

Als Frage notiert er im Hirn: Was kostet so ein Ferrari?

Zusatzfrage: Wer soll das bezahlen, wer hat so viel Geld?

Der Biermösel muss den Schlevsky jetzt umgehend informieren, dass er in Gefahr ist, wenn er Fenster und Türen so weit offen stehen lässt. Die Pflicht als Ordnungsorgan und Mitglied vom Katastrophenschutzbund gebietet es ihm obendrein, dass er den Schlevsky schleunigst über die eine oder andere Sicherheitsvorkehrung informiert, die eine Gefahr von ihm fern zu halten imstande sein wird.

Eine erste Ad-hoc-Mutmaßung schließlich ergibt folgenden möglichen Tathergang:

Der Biermösel kann sich gut vorstellen, dass der Schlevsky die vorige Nacht durchgemacht hat und weitschweifig ausgeschweift ist, sodass er jetzt mit einem gewaltigen Kater im Bett liegt und wahrscheinlich mit sechs, sieben Weibern dazu. Die laute Musik von einer Platte, die hörbar hängt, deutet auch auf nichts anderes hin. „Es fährt ein Zug nach Nirgendwo" hört der Biermösel immer wieder so einen Narren schreien, was soll denn das heißen? Da haben die Radinger Spitzbuam aber wirklich die viel besseren Hits, muss er sich gleich wieder ärgern, und wie um sich aufzumuntern, stimmt er gegen den Gesang aus dem Schlevsky seinem Flachdachneubau eine zünftige Polka an:

Warum kann denn mein Weibi
nicht einfach sein wie Bier
Es motzt nie, es schimpft nie
es schreit nie: Wasch Geschirr!
Es redt nix, es will nix
Es kauft nie teuer ein
Warum kann denn mein Weibi
nicht einfach wie Bier sein?

Naja, denkt sich der Biermösel zufrieden und klopft an die Haustür vom Schlevsky, ein Welthit halt!

Weil aber der Schlevsky, so vermutet der Biermösel, wenig überraschend bei dem ganzen Lärm und nach so einer mutmaßlich durchzechten Nacht natürlich nicht auf sein Klopfen reagiert, wagt er sich auf eigene Faust immer weiter in den grauslichen Neubau vor. Samtpfötig schleicht er sich in die Höhle vom Tiger hinein, in den Vorhof der Hölle, in den Tempel der Ausschweifungen, immer schön das Ohrwascherl an der blöden Musik.

Er erreicht die Wohnküche und findet dort die Reste von einem mutmaßlichen Würstel-Allerlei im Kühlschrank vor. Danke, denkt sich der Biermösel, die wird er sich jetzt vergönnen. Das wird ihm jetzt gut tun, er hat ja schon so einen Hunger.

Dann erreicht er das Wohnzimmer, das unbeschreiblich ist. Obwohl: Die Aussicht auf den See hinunter ist schon sehr gewaltig. Da könnte er sehr gut sehr lang und sehr deppert schauen.

Und wie er endlich das Schlafzimmer erreicht, hört er auf einmal abwechselnd eine sehr schwache Stimme „Ivana" sagen, dann „Jocelyn", und dann wieder „Ivana", und wieder von vorne „Ivana" und „Jocelyn".

Was soll denn das jetzt wieder heißen?, fragt sich der Biermösel.

Das letzte „Jocelyn" freilich hört sich schon sehr, sehr schwach an, wie der Biermösel feststellen muss. Und wie er eintritt, weiß er dann wirklich nicht, wovor ihm mehr grausen soll: vor dem fürchterlichen Bett. Oder vor dem zahnlosen Tiger, der komplett ohne Würde darauf herumliegt, schon mit mehr Blut neben dem Körper als in ihm drinnen. Gerade dabei, sich die lange Unterhose anzuziehen, wie es ausschaut, weil ihm wahrscheinlich auch sehr kalt ist. Kein Wunder aber, muss ihn der Biermösel gleich ein bisserl schimpfen, wo er ja Tür und Fenster sperrangelweit offen stehen hat lassen!

(Die lange Unterhose schaut aber wirklich tadellos aus, schweift der Biermösel beim Ermitteln kurz ein bisserl ab, warm und wohlig scheint ihm die zu sein. So eine lange Unterhose hätte er auch gerne, die täte ihm unten herum sicher sehr gut tun. Vielleicht verrät ihm der Schlevsky ja, wo er die gekauft hat, wenn er ihn fragt.)

Dann aber muss der Biermösel erkennen, dass der Tiger ja in seiner eigenen Blutsuppe liegt. Und wie der Schlevsky den Eindringling sieht, richtet er sich noch einmal – ein letztes Mal! – auf und starrt den Biermösel mit weit aufgerissenen Augen an. Er hebt langsam die eine Tatze und benetzt sich mit der Zunge noch einmal die trockenen Lippen. Er reißt die Augen immer noch weiter auf, sodass sich der Biermösel jetzt denkt, dass er vielleicht schon im Schattenreich herumwandelt, jedenfalls mehr drüben als herüben. Lange tut er es jedenfalls nicht mehr, ist sich der Biermösel sicher. Kein Mensch der Welt hält es lange ohne Lebenssaft im Körper aus, auch ein eiskalter Puffkaiser nicht. Also nähert sich der Biermösel mit seinem Ohr den Lippen vom Tiger, weil er hofft, dass er ihm doch noch verrät, wo er die lange Unterhose kaufen kann. Aber da sackt der Tiger in sich zusammen, und mit dem letzten Seufzer, den er dabei aushaucht, entfährt ihm ein abschließendes:

„Mutti".

Na bravo, denkt sich der Biermösel. Was soll denn das jetzt wieder heißen.

Der Biermösel schaut sich die Leiche von hinten bis vorne und von oben bis unten an. Und was er bei der ersten Ad-hoc-ruck-zuck-Leichenanalyse sehen muss, macht ihn fast sicher, dass der Schlevsky nicht von alleine gestorben ist. Ebenso täte er seinen gesamten Besitz darauf verwetten, dass er auch nicht am in der Gegend weit verbreiteten Selbstmord zugrunde gegangen ist. Die ganzen blauen Flecken hinten und vorne bringt sich nicht einmal ein biegsamer Chinese selbst bei, da muss schon was anderes passiert sein.

Froh ist er jetzt, der Biermösel, dass er doch noch ein bisserl Zeit bei der Anni und anschließend am Seeufer vertrödelt hat und erst zum buchstäblich letzten Seufzer vom Tiger eingetroffen ist. So ein Todeskampf ist nämlich auf den leeren Magen gar nicht schön anzuschauen. Außerdem hat der Biermösel oben in Linz in der Gendarmerieschule die lebensrettenden Sofortmaßnahmen weder begriffen noch verinnerlicht, sodass der Tiger sowieso gestorben wäre, auch wenn er sich seiner angenommen hätte, vielleicht sogar ein bisserl früher.

Der Biermösel sieht in der Folge anhand der Ad-hoc-ruck-zuck-Tatortanalyse sofort, dass der Schlevsky vermutlich das Opfer von einem gewaltigen Liebesdrama geworden ist, weil nur das Liebesdrama ein solches Blutbad anzurichten imstande ist. Da müsste ihn schon seine 35-jährige Erfahrung einen ganzen Blödsinn gelehrt haben, wenn hinter dem ganzen Schlamassel nicht eine Frau steckt, die bis oben hin angefüllt war mit einem schönen Haufen voll rasender Eifersucht. Aus einem noch zu klärenden Grund, kombiniert sich der Biermösel jetzt was zusammen, muss die betreffende Dame keine andere Möglichkeit mehr gesehen haben, als dem Schlevsky ihre Liebe dadurch zu beweisen, dass sie (oder ein Komplize, oder ein gedungener Killer) ihn mir nichts dir nichts von hinten bis vorne erschlagen hat. Im Groben, wagt der Biermösel also eine erste gewagte Ad-hoc-ruck-zuck-Gesamtanalyse des Tatherganges, im Groben wird und muss es sich also ungefähr so abgespielt haben:

Das Opfer Schlevsky hat sich bei einem Pfingsttanz (ev. Ostertanz, ev. Maibaumumschneiden) im heurigen Frühjahr (ev. Spätfrühjahr, ev. Frühsommer) eine Einheimische (ev. eine aus Goisern) angelacht, mit der er sich unter zahllosen falschen Versprechungen (Lügen, hinhaltenden Vertröstungen, was die Scheidung von der Gattin anbelangt, und so weiter) ein Verhältnis angefangen hat, das er an seiner entsprechenden Gattin vorbei hier herunten in seinem Puffkaiserferienflachdachneubau gepflegt hat, mit Schwerpunkt Sex und Ausschweifung. Die einheimische und anfangs sicher sehr blauäugige Episode wird in der Folge erkannt haben, dass sie vom Puffkaiser keine Liebe erwarten kann (sondern nur Sex und Ausschweifung). Daraufhin wird sie, weil sie die Chancen für ihr Leben davonschwimmen hat sehen, ihren Bruder (ev. Onkel, ev. Vati) über ihr unglückliches Leben informiert haben. Der wird die Schande, die auf seiner Schwester (ev. Nichte, ev. Tochter) gelastet hat, mit einem Holzschlögel bereinigt haben, um die Spur auf eine Frau zu lenken. Anschließend Kellerfenster und Eingangstür geöffnet (das ev. könnte auf ein Tätergespann hindeuten!). Dann Flucht im Ferrari vom Schlevsky; hinter mir die Sintflut; schau nicht zurück; wen interessiert, was gestern war; und so weiter und so fort.

So und nicht viel anders wird es sich abgespielt haben, ist sich der Biermösel sicher, wie denn sonst! Braucht er eigentlich nur noch ausfindig machen, welche verzweifelte Dame aus der einheimischen Bevölkerung mit dem Schlevsky in letzter Zeit ein Verhältnis gehabt hat (ev. welche nicht?). Weiters, welche von denen einen Bruder (Onkel, Vati) hat. Und wenn er dann auch noch draufkommt, warum sie/er ihn ausgerechnet mit einem Holzschlögel erschlagen hat (Tatwerkzeuge bedeuten immer was, hat er in der Gendarmerieschule oben in Linz gelernt. Nur was, das hat er vergessen), dann ist der Fall praktisch im Handumdrehen gelöst.

Einer Erwähnung im „Der Kriminalist“ sollte dann endlich nichts mehr im Wege stehen. Und auch wenn das natürlich nicht schön anzuschauen ist hier, fragt er sich insgeheim doch: Wer weiß, ob dieses unverhoffte Blutbad nicht vielleicht die lange erhoffte Wende in seiner Karriere bedeutet? Gut täte ihm das schon.

Bevor er jetzt vom elfenbeinenen Nachttischtelefon des Schlevsky aus den Dr. Krisper anruft, um ihn von der Anni weg zum grauslichen Neubau herauf zu beordern, damit er die Leichenstarre vom Schlevsky feststellen kann, muss er noch kurz die Roswitha informieren, dass sie sich keine Sorgen machen braucht, weil er vergangene Nacht nicht nach Hause gekommen ist, und dass er heute wieder regulär und verlässlich wie immer um Viertel über sechs die Triumph gegen die Buchenscheiter lenken wird.

„Aber freilich Roswitha, darauf kannst du dich verlassen!"

Die Roswitha hat sich aber natürlich die ganze Nacht über Sorgen in Hülle und Fülle gemacht und überhaupt nichts geschlafen, weil es nach über 35 Jahren die erste Nacht war, während der ihr Bruder nicht nach Hause gekommen ist. Und außerdem hat der Ausschlag deutlich stärker genässt, weil der Biermösel sie natürlich nicht hat einschmieren können, sagt sie mit einem gewaltigen Vorwurf in ihrer Stimme, der ihn schon befürchten lässt, dass sie ihm nie wieder ein Schweinderl braten wird.

„Wo warst du denn?!", schreit sie ihn an. „Warst du vielleicht drüben im Puff bei der Gachblonden und hast dich dort befriedigen lassen, du durch und durch ordinäres Mannsbild?"

Dem Biermösel fehlt aber augenblicklich die Zeit, die haltlosen Anwürfe auszuräumen, weil er jetzt endlich merkt, dass die Geräuschkulisse, die ihm schon die ganze Zeit so lästig im Ohr liegt, von draußen vor der Tür zu ihm ins Schlafzimmer hereinschwappt. Vom Dienstfahrzeug hinterm Haus her tönt der Lärm, von dort her, wo das CB-Funkgerät auf seiner Fips anschlägt.

Er legt also den elfenbeinenen Hörer auf und geht hinaus. Wer wird denn das jetzt wieder sein, fragt er sich, wer um alles in der Welt funkt mich denn um diese Zeit schon wieder an?

„Grasmuck Grasmuck an Biermösel Grasmuck Grasmuck an Biermösel hörst mich kruzifix hörst mich kruzifix heb ab Grasmuck Grasmuck an Biermösel Biermösel hörst mich hörst mich kruzifix heb ab heb ab Biermösel Grasmuck Grasmuck an Biermösel Biermösel hörst mich kruzifix! Grasmuck an Biermösel!“

Ah, denkt sich der Biermösel, wie er endlich die Fips erreicht. Das wird der Grasmuck sein!

Der Grasmuck schildert in der Folge, dass der heilige Christophorus, den er gerade vor ein paar Tagen in einer buchstäblichen Nacht-und-Nebel-Aktion wieder aufgestellt hat, abermals auf seiner Seite herüben in Goisern (Gott sei Dank!, denkt sich der Biermösel) im Mischwald liegt. Jedoch steht ein roter Ferrari (Obacht Obacht!, denkt sich der Biermösel) mit einer Leiche ohne Schädel auf dem Fahrersitz auf dem Biermösel seiner Seite drüben (Kruzifix!, ärgert er sich).

„Roger Roger“, sagt der Biermösel ins Funkgerät und startet die Fips.

„Ich komme.“

Dankt Christophorus?

Okay, okay, er weiß natürlich, dass man so etwas nicht sagt, er ist ja keine Matschbirne, die überhaupt nichts schnallt!

Und er weiß auch, dass er dieses Wort nicht einmal denken soll, weil das Zeichen des Leidens ausschließlich IHM alleine vorbehalten ist und man nicht fluchen soll, auch und schon gar nicht als ausgewiesener Heiliger, wie er einer ist, alles klar, er hat's ja kapiert! Und ja doch, er weiß auch, dass es nicht an ihm ist, zu Dingen seinen Senf dazuzugeben, die ihn einen feuchten – Entschuldigung! – Dingsbums angehen, weil natürlich ER in seiner göttlichen Herrlichkeit und dreifaltigen Einmaligkeit alles genau so und keinen Deut anders geplant und eingefädelt hat, wie er es halt für richtig hält, da macht er auch keinen Aufstand wegen! Und ja, ja, ja, er weiß natürlich auch, dass auf SEINEM weiten Erdenrund genug Blödis herumlaufen, die sich ihren – „Entschuldigung!" – Arsch abschneiden würden, wenn sie innerhalb der Heerscharen der Ewigkeiten einen auch nur annähernd so exponierten und bei der breiten Masse der irdischen Doofis ähnlich angesehenen Posten wie den seinen einnehmen könnten, der Dummheit sind ja in einem Menschenleben keine Grenzen gesetzt!

Aber Fixhallelujanocheinmal – jetzt ist es endlich heraußen! –, dass er für die hundsverfickte Arschsituation, in der er sich seit seiner verdammten Enthauptung – *wahrscheinlich* um das Jahr 250, *wahrscheinlich* unter Kaiser Decius – befindet, auch noch dankbar sein soll, weil er nun bis in alle Ewigkeiten hinein ein Heiliger und als solcher auch noch für das stetig wachsende Verkehrsressort zuständig ist, das kriegt er einfach nicht in seine abgeschlagene Birne hinein!

„Warum ich?", zermartert sich der Chris ein ums andere Mal das Hirn im weiland abgeschlagenen Schädel, nun, da er erst letzte Nacht u. a. in Kärnten unten zwischen eine Zugsgarnitur und einen Reisebus voll mit polnischen Nonnen geraten ist und völlig zermantscht wurde. Und da er jetzt wieder mal hier im Mischwald an der Abzweigung nach Goisern heroben liegt, nachdem erst vor einer halben Stunde wieder dieser Scheiß-Typ Mallinger mit wieder weit überhöhter Geschwindigkeit daherkam und bei seinem neuerlichen Höllenritt wieder alles schief ging, aber auch wirklich alles!

„Warum zum Teufel musste ausgerechnet ich ein Heiliger werden, ha?"

Und nicht etwa, ärgert er sich im nassen Laub liegend, da die Frösche über ihn hinweghüpfen und die Ameisen über ihn hinwegkriechen, nicht etwa, dass er einer von diesen kaum angerufenen und einen auf fauler Willi machenden Schönwetter-Heiligen wie der Hypolyth oder der Alphons Maria di Liguori sein könnte, was er ja noch *irgendwie* ertragen könnte, weil nach diesen Beckenrandschwimmern kein Hahn kräht!

Nein, der Jesus Christ Superstar musste ihn nach seiner verdammten Bekehrung ja gleich in die Mannschaft mit den vierzehn auserwählten Nothelfern stellen, wo er seither als der volkstümliche Heilige den Libero für die breite Masse der Bleifußakrobaten geben soll, ein lupenreiner Skandal ist das!

Dabei war er doch einst ein megakühler Radaubruder mit Namen Reprobus, der Verdammte, der gewaltig die Sau raushängen ließ wie all die anderen Spaßbrüder auch, die ihm im Laufe der Zeit über die Stiefel gelaufen sind und sich einen ganzen Scheißdreck um die Zehn Gebote geschert haben. Wie all die anderen Rabauken, die ihre Zeit in den Muckibuden des Orients vertrödelt und sich ansonsten einen echt geilen Lenz voll sinnloser Schlägereien und Sex'n'Drugs gemacht haben. Und die heute trotz aller begangener Exzesse natürlich genauso erlöst wie all die langweiligen Jungfrauen drüben im Gemeinschaftsraum des Himmelsreiches herumhängen, selbstverständlich befreit von jeglicher Sünde, weil die Sache mit der Hölle natürlich der Superschmäh von den Pfaffen überhaupt ist, da ist einfach nichts dran an der ganzen Story!

Oh Mann! Wenn er gewusst hätte, was seine bescheuerte Bekehrung an bitteren Konsequenzen für sein ewiges Leben nach dem Tod mit sich bringen würden, hätte er in irgendeiner heißen Strand-Disse auf Zypern oder Kreta dem lieben Herrgott den Tag gestohlen, einen auf wilder Ballermann und geiler Partyhengst gemacht und nie wieder seinen Arsch von dort wegbewegt.

Aber nein! Als Wandersmann durch die Wüsten und Erkunder des weiten Erdenrundes (auch wenn er damals natürlich noch wie alle anderen glaubte, dass das Erdenrund eine Scheibe ist!) wusste er ja nie, wohin mit seiner überschüssigen Kraft. Darum warf er passionierter Zehnkämpfer ständig mit dem Diskus um sich, sprang in jede Sandkiste, lief auf flinken Sohlen über Hürden und suchte hinter jedem Baum einen, der im griechisch-römischen Ringkampf vielleicht stärker war als er.

„Du oder ich?“, lautet stets seine Frage, wenn er wieder einen von diesen Schneebrunzern traf, die stärker sein wollten als er. Und dann hat er sie alle verprügelt, diese Schmalspurcornettos und lächerlichen Fahnen im Wind, die ihm damals in die noch unasphaltierten Gassen gelaufen kamen und sich bescheuerte Namen wie „Master of the Universe“ gaben, wenn sie mit ihm in den Ring stiegen. Nur dass dann bald keiner mehr mit ihm spielen wollte und sie alle mit vollgeschissenen Hosen vor ihm davonliefen, das machte dann echt keinen Spaß mehr!

Schon begann er Fett anzusetzen, und die Hornhaut an seinen Sohlen drohte ihm bereits abzufallen, als er dann jahrelang nur am Ufer von diesem reißenden Fluss herumlag und nichts weiter tat, als Steinchen ins Wasser zu werfen, McDatteln mit süßsaurer Sauce zu fressen, sich am Arsch zu kratzen und zu warten, ob vielleicht doch noch einer daherkommen würde, der es mit ihm aufnimmt und ihm zeigt, wo genau der Hammer hängt.

Er war schon ein echter Vollsack mit einem schönen Schwimmreifen um die Hüften geworden, als tatsächlich eines Tages dieser Dreikäsehoch daherspaziert kam, alles in allem nicht größer als sein kleiner Zeh, aber lässig die kleinen Händchen in die Hosentaschen gesteckt und fröhlich „Kumbaya, my Lord" pfeifend. Und weil es damals (oh selige Zeiten!) über all die Flüsse der Welt noch keine stark befahrenen Autobahnbrücken samt Glatteisgarantie im Frühherbst gab, fragt der kleine Hosenscheißer frech: „Was liegt an, Mann? Kannste mich vielleicht mal hinüber machen ans andere Ufer, oder geht bei dir gar nichts mehr, du alter Schlauch?"

Sagt der einfach alter Schlauch zu ihm!

Aber anstatt ihn an den Ohren zu packen und ihn über den Rand der Erde hinauszuschießen, wie er es bei allen anderen getan hätte, schultert er diese halbe Portion und bringt sie wie der Briefträger die Post mit ein paar flotten Kraultempi hinüber ans andere Ufer, ihm war einfach so was von scheißlangweilig!

Hätte er gewusst, was er sich in der Folge an Scherereien einhandelt, wenn er sich mit Zwerg Bumsti auf ein Zwiegespräch einlässt, hätte er sich gleich die Zunge herausgerissen und in den Arsch gesteckt. Aber der kleine Prinz schaut ihn plötzlich an wie der junge Aristoteles und sagt:

„He du! Ein Rätsel: Was glaubst du, wen du gerade getragen hast, ha?"

Mann, er hat echt nichts kapiert! Er hat den Wurm nur mit offenem Mund angestarrt und sich den Schorf vom Arsch gekratzt.

„Okay, ich verrat's dir!", sagt der Kleine schließlich. „Du hast gerade mehr getragen als die Welt. Du hast den König der Welt getragen."

Jetzt ist es so: Normalerweise geht ihm ja die Hutschnur auf, wenn sich einer vor ihm aufbaut und den König der Welt raushängen lässt! Aber die Rotznase erhöht noch einmal die Dosis und sagt:

„Mann, *ich* bin's! Der Jesus Christ! Hast du's endlich geschnallt, du Doofi?"

Und als er ihm endlich die Löffel lang ziehen will für all seine Frechheiten, sieht ihn der selbst ernannte Jesus Christ einfach ganz ruhig an und – wie soll er sagen? – war dabei ganz peace, right?

Da schmolz ihm der stählerne Pilum dahin, mit dem sein Herz ummantelt war, und er sank vor dem Milchgesicht auf die Knie. Er weinte sich die Augen raus und beichtete ihm sein Leben. Und dann schob er Supertussi den Satz raus, den er – in der Rückschau! – besser nie gesagt hätte:

„Dir will ich dienen, oh König der Welt."

Und schon war er heilig!

Aber als wäre das alles nicht ohnehin schon zum Im-Kreis-Gehen, hängt ihm sein neuer bester Freund, der Herrscher der Welt, nicht nur diesen Allerwelts-Klein-Puschi-Namen Christophorus um dem Hals, sondern weist ihm auch gleich diese verfickte Zuständigkeit für diese verdammten Autofahrer zu. Und seither steht er an jeder zweiten Linkskurve auf dieser Erde als Marterl herum, und er baumelt von jedem zweiten Rückspiegel als Medaillon herab, und es freut ihn so was von gar nicht, echt zero!

Einen Sack voll Kreuzigungsnägel könnte er heute fressen, wenn er sich als Mitglied des *inner circles* beim himmlischen Mittagessen zum Beispiel dieses Igelschnäuzchen Hildegard von Bingen ansieht, die sich als Heilige nur um die Müslifresser in den Tante-Emma-Läden da unten kümmern muss! Und warum kann nicht er mal einen auf cooler Flo machen, ärgert er sich über den Streber, der immer den Superman spielen und mit seinem Segen alle Flammen löschen darf, wenn wieder irgendwo eine Chemiefabrik in die Luft fliegt? Und warum kriegt immer nur der heilige Nikolaus den ganzen Applaus, weil er den kleinen Pamperträgern im Advent die schönen bunten Sachen bringt und sie ihn alle dafür lieben, während er immer nur als

Watschenbaum und Sündenbock herhalten muss, wenn sich wieder mal einer dutzendfach überschlägt und sich dabei den Schädel abreißt, so wie der Mallinger gerade eben, der nun als Torso im komplett zerknüllten Ferrari des Schlevsky sitzt, während er selbst ein paar hundert Meter von ihm entfernt hilflos im nassen Laub liegt und sich das Gejammere dieser sehr sehr blonden (und sehr sehr leckeren) Russin im grünen Wetterfleck anhören kann, die sich scheinbar im Mischwald verirrt hat und ihn beständig auf Russisch fragt:

„Wo bitte geht es denn hier nach Nowaja Semlja?"

Soll sie der Blitz beim Scheißen treffen! Er kann sich doch nicht um alles kümmern!

Lieber würde er den heiligen Osterhasen spielen als den Schutzpatron für diese doppelt und dreifach blöden Autofahrer wie den Mallinger, den er ja trotz seiner Heiligkeit doch wieder nicht davor bewahren konnte, wie die angestochene Sau ins eigene Unglück zu rasen. So sehr konnte er sich zuvor gar nicht in sein Unterbewusstsein schleichen und ihm in seinen schrecklichen Alpträumen mit „Rübe ab!" drohen, als dass der kapiert hätte, dass er nicht Auto fahren kann und besser für alle Zeiten keinen Fuß mehr auf ein Gaspedal setzt!

Stattdessen kommt der Schafskopf unbelehrbar vor einer halben Stunde wieder viel zu schnell um diese Kurve geschossen. In einem Ferrari diesmal, aber wie *damals* ohne jedes Gespür für die Beschaffenheit der Straße und die Möglichkeiten, die diese Kurve bei diesen Witterungsbedingungen zulässt. Kommt also entfesselt um die Kurve geschossen wie der Furz aus dem Kanal, diesmal in einer seltsam roten Rennmontur steckend anstatt wie *damals* in einem grünen Steireranzug. Kommt also immer näher, dieser Spaßaffe, und geht einfach nicht vom Gas, der geht einfach nie vom Gas, sodass er auf dem glitschigen Terrain und in der Nebelsuppe mit dem linken Hinterrad – was vorhersehbar war! – auf das Straßenbankett gerät, wo ihm wiederum ein abgebrochenes Stück vom Geweih des Hirschen, den vor einigen Tagen an einer Stelle nicht weit von hier dieser verrückte Biermösel mit seiner Glock über den Haufen geschossen hat, den Reifen aufschlitzt, was wiederum zur Folge hatte, dass der Ferrari am Scheitelpunkt der Kurve unweit der Bodenwelle, vor der ihn der Grasmuck erst vorgestern als Statue wieder aufgestellt hat, spontan nach links ausbrach.

Und dann war im Prinzip wieder alles wie *damals*: Der Mallinger begann hektisch an seinem Lenkrad herumzufuhrwerken und wie verrückt dagegenzulenken, in dem wie immer irrigen Glauben, dass solch hektische Manöver ein Beweis seiner Reaktionsschnelligkeit wären und seine Fahrkünste unterstreichen würden. Doch war er „zu diesem Zeitpunkt nur noch Passagier", wie der Heinz Prüller in seinen Live-Übertragungen im Staatsfunk den Zustand des völligen Kontrollverlustes richtig beschreibt, der zwangsläufig immer dann eintritt, wenn ein katholischer Deutschlehrer einen roten Ferrari steuert.

Dabei musste der Mallinger doch spätestens seit seinem Crash *damals*, als er die Tonne Fett namens Hertha neben sich auf dem Beifahrersitz in den Tod schickte und den Nachwuchs-Niki gleich mit dazu, dabei musste er doch wissen, dass aus ihm nie eine Rennsau werden würde! Vielleicht aus Rotkäppchen oder einem Kilo Hackfleisch, dass man eine Rennsau machen könnte. Aber aus dem Mallinger? Neverever!

Mit zerfetztem Reifen schlitterte er zunächst den Straßengraben auf der rechten Seite der Straße entlang, bevor ihm ein Erdwall einen unverhofften Linksdrall verpasste, der den Ferrari direkt zu ihm auf die Mischwaldseite herüberschoss, wo es ihn an einem betonierten Straßenbegrenzungspfeiler abrupt stoppte, es ihn in die Luft wirbelte, wo er 14 gehechtete Saltos mit sieben Schrauben schlug, bevor er selbst, der Chris, vom Heckflügel des F50 so schwer touchiert wurde, dass er – als Vorhut gewissermaßen! – in den Mischwald heraufgeschleudert wurde, von wo aus er sich dann sozusagen erste Reihe fußfrei die Fortsetzung des Actionschockers anschauen durfte:

Der Mallinger in seinem Ferrari krachte nach all den Saltos gegen die erste Buche, von der er quasi wie ein Tennisball mit ungeheurer Wucht ein letztes, ein allerletztes Mal hochgeschleudert wurde, bevor es den roten Renner aus Maranello in Rückenlage zwischen die Bäume warf, wo es dem Mallinger endlich den Schädel abriss und der Wagen mit der verbliebenen Restenergie des Crahs in einem letzten Aufbäumen, wie ein sterbendes Tier, mit einem elenden Krächzen noch ein paar Mal vor und zurück schaukelte, bevor er endlich arg zerrupft im aufgewühlten Erdreich stecken blieb, während der Schädel des Mallinger im Sturzhelm noch langsam einige hundert Meter bergab kullerte, Richtung Zuständigkeitsbereich des Grasmuck, wo er schließlich in eine gut getarnte Erdspalte plumpste, in der gerade ein Erdhörnchen schlief.

Nun, gerade zwei Stunden, nachdem ein Anruf bei der Gendarmerie eingegangen war, steht ein paar Meter von ihm entfernt dieser Grasmuck wie eine Dose Tomaten bei Aldi im Regal herum und schaut sich kopfschüttelnd den Ort des Unfalls und den Ferrari an (und fragt sich, was der wohl kostet). Und als jetzt auch noch dieser Biermösel hinzustößt, wünscht sich der Heilige Chris wirklich nichts mehr, als dass er damals bei irgendeinem Scheiß-Pferderennen sein Gespann an die Wand gesetzt und sich dabei den Schädel gespalten hätte!

Stattdessen hört er nun die beiden Einfaltspinsel über das Wetter reden und sich über die eine wichtige Frage unterhalten, wer es sich von ihnen beiden unten herum mehr vertan hat (als wäre das eine olympische Disziplin, für die es irgendeinen Pisstopf zu gewinnen gäbe!). Er hört sie über „das Wunder Schweinsbraten" reden und wie lange genau das Fleisch im Rohr bleiben muss („auf Vollgas", wie sie es nennen!), damit das Krusterl auch schön knusprig wird. Er hört sie weiters über schwarze, gewellte, rassige Mähnen und über fette Ärsche reden, und wie sehr sie beides lieben würden („Viel Arsch, viel Freude", lautet ihr Motto). Und er hört sie die Vorzüge der Triumph Fips einerseits (Biermösel) und die der Triumph Knirps andererseits (Grasmuck) loben.

Da spätestens verdammt der Chris den fürchterlichsten Crash überhaupt, den Urknall, den ER in seiner göttlichen Einmaligkeit *damals* gezündet hat und mit dem wohl alles Elend begann. Er verflucht den Tag, an dem ER das Licht aufgedrehte und die Sonne und die Erde und die Menschenkinder und in weiterer Folge all den Wahnsinn auf den Straßen der Erde geschaffen hat. Und er verflucht das Wort, das am Anfang war, weil er den beiden noch immer bei ihrem Dialog-Pingpong zuhören muss, unterbrochen nur jeweils von tiefen Seufzern und langen Zügen aus ihren Schnapsflaschen:

„Naja, halt ja."

„Ja freilich, halt ja."

Da fragt sich der Chris: What the fuck bitte hat ER sich in seiner göttlichen Herrlichkeit gedacht, als er die beiden erschaffen hat?

Könnte er noch einmal von vorne anfangen, würde er so sinnlos und oberflächlich wie dieser Schlevsky leben, den er gerade fröhlich „Turaluraluralu" singend und bis auf die Knochen erlöst drüben in den All-inclusive-Wellness-Bereich des Himmels hereinstolpern sieht. In seiner langen Unterhose, die ihm halb beim Arsch hinunterhängt und die natürlich jeder Beschreibung spottet. Sogar das schallende Gelächter der Heerscharen des Himmels würde er in Kauf nehmen, die nun kurz mal ihre Posaunen weglegen, um mit nacktem Finger auf diese Witzfigur zu zeigen, weil er seit dem Luis Trenker der Erste ist, der in der langen Unterhose in den Himmel kommt.

Der Chris würde im Prinzip alles in Kauf nehmen, wenn er sich sein Dasein hier an der Abzweigung nach Goisern ersparen könnte.

„Naja."

Auftunken und Einschmieren

Über dem Auerhahn ist Ruh'.

Freilich nicht sehr lange. Weil schon zuckt wieder der erste Blitz und schlägt in den Buchenscheiterstoß hinten am Schießstand ein, an dem der Biermösel gut versteckt die Fernsehantenne montiert hat, damit er sich als passionierter Schwarzseher die Rundfunkgebühr erspart. Und sofort fängt – als Strafe vielleicht? – das Bild im Fernseher an zu wackeln, wie wenn die Welt endgültig und verdientermaßen untergehen täte. Wenn aber das Bild im Fernsehen zum Zittern anfängt, dann muss man sich innerlich auf das Äußerste vorbereiten. Das weiß auch ein jeder, der sich ein bisserl damit beschäftigt. Dann dauert es oft nicht mehr sehr lange, und man ist tot.

„Naja", seufzt der Biermösel und kratzt sich hinterm Ohrwascherl. „Naja gut, so ist das halt."

Die „Zeit im Bild 1" ist schon längst vorbei, und die Schwarzhaarige mit ihrer dramatischen Mähne hat im Wesentlichen wieder nichts berichtet, was ihn wirklich interessieren täte. Nur eine komplett aus dem Ruder gelaufene Postenbesetzung streng nach Parteibuch da, und ein nicht einmal mehr verschleierter Anschlag auf den Rechtsstaat dort.

Das furchtbare Blutbad aber beim Schlevsky oben und die unmittelbare Klärung durch ihn, Biermösel, Inspektor – es war dem Staatsfunk wieder keine Erwähnung wert. Ein bisserl persönlich nimmt er ihnen das mittlerweile schon, aber bitte. Das Leben ist halt kein Wunschkonzert, kann er aus der gewissen Erfahrung heraus berichten. Vielmehr ist es voller Enttäuschungen und Niederlagen.

Naja, denkt sich der Biermösel wieder und kratzt sich noch immer hinter dem Ohrwascherl. Dann schaut er sich halt heute den „Musikantenstadl" im Fernsehen an und nimmt er halt nicht an der Ordensverleihung an ihn in der Hofburg teil. Im

Prinzip findet er sich ja damit ab, dass es mit dem Bundesverdienstkreuz am Bande nichts mehr werden wird. Nur hätte er den Abend jetzt wirklich lieber mit der Gattin vom Präsidenten in der Hofburg vertrödelt, oder sehr gerne auch mit der Annemarie Pröll in ihrem Kaffeehaus in Kleinarl. Zur Not hätte er den Abend auch lieber mit der Marie-Therèse Nadig aus der Schweiz verbracht und im äußersten Notfall sogar mit der Mutter Teresa aus Kalkutta. Selbst die zwei Spaßbremsen wären ihm jetzt lieber gewesen als der Moik aus dem „Musikantenstadl", den Moik und den „Musikantenstadl" mitsamt dem ganzen Staatsfernsehen hält er wirklich nur sehr schwer aus.

Seit sie das Schlechtwetterprogramm mit den Wildwestfilmen am Vormittag abgeschafft haben, kann er über den Staatsfunk nichts Gutes mehr sagen, und den Moik verträgt er sowieso nur als Schwarzseher. Also dreht er jetzt lieber mit der Fernbedienung den Ton vom Fernseher ab. Wenn nämlich der „Musikantenstadl" läuft, dann ist es das Wichtigste, dass du den Ton abdrehst, sagt sich der Biermösel immer. Außerdem schaut er halt lieber, als dass er zuhört, weil er einfach besser sieht, als er hört. Und weil er jetzt ganz alleine in der Wirtsstube sitzt und am Stammtisch drüben keiner mehr ist, den er mit seinem gewissen Blick aus den Augenwinkeln heraus in die Enge treiben könnte – so wie er das mit dem Mao Tse und dem Bürgermeister gemacht hat! –, treibt er halt mit seinem Blick den Moik im Fernseher in die Enge, meine Güte, was soll er denn sonst machen?

„Bringst mir noch eins, Roswitha?"

Alt ist er geworden, denkt sich der Biermösel über den Moik, wie er ihn gerade in die Enge treibt. Alt und nicht mehr zum Anschauen ist er. Gescheiter aber ist er über all die Jahre nicht geworden. Und da sieht dann wieder einmal sogar der Blinde, wie weit er und der Moik in der Entwicklungsstufe auseinander klaffen. Sogar er ist nämlich noch einmal ein schönes Stück gescheiter geworden im Zuge von dem ganzen Theater in den letzten Tagen, ein wirklich furchtbares Theater war das, in der Rückschau vielleicht das bei weitem furchtbarste Theater in seiner gesamten Laufbahn überhaupt.

„Roswitha!"

Zeit jedenfalls, zufrieden Bilanz zu ziehen. Zeit (und Holz) hat er ja genug. Also zieht er halt zufrieden Bilanz und geht er halt die Fälle noch einmal der Reihe nach durch:

Für die Ermittlungen und die Ruck-zuck-Lösung im Fall „St. Christophorus-Abschuss Nummero 36 durch den Bürgermeister" darf er sich bei aller gebotenen Bescheidenheit auch einmal ein bisserl selbst loben. Da ist ihm wirklich die Saat aufgegangen, bravo. In der gewissen Manier hat er den Bürgermeister gewaltig unter Druck gesetzt (freilich wegen einer anderen Sache – kleiner Wermutstropfen!), sodass der letztlich sein Gebäude der Lügen hat verlassen müssen, bevor es über ihm zusammengestürzt wäre, das reinste Meisterstück. Vielleicht, dass jetzt doch noch einer vom „Der Kriminalist" anruft und mit ihm ein Interview machen will. Möglich ist es auf jeden Fall.

Dass er das Geld vom Bürgermeister der Anni für ihre zwei Mäderln gegeben hat, anstatt dass er es selbst drüben im Puff von der Gachblonden verprasst oder – noch blöder! – auf ein Sparbuch bei der Raiffeisenkassa gelegt hätte als Baustein für den nahenden Lebensabend, der wie ein Komantschenpfeil auf ihn zuschießt – das kaschiert in seinen Augen auch, dass er in der „Causa Gestohlene Handtascherln" nicht immer ganz sattelfest gewesen ist. Da ist er sogar zeitweise herumgeirrt wie ein rauschiger Esel auf glattem Sternenparkett, muss er sich selbst ein bisserl schimpfen. Der Turm in der Schlacht war er in diesem einen Fall wahrscheinlich nicht. Aber dass die zwei mutmaßlichen Rotzbuben in Wirklichkeit der Anni ihre zwei Mäderln sein könnten, bitte, wer rechnet denn mit so einem Blödsinn?

Interessiert hätte ihn in der ganzen depperten Geschichte nur, ob der Schlevsky die Maria Schlevsky gekannt hat, das wäre vielleicht von Interesse gewesen. Aber andererseits: Dass er sich auch in dieser Causa letztlich das Protokoll erspart hat – da darf er kräftig durchatmen und erleichtert „Uff!" sagen wie der Indianer im Zelt. Und überhaupt: Nicht auf jede Frage hält das Leben eine Antwort bereit; nicht ein jeder Ast treibt aus; und nicht ein jedes Schwein landet im Rohr (wo es hingehört). Letztlich bleibt halt im Leben so manches … na, wie soll er sagen … in der Finsternis verborgen und wird das Licht der … na … der Dingsbums … niemals …

„Geh Roswitha! Bring mir noch einen, sei so gut!"

Leider kann er in dieser Sache auch die betreffende Schlevsky Maria nicht mehr befragen, ob sie im Umkehrschluss den Schlevsky gekannt hat. Gestern meldet nämlich der Seebachwirt, dass die zwei deutschen Sexberserker, wie er sie mittlerweile nennen muss, ohne Bezahlung aus seinem Hotel verschwunden und seither – erraten! – *abgängig* sind! Da muss jetzt, am Ende vom Tag, schon auch einmal die Frage erlaubt sein: Was ist denn eigentlich los auf der Welt, dass früher oder später wirklich ein jeder unabgemeldet verschwinden muss?

Schön langsam hofft er wirklich inständig, dass er den lästigen Wirten irgendwann in Notwehr erschießen wird können, weil ihm der schon so auf die Nerven geht mit seinen dauernden Abgängigkeitsanzeigen! Und er hofft weiters inständig, dass es sich beim unabgemeldeten Verschwinden von der Schlevsky Maria samt Begleitung um eine schlichte Zechprellerei handelt und nicht wieder um ein Gewaltdelikt, weil er sich schon beizeiten auch fragen muss:

Gewaltdelikte! Gewaltdelikte! Gibt es denn auf der ganzen Welt nichts anderes mehr als immer nur Gewaltdelikte?

„Roswitha!"

Die „Causa Blutbad im Flachdachrefugium oben am Gebirgskamm"? Ein wirklich einmaliges Blutbad war das, ein ganz ein einmaliges. Da hätte „Der Kriminalist" ruhig Fotos machen können, ein so ein schönes Blutbad sieht selbst die Gendarmerie nicht alle Tage. Und schon gar nicht mag es der Gendarmerie gelingen, jeden Tag eine so unglaubliche Blutbadtat mir nichts dir nichts aufzuklären, wie das letztlich ihm in vorbildlicher Manier gelungen ist (Da hätten sie schon von ihm auch ein paar Fotos machen können!)

Hätte er – in der Rückschau betrachtet – ahnen können, dass ausgerechnet der Mallinger sich als kaltblütiger Killer entpuppt, der mutmaßlich im Zentrum von einer kriminellen Vereinigung gestanden ist, die sich in der Volkshochschule getroffen und sich mittlerweile in alle Winde verstreut hat, weil neben dem Mao Tse auch eine platinblonde mutmaßliche Amme abgängig ist? Hätte er rechtzeitig eingreifen und das Blutbad verhindern können?

Nein, kommt der Biermösel nach langem und sorgfältigem Abwägen – „Roswitha, einen noch! Oder lieber zwei!“ – zum einzig richtigen Schluss. Nein, nein und noch einmal nein, es war einfach nicht zu verhindern. Wenn nämlich das Blutbad einmal eingelassen ist, dann kann selbst der stärkste Installateur den Hahn nicht mehr zudrehen. So ist halt einmal die menschliche Natur, rekapituliert der Biermösel aus der gewissen Erfahrung heraus, dass sie sich gegenseitig auslöschen muss, sobald sie sich in die Quere kommt, da kann selbst er nichts dagegen tun.

„Magst noch das Bratlfett aus der Rein auftunken?“, fragt die Roswitha den Biermösel, wie sie mit den zwei weiteren Doppelten daherkommt.

„Freilich mag ich das Bratlfett noch auftunken, was glaubst denn du?“, sagt der Biermösel. Und dann schiebt sie ihm das Schafwollpolsterl unter, auf das er sich brav draufsetzen soll.

Von draußen kriecht nämlich bei den Fenstern schon wieder die feuchte Kälte herein in die Wirtsstube, so wie der Geruch vom frischen Schopfbraten heraus aus der Küche kriecht. Dort heizt die Roswitha dem Schweinderl gerade noch einmal zehn Minuten Vollgas ein, wegen dem Krusterl. Und der Biermösel schaut derweilen durch die zugezogenen Vorhänge hindurch den Blitzen bei der Arbeit zu und lässt die Welt außen vor.

Die Fips, ist er zufrieden, steht wettersicher geparkt unter der Wellpappe, der kann nichts passieren. Und er selbst wird heute sowieso nicht mehr hinausgehen, so wie es jetzt ausschaut, lieber bleibt er heute herinnen in der warmen Stube. Am Samstag bleibt er einfach am liebsten herinnen, wenn alle anderen draußen ausschweifen gehen. Sollen sich die anderen draußen die Schädel einschlagen und im Alkoholrausch gegen Bäume und Heilige rasen, sagt er sich immer, er legt sich lieber auf die Ofenbank und zieht weiter Bilanz:

Dass er den Schlevsky im Blutbad ersoffen aufgefunden hat? Dazu von ihm abschließend vielleicht nur noch zwei Worte: „Mir wurscht!"

Es ist ihm nämlich nicht leid um den Schlevsky, ehrlich nicht. Er hat den Schlevsky nie mögen. Ein Gendarm aus Aussee mit Charakter und Grundsätzen, wie er einer ist, und ein Puffkaiser aus dem deutschen Osten ohne Anstand und Benimm, wie der Schlevsky einer war, das wird keine Lebensfreundschaft, das passt einfach hinten und vorne nicht zusammen.

„Da, tunk brav auf!", sagt die Roswitha, wie sie die zweite Rein mit dem Bratlfett herstellt und einen halben Laib Brot mit noch einem Marillenen dazu. „Ich geh schon vor und wart dann auf dich."

„Jaja", sagt der Biermösel und bricht das Brot. „Geh du schon vor und wart dann auf mich."

Jetzt, wo die Roswitha vorgegangen ist und auf ihn warten wird, fällt ihm auf, dass er die ganze Zeit schon an die platinblonde mutmaßliche Amme aus dem Deutschkurs denken muss, und wie gern er der den Arsch heute einschmieren täte anstatt der Roswitha. Die wäre weiß Gott besser dran, wenn sie ihm verfallen wäre anstatt dem Schlevsky, hadert er jetzt ein bisserl mit dem Schicksal. Ihm hätte sie in die Hände fallen müssen, ihm, ihm, ihm! Aber sag den Weiberleut', sie sollen den geraden, sicheren Weg zusammen mit ihm beschreiten, schon kratzen sie mit ihren langen Fingernägeln Serpentinen in die Landschaft und ziehen den Zickzack-Kurs vor. So sind sie halt, die Weiberleut'! Stur und uneinsichtig sind sie. Geheimnisvoll und unergründlich. Fast wie der Chinese.

Na gut, denkt sich der Biermösel noch einmal und zieht die Rein heran. Dann geht er halt wieder zur Roswitha hinauf in die Kammer, wo sie sich wahrscheinlich gerade auf ihrem Bett aufbockt und das Gesäß himmelwärts richtet wie der Ramzi das seine beim Gebet. Sie wird den roten Kopf in die weißen Hände stützen und das Rot-Weiß-Rote Liedbuch der Parteigranden vor sich auf den Kopfpolster legen, und daraus wird sie ihm gleich „Brüderlein fein" vorsingen, weil er genau das für die Roswitha ist – das Brüderlein fein.

Da wischt sich der Biermösel eine Träne aus dem Auge, weil das dann schon auch immer sehr bewegende Momente sind, die er mit seiner Schwester erleben darf. Und wenn er sich anschaut, wo so mancher andere in dieser ganzen blöden Geschichte gestrandet (oder verendet) ist, dann hat er es vielleicht mit der Roswitha an seiner Seite gar nicht so schlecht erwischt.

Naja, denkt sich der Biermösel. Naja gut.

Da reißt es ihn augenblicklich aus seiner Bettschwere, wie er den Moik im Fernsehen weiter in die Enge treiben will und sich stattdessen auf einmal fragt: Sind das jetzt vielleicht die Radinger Spitzbuam beim Moik im Fernsehen?! Kann es denn in Dreiherrgottsnamen wirklich sein, dass das die Radinger Spitzbuam sind? Ist es denn möglich, dass die da drinnen beim Moik tanzen, hüpfen, springen und singen und er sie nicht hören kann, weil er die depperte Fernbedienung nirgends findet, Kruzifixnocheinmal, darf denn das sein?

Na freilich darf das sein!

Wie er nämlich die Fernbedienung unter dem Schafwollpolsterl endlich findet, verabschiedet der Moik die Radinger

Spitzbuam schon wieder, und der Biermösel ist einmal mehr um den Höhepunkt in seinem Leben umgefallen.

Es war ihm halt einfach wieder nicht vergönnt.

Da schaltet er den Fernseher überhaupt komplett aus und setzt sich wieder auf sein Polsterl auf der Bank. Ein bisserl eingeschnappt ist er jetzt schon, weil es der Herrgott dort drüben in seinem Winkerl wieder nicht so eingerichtet hat, dass er die Radinger Spitzbuam hat live hören dürfen.

„Deine Wege sind auch sehr unergründlich!", wirft er dem Herrgott mit einem scharfen Blick aus den Augenwinkeln heraus vor. „Kenn sich einer aus bei dir!"

Da richtet sich der Biermösel auf und kratzt sich am Ohrwascherl, weil ihn da drinnen schon die ganze Zeit irgendwas so deppert juckt, das ist aber lästig! Und wie er mit dem vierundvierzig Deka schweren Zeigefinger in die Ohrmuschel hineinfährt, holt er einen aber schon sehr gewaltigen Patzen Ohrenschmalz heraus, da muss er sich selbst wundern, was alles in so einem kleinen Ohrwascherl drinnen Platz hat. Schön schimpfen täte der Doktor Krisper wieder mit ihm, wenn er sehen müsste, was für ein Schweinderl er ist und wo überall er sich nicht waschen tut.

Und wie er mit der Ohrschmalzkugel auf dem weißen Tischtuch anfängt zu spielen und sie hin und herrollt und her und hin, da blitzt es draußen ohne Unterlass, und ein rollender Donner nach dem anderen schiebt sich vom See her auf den Auerhahn zu, so dass es gewaltig schnalzt und man überhaupt meinen könnte, dass der Herrgott, der narrische Teufel, jetzt endgültig mit der Welt abrechnen möchte. Und wie sich das Ohrenschmalz schön langsam auf dem weißen Tischtuch verteilt, weil er sich gar so blöd spielt damit, ist in der Zwischenzeit das Bratlfett im Reindl auch schon schön braun geworden, und der Biermösel denkt sich:

Na da schau her! Genau dieselbe Farbe, das Bratlfett und mein Ohrenschmalz.

Was wohl herauskommt, überlegt er jetzt, wenn ich beides ein bisserl zusammenmische und mit einem Schuss Marillenschnaps versehe? Vielleicht, dass das Zeug besser schmeckt als die Wundersalbe vom Doktor Krisper, und er damit sogar der Roswitha ihren Juckreiz vollends in die Schranken weisen könnte, wenn er ihr die Mixtur hinten aufträgt? Ist am Ende doch das Bratlfett das allein selig machende Allheilmittel der Menschheit? Und kann es vielleicht sein, dass er doch noch die eine Zauberformel gefunden hat, die ihn aus dem Schatten herausholt und ins Licht hineinstellt? Möglich ist es.

Aber wie er jetzt das Ohrenschmalz zum Bratlfett in die Pfanne hineinlegt, und wie er den Marillenen dazuschüttet und sich dann alles miteinander anschaut, das Bratlfett, den Marillenen und sein Ohrenschmalz, da denkt sich der Biermösel:

Geh sei doch bitte nicht so deppert! Lieber trinkst du jetzt alles miteinander aus, bevor du eine Salbe daraus machst und die Welt damit rettest!

Und wie er alles noch einmal gut durchmischt und sich gemütlich zurücklehnt, und wie er die Rein in die Höhe hält und den Mund weit aufreißt, so dass alles schön hineinstürzt wie das Überwasser in Kaprun hinunter in die Tiefe, da donnert es draußen noch einmal gewaltig, und er weiß sofort, dass der imposante Buchenscheiterturm, den er in monatelanger Arbeit aufgebaut hat, in sich zusammengekracht ist und die Fips unter sich begraben hat.

Da zieht er langsam den Vorhang auf die Seite und schaut auf den Schießstand hinter dem Auerhahn hinaus. Und auf einmal sieht er im schwachen Lichterschein, der von der Roswitha ihrer Kammer auf den zusammengebrochenen Buchenscheiterstoß hinunterfällt, wie die sehr blonde mutmaßliche Amme aus dem Deutschkurs vom Mallinger ganz verwirrt von dort hinten wegrennt, wie wenn sie den Weg suchen und nicht finden täte. Und er beobachtet, wie ihr dabei ein wirklich sehr schöner grüner Wetterfleck im Wind wachelt wie sonst nur bei ihm, wenn er auf der Fips die gewisse Aerodynamik einnimmt. •

Aber, denkt sich der Biermösel und kratzt sich noch einmal hinterm Ohrwascherl. Wundern tut ihn sowieso überhaupt nichts mehr.